U0591761

空隙

空隙

赵 松

南方出版传媒

广东人民出版社

· 广州 ·

目 录

再版序

尽管我满怀热情，也深知我与眼下这个世界之间，始终有难以逾越的距离。我努力向前，它并不会缩小，而是以另外的方式不断扩展；我试图做出某种妥协，它又如宇宙黑洞般突现，几秒钟即可吸尽我的能量，使我像尘埃似的落到世界的表面。

对这一境况的注视与回味，使我误以为自己能通过默认距离的存在，获得一种置身事外的旁观者角度，然而事实证明，这不过是种天真的错觉。诸多的迹象在不断提醒或暗示我：我自己，正是距离本身。这当然不是宽阔的存在，甚至是非常狭窄的。是，我就是我与世界之间的那道不可逾越、无法填平的空隙。

在诸多渴望挣脱的跳跃冲撞之后，在落下的瞬间寂静中，我忽然意识到，这种逃脱的企图幼稚而又盲目。我怎么可能挣脱自身呢？这个空隙，是需要我面对并沉浸其中的，而不是背离。有那么一天，它将会完全地归属了世界，而我将获得一个无形的烙印，在额头上，使我像浮游于天地间的微粒，以更为自由的方式走上无尽的旅程。

我沉浸其中。十二年过去了，像一个并不漫长的梦，像一场貌似颇具喜剧色彩的变形记。当我试图重新认识自己的时候，我再次看到了这些小说——它们就像我的孩子，始终待在我身边却早已被我忽略，以至于完全没有注意到它们仍旧保持了原貌。我并不能改变它们什么。因为我早已不再是原来的那个我，而它们仍旧是它们，是我熟悉的陌生人。

难道我不曾将它们像圆石一样远远地抛掷出去，并出神地注视着它们在水面溅起一串串水花波纹直至消失的么？它们属于过去。它们来到了现在。而我的手里已是空的。我需要再次抓住它们，不动声色地为它们整理一下衣装，理顺头发，拂去上面的灰尘，擦净它们的鞋子，或许还会别上些我随手找来的小饰物，然后毫不犹豫地将它们抛掷出去，仿佛它们从未存在过。或许，只有如此，我才能走得更坚定一些，才能重新满怀热情。

赵松

2019 年 6 月 22 日，上海

失踪的人

雪，灰色的，静静地坠落。世界凝固不动，非常完整。

　　就像某种从天顶脱落的物质碎片，它们不断穿越看似有限的空间，无法阻止，不能避免。

　　现在是什么时候了？没有足够的亮光。这就是你所说的时间。太抽象了。金属的表面，冰冷的足尖，比心律略快些的移动，带着不易察觉的颤抖。

　　实际上无话可说。也不抱什么幻想。你在哪里呢？仍然是同样的询问，人人都想确定对方的位置，不这样似乎一切就无从说起。位置的确切永远是第一位的。确定了位置其实也还是无话可说，身在何处又有什么区别？然而询问还是会随时浮现。

　　某个瞬间里，你自然会注意到语气中的节奏，声音的质地仿佛得自金属的内里……天气很坏，寒冷之前的潮湿状态最让人不舒服，但雪泥里也隐藏着某种莫名的刺激。到处是混乱的建筑，声音却仍旧清晰……那种声音，像寻找地雷的探针，带着寒气伸来，刹那触及隐藏在衣服里的皮肤，还有裸露或隐蔽的那些神经末梢。不需要回答。但这个询问很可能是麻烦最少的，把号码重复看了又看，简单排列的数字。愚蠢的家伙。

你在哪里呢？不知道。我都找你三天了。怎么了？我那只狗，丢了。就是他天天领着到处乱走的总是表情无辜的那只长毛大白狗。是前天下午，在中介所丢的。西街口那有人勒狗，大小都有，去看看吧，我得去找人。我是想让你陪我去喝酒。去找你那只狗吧。你行，去找你的人吧。

"他们不想把这件事弄成一个案子。"所长说，"两三天找到他，稳稳当当地送回家去，然后么，就当什么都没发生……会有人领你情的。"

这是必然的，他们总能想出办法，让发生过的事变成"什么都没发生"。

"把这事儿交给你去办，是因为你跟别人不一样，"所长说，"我知道你有办法的……"

所长心情不错，眼里有温和的光泽，甚至掩盖了以往常有的那种混浊阴冷的光泽。那女人给他买的那件灰呢子大衣，还在后面的衣架上挂着。据说她还跟他谈起了自己的父亲。

这两天的雪，时断时续，静悄悄的，没人知道什么时候下，什么时候停。

早晨，所长给了马革两页可有可无的资料，还有那辆新近借来的深蓝色吉普车。他知道马革喜欢这东西。所长坐在那张宽大的板台后面，把手搭在肚子上，对他说，"难么？有两三天足够了。大后天晚上，我请你喝酒，跟这事儿没关系，领你去西区见见新事物……"所长低头翻了翻那本用报纸包着封皮的书。四周摆满了各种各样的柜子，有玻璃的和没玻璃的，都还是空的。这样的柜子楼下一间备用的办公室里还有很多，以至于有时马革会觉得所长简直是个空柜子爱好者。

马革看了眼桌面上的那几张新冲洗的照片，都是那个女人的，三十出头的女人了，还会偶尔露出单纯的感觉，这还是挺难得的，但也多少有点诡异。她会喜欢上眼前的这位老兄？令人怀疑。可是事实上她就是在不声不响地关心他，据说还从来都不提钱的事儿。刚才在洗手间里，所长说着话，尽可能让身体靠近小便池，努力把体内的尿液倾倒入池内，说他最近感觉身体恢复了很多，可以喝酒了。

"你用过么？"所长指着报纸上的广告。

"没啊。"

"说得有点夸张，别人呢，有说过么？"

"你的房子找到了？"马革岔开了话题。"我手头有现成的，要不要？"

"不用，快解决了。"

"她看着挺单纯的。"

"我这种年龄的人，不像你们……"所长瞥了他一眼。"我喜欢没什么内容的。"

"像个空白的本子？"

"你知道我不喜欢舞文弄墨的，我要的很少，非常少。"

走廊里是空的，右侧尽头处歪坐了一个接受醒酒的醉汉。黑乎乎的手被"手铐子"铐在暖气管子上。"我知道……"他含糊自语，慢慢晃着脑袋，身子向下滑去，像只正在放空的皮囊。他忽然想，要是把那个人找到，然后铐在这个醉鬼旁边，让他们在一起待上一夜，会是怎么样的效果呢？不，那样的话所长还是会怨恨他的。要克制你的暴力倾向，兄弟，要讲道理，不要拿什么都想开点玩笑，否则我们会都笑不出来的。那要是把所长跟他一起铐在醉鬼和那个失踪者旁边呢？

　　失踪之前，那个人没什么反常的迹象。没带走家里的现金和存折，也没留下任何文字。没有婚外情，据说这个三十八岁的男人很内向，平日不喜言谈，也不善交往，在单位也有些懒散，还有点自以为是。除了看些杂七杂八的书以外，没什么别的嗜好。有人说他收集了不少旧书，但后来证明基本上都是八十年代的，并无传言中的民国珍本。那两页资料提供的东西比这些还要少得多。

　　此外，还有张一寸的免冠照片，黑白的。马革注意到，这人的嘴唇略有些紧张地抿着，眼神有些发散，似乎正在看镜头后面上方的什么地方，这就显得他的下巴有些下坠，而那张脸有点偏长。对于这个莫名其妙的案子，或者说这件事，这个人，及其背后的那些人，马革到现在为止都还没有提起多少兴趣。所长那番带有启发性的指示，在他看来实在是有些无聊，不过还可以理解，心情太好的人总能突然冒出幼稚的想法。

　　他现在想的是睡觉。之前的那几天里，没完没了的手机铃声或振动声会时不时在他的枕边、怀里或是裤子侧兜里发出，像一种奇怪的鸟似的忽然间大量地繁殖起来，到处都是它们的窝，把他带到一个又一个乱哄哄的聚会场所，喝酒，说话，加深感情，帮忙解决一些难办的事，到处都会出现些奇怪的女人，穿着名贵皮草，金首饰，浓妆艳抹，像随时都能开口唱戏似的。

问题是他的女友有一周没找他了。手机也关了。那天的事真让人没办法，她就是这个样子。她注视着他的眼睛，忽然想到让他抱她。他说不行。她就走了。他真的不喜欢这样，动都没动，任凭她摔门而去。他并没有随口说出那个字，滚。他对她没有别的要求，只是希望她能安静些，少说些可有可无的话。不管是什么人，在不说话的时候，会可爱得多。

吉普车行驶在狭窄的马路上。起风了，雪花不多，胡乱地飞舞散落，两侧分开的是低矮灰暗的街树，少有行人。他一时没想起今天是周几。

今天与众不同。早晨的暗光出现在手表的玻璃表面上的时候，我就在看着表针是怎么运动的，金属的表盘逐渐清晰，表针的侧影也非常清晰，运动的秒针优雅地走着，单纯极了。我觉得它美，因为时间跟我已没什么关系，我在时间的外面。我其实就是那运动的秒针。我以前有过这么轻盈么？没有。现在，我坐在窗子旁边，天真，平和，像诚实的小学生，从地摊上买来的那本旧书里抄古诗，我的字并不好看，可是舒服极了。诗里说：江南。我没去过江南，只在电视里见过那里的景色，和想象中的不同，人多，看不出有什么好处。江南可采莲，莲叶何田田。北方也有开着莲花的池塘，很小，拥挤不堪的叶子下面黏稠的池水散发着腐烂的气味，夏天，有时会有肥的鲤鱼缓慢地探出头，吐着气，缓慢呼吸。鱼戏莲叶间，鱼戏莲叶东，鱼戏莲叶西，鱼戏莲叶南，鱼戏莲叶北。南方应该是这样的。这里不能。我只能散步，不会游泳。我散步，在草地上，从这一边到那一边……过两天，我就走了，无牵无挂。这一回我不犹豫了。把该做的做完，不留尾巴，干干净净的，跟用橡皮擦掉铅笔道儿那样简单，没多少区别。你能猜出我在想的是个什么地方？不，你不可能猜着，我想的地方你去不了，你也不可能想去。我现在要说的是现在结束了，结束就是结束，结束所谓的生活，开始另外的东西，不知道的，无边无际的。我的勇气是我刚刚发现的，这使我感到充实，有了多一些的信心，也有了力量，甚至还有了一点感动。……外面雪还没停，颜色比早晨时白，怎么看都很白，到处都是白的，取代了那种灰色。天上的灰尘没了，现在落下来的就是雪了，越来越单纯。还没到中午，不用看表，从空中的亮度就能看得出来，你现在应是在门厅的地板上拼接花园掩映下的宫殿，我的女儿，我能给你的就这些了，很惭愧，那些没意思的故事不能再编下去了。……什么时候开始找我呢，这我不清楚，别找我，我不是在做游戏，不是在试验你们的感觉，不是要刺激你们，别登什么寻人启事，别玩花样，我知道你们有办法，能找到更隐秘的方式，不动声色地，不留痕迹地。是，我承认我管不到你们。好吧，现在就开始。时间有限。楼下有人在勒狗，声音嘈杂。那个人拿着木棒转来转去，盯着那只惶恐之极的大狗，不知如何下手。……昨天，她问起我的生活，我说：没有。

马革有三处房子。据说是那个成语故事启发了他：狡猾的兔子有三个窝才会高枕无忧。东、西、南各一处，刚好在这个狭长的城市里构成了一个直角三角形，稳定的结构。他现在下车，走进了位于城市南边的那处房子，这里的设施是最为完备的。三居室分别在东南两个方向对着宽敞的明厅。他喜欢这样的房子。当然他也喜欢另外两处房子。有时候他也会讨厌这些房子。对于这个条件完备的"家"，他母亲认为再有一个女人愿意留下来就完整了。他似笑非笑，是这样。其实不是这样。让生活保持一种流动和随意才能有意外的乐趣。其实并没有什么真正的乐趣。所谓的乐趣都是想象出来的，在什么事都没发生之前。屋子里保持着杂乱无章。一位朋友送来的那几箱装帧花哨的精装典藏书堆在窗脚下，上面扔着他换下的几条内裤、一堆袜子、几个塑料打火机。那些她收罗来的盗版萨克斯 CD 层层叠叠地摞在电视柜旁边。老外的这种玩意是最无聊的，他对她说过。她并不在乎，这东西能让她产生很多幻想，甚至想在冰上跳舞。操。你不会懂的，她看都不看他一眼。

她还没有消气。有什么事情发生了么？没有。其实是她想知道他的全部故事。全部。哪里有什么全部？他说我没你想的那么复杂。你有，而且很多。但最后她还是失望了，我知道，你就是不想说。没错，他说，我其实远比你想象的要复杂得多，你要听么？他的脸上，一点表情的变化都没有。这会让她有点紧张。他知道。她生来就是个容易紧张的人。

他发现自己一如既往地喜欢这个固执的姑娘。没别的问题，她退而求其次，就是想让他抱一下，认真的，平静的，用心的……而他当时刚好不想和任何人拥抱，或者说是根本不想做任何动作，就这么简单。不想，谁也甭想让他在不想的时候做任何事。他知道她会固执地坚持下去，这真是种令人容易感到厌倦但又会觉得有点可爱的小愚蠢。在他看来，女人的愚蠢并非智力层面的，而是在于，有时候她们会以为自己有权为一个男人搞个小型政府，然后让他服从某种专政，在这个过程中接受她所安排的那些规则，并就此过上幸福的生活。可是，还有比他更了解政府的复杂运行规则的么？他可不想变成模范市民。他能原谅她的天真。对，是天真，还不能算是愚蠢。她跟她们还是不大一样的。她保留着某种近乎本色的天真。这样的女人也并不多见。

马革放下手机，在床边坐了一会儿，看了看手表。他发现自己只睡了不到一个小时。外面下着雪，灰暗的斑点，忽然看到它们的时候会觉得是夏天里的飞蛾，正在闷热中纷纷坠落。

"你在哪呢？"电话里所长的声音有点远，忽然又笑了笑。"我还以为你又躲到你的西宫去了。路上滑么？注意点……嗯，我是忽然有种感觉，那家伙，可能就在我们附近……你在听我说么？"

"嗯，听着呢。明天早上我给你回话。"

"算了，还是我打给你吧，要不你找不到我……别忘了后天晚上。"

手机响起之前，马革正在一个莫名其妙的梦里：起伏单调的雨声，早晨窗户里涨满阳光，他发觉其实没下雨，是有人赤身裸体站在楼上的阳台上朝外面撒尿。有人在笑。也可能他误将笑声当做雨声了。他在笑声中醒来。隔壁在打麻将，是一个男人在大笑，那种心满意足的笑声在持续的过程中有极强的穿透力。

　　他知道所长在哪里。当然是在那个女人的身边。他也知道他们去看的那处房子在哪里，甚至在哪家店里试的新衣服，所长面带笑容地听她讲那个正在上中学的儿子是如何懂得事理，让他看看她正在为他织的毛衣，而他则因为心情太好了隔几分钟就要上趟厕所小便，然后抽空故作深沉地打来这个电话，展示一下领导者的姿态。

　　那人是个生手。他不知该怎么对付那只脖子被勒住的狗，可能是因为那只狗过于强壮了，性情太过暴烈，让他忽然感到恐惧。那两只小一些的狗已经被剥了皮，挂在黑乎乎的树干上。他们剥狗皮的手法非常熟练……我还是感觉到一种从未有过的轻松和平静。没有任何担忧和不安。不抄那部旧书也没什么问题。我可以带着它到外面去，向北走。不会喝酒是我的憾事，也不会唱歌，非常遗憾。昨天夜里我发现月牙越来越小了，光泽也淡薄了许多，像即将蒸发的露珠。时间消失了。我知道这是为什么。走了多长时间我不清楚，没戴手表，我是有意这样的，是为了更加自由，也真是不需要了，我的时间已不存在了。河面结了厚厚的冰。横跨河面的那座铁桥有两百多步长，显得有些多余。不过说实话我喜欢它。在桥的中央，我能看到很远的地方。西边落日已没入冰冻的云层，此前激起的深红云气也已凝结为类似于陶瓷上的彩釉一般的物质。黑乎乎的铁桥栏杆十分简陋粗劣，这没关系。厚厚的雪层覆盖了冰封的河面。没风。我把手伸到空中，证实了这一点，的确没有。我听自己的呼吸。雪的表层是坚硬的。我的呼吸非常清晰、平缓，不再恐慌了，还能清楚地听见心脏的跳动。低平的河堤上，那些倾斜的矮树只是一簇簇深灰色的铅笔线条。其实应该学会素描，学学水墨也可以。乌鸦成群飞过河的上空，跟过去一样，真是让人感动。世界在这里，从我这儿向四面伸展到虚无的地方，我敢说我就是世界，以前我那么怕它，担心它忽然毁了我，现在才知道只有我能毁了它，因为它就是我。我几乎冲动地想脱掉所有的衣服，赤裸着自己，到河面上的雪里躺下留个洁净清楚的印迹，那应该是件很有意思的事。还是算了。

新鲜的雪覆盖了马路上黑硬光滑的冰雪。车辆缓行。稀落的行人低头走路，脚底下很滑，不得不小心谨慎。照片上的失踪者眼神敏感、内向。有些僵硬的面部和幽柔的眼光没有透露更多的消息。此人没有不良嗜好，就目前的情况看，没什么事可能使他因不满现状而绝望。他的家庭条件相当不错了。线索很少，空白过多。

吉普车停在积雪很多的人行道上。他拨通失踪者家的电话。先是个小女孩，接着，是个三十多岁女人的声音。在说明自己的身份并提出去她家中谈谈之后，对方的回答是肯定的，只是声音冷淡。

孤立在一群低矮老楼之外的这座新楼后面，是动迁后留下的空地。以前这里堆满了垃圾和废弃物，现在是起伏不定的雪地。开门的女主人肤色白净，目光冷清，似曾相识。她是内科大夫。室内暖气充足，宽敞的门厅里花纹漂亮的木地板上，一个六七岁的小女孩抬头看着他。她正用一些形状不规则的塑胶小块耐心地拼接一幅图案，已拼出的是一座花树衬托下深红的宫殿。小女孩目光幽然。这令他想起失踪者的眼神。他被女主人让到南屋，在深蓝色布面沙发那里坐下。她端来泡好茶的白瓷盖碗，放到马革面前的玻璃茶几上。

"我想知道，最近，他有什么反常的……"

"没有。"她眼光闪了闪，看着茶几上的那只盖碗。"上班，下班，吃饭，睡觉，领女儿玩儿，都正常。"

"有没有发生过什么不愉快的……"马革注意到，她的嘴唇饱满，肉感，只是表情略微有些僵硬，但皮肤保养得非常好，一双手更是白皙柔润。他忽然觉得她的表情也有可能是种假象，实际上的她与她表现出来的可能恰恰相反。

"没有。"

"他身体怎么样？"

"胃口差一些，有轻微鼻炎。但基本是神经性的，不是器质性的。最近他也没提起哪不舒服。"

"与人交往呢？"

"这方面，没什么问题吧。他不喜欢交际。但跟朋友交往也都正常。他就这样。"

"你们的感情一定不错吧？"他很随意地注视着她的表情。

"嗯，还可以。"

"他平时有什么爱好？"

"看电视。看小说。领女儿玩儿。"

"我们希望找到线索。希望他能尽快回来，不希望真成了案子。"

"我明白。这当然不会是什么案子。"

"有没有其他原因……"

"没有。"她显然不喜欢这种问题。马革看了看她，这一次她没有回避他的目光。

"我看他很快就能回来。"马革喝了口茶。

"他不是孩子了，就算是回不来，也不能怪你们。"

马革没兴趣再多问什么了，就起身告辞。"这两天，我可能还要打电话来，希望别介意。"

"可以。"她点点头。

在客厅里，小女孩侧着头看他，忽然问道："你认识我爸爸？"他点了点头。她说："你看见他了？你要是看见他，就说，我的图快要拼好了，等他回来挂起来。"女人说这东西是他买的，上周买的，女儿一直把这东西铺在这里，不让拿开，要等他回来挂起来。

小女孩注视着马革："拿开我就叫。"

我的时间从你的手指尖开始。从最修长的中指的尖端向两侧延伸，然后再次汇合。你的手指好像是一种植物，直到夏天时才变得丰润完美，无法形容。我有数不尽的想象物来对应你的手指，它们丝毫不比森林中的植物少。我生命的起点就在你这里，在你的手里。我注视它们，清楚地体会到时间的无限。这是我从没有对你说过的。这是全部。你为什么不接着问？你什么都不说，那我在不在还有什么意义？……省城里人多如蚁。街道交叉比人的神经还要密集，倒是藏身的好地方。我有二十五年没坐火车去省城了，想起来有种奇怪的感觉。最后一次去的时候，我才十五岁，因想到有半个多月的自由时光而感到幸福。现在我也感到有点儿幸福，在这趟空空的车厢里，看着外面不远处积雪的山脉和一些冷冷小小的房子，我预感我会顺利地做好这件事，买到那两套书，回来送给一位朋友和一个孩子。我相信自己的行踪非常隐秘，这条路线上不可能有熟悉我的人。在靠近门口的座位上，有一个肤如凝脂的姑娘，她侧着脸望着窗外流动的景物，安静地听对面那个老女人说话，朝鲜族的语言，飘来飘去的，隐含在火车车厢发出的震动声里。车厢是个与时间没什么关系的空间，在这里想象力会自由自在地四处飘游。……朋友为我理发时，说我的发质不如以前了，想给我染一下，我说过几天吧。我说你把那些残破不全的古龙小说扔了吧，我送你套新的正版的，他说等你发财再说吧，我说这没问题。我们认识二十五年了。下个月他结婚，他什么事都比别人晚。在四十多分钟的旅程中，我的想象时不时被饥饿的感觉打断，这出乎我的意料，我感到停住的时间又动了，和胃肠一起蠕动着。有个女人推着白色推车从车门那边过来，装着各种食物和饮料，红红绿绿的，像来自另一个世界。我不想吃东西。任何东西都是没什么用的，现在都不需要。我目送着它们走过去，觉得它们也是时间的一部分，不是吃掉就是空空放掉了。为了忘掉这些东西，我合上眼睛，双臂交叉在胸前，努力去想那首古诗，不，应是民歌，江南，可以采到莲叶，鱼在莲叶间游戏，自由自在……我感觉到自己在游动着，四周即是幽静的水，重重的莲叶。

她是透明的？也许。可还是没有消息。他给她买过很多东西，衣服、首饰、漂亮的手机，请她到不同的地方吃饭，对于这些，她并不在乎。有段时间，她提醒他注意他的眼神。他觉得有趣。后来她又一次郑重其事地提醒他注意自己的眼神。从那以后，她就悄然地变了，时常会陌生地看他的眼睛，或是长时间看着自己纤细的手，或是看外面马路上那些正在走向远处的人，心事重重。后来有一天，她出人意料地开始收集那些各种盗版的萨克斯CD。马革需要她的气息保存在房间里，如今这气息正日渐消失。他隐约觉得，她似乎有了某种新的想法。

手机响了。是妈妈。马革？她很不满意地问他，你最近在忙什么，为什么不回家看看，也不打电话，还关手机。妈妈并不知道他有三个手机。他只是无意中关了其中的一个。他解释。然后问爸爸怎么样了？他？开心极了，下雪天都要跑出去，去跳舞啊。马革只好安慰道：你也去嘛。她说，"我没那么悠闲，也没那么多的热情。"

有人在不远处叫他。一个火红的女人，在路东那家歌厅门口朝他摆手。他停下了脚步。她轻飘飘地跑了过来。他低声对妈妈说后天可能回去，到时再打电话吧。没等妈妈回应，他就挂断了。他等着。

她没抹口红。没盘起那头深褐的长发。披了火红的羽绒大衣，她竟然流露出某种清新的气息。这位歌厅里的老板只有二十七岁，老于世故，很聪明。因为跑得急了，在冰雪地面上她几乎收不住脚步，他伸手挡住了她。她的气息接触到了他的眼睛。

"去哪？"她不出声地笑着，喘着粗气，牙一闪一闪的，精致。

"下去。"

"进来坐坐？"

"改天吧。"

"没人。我等你四天了。"

"是么？"

"要不晚上六点你来，我有事要跟你说。"

"顺路我就过来。"

"说准了。"她睁大眼睛点点头，又跑了回去，摇摇晃晃的，火红的大衣下摆在身后晃动着，跟火焰似的。看着她的背影，马革有种莫名其妙的感觉。她谈不上漂亮，也谈不上有气质，不够聪明，只是偶尔才会难以捉摸，但和她相处，他会很放松，没有顾虑，她的分寸感无与伦比，不粘人，只是吸引，容纳。跟她相处，他什么都可以省略。

办别的案子类似于打猎，这件事却像是为别人找回走失的羊。

小餐馆里有六七张颜色被油迹模糊了的圆桌，一个人在吃粥，一脸倦意。矮胖的老板娘坐在门口的炉子旁边，看着窗玻璃上面的霜。马革推门进去，她愣了愣，这才热情地打招呼，问他怎么有空来了？吃点什么？

马革在她旁边坐下，拿出那张照片递过去。

她当然认得这个人，他几乎每天都来这里吃早饭，两个素包子一碗粥，一碟小咸菜。最令马革感到放松的是，她非常肯定地告诉他，此人昨天早晨还来过，六点左右。晚上天黑前还在外面看见过他匆匆走过去，没睡醒的样子。

"你女儿怎么样了，"马革说。"那个小妖女？"

"能怎么样呢？到底还是让她出去了。随她去吧。混成什么样都无所谓喽，能活着就行。有件事儿还得麻烦你……"

"那几个小子还不至于怎么样。"马革收起照片。这时门开了，进来一个四十来岁的瘦小男人，面色灰暗，声音沙哑。老板娘拿着他要的菜，顺口问他看见某某某没有（即失踪者）。那人坐到里边的一张圆桌旁边，把几碟小菜舒服地摆整齐了，低下头，嘴唇挨在玻璃杯边沿上，喝了口酒，说："看见了，干什么？"另一个吃饭的人付了饭钱走了。

"我找他。"

那人抬头看了马革一眼，见不认识，就没言语。

马革转身到了外面。没过半分钟，那人从门缝里钻了出来。马革往北走，他紧跟在后面。

"我见过他，"那人老实说道，"昨天下午，他在俱乐部那儿转悠。我想找他搓几圈麻将，他说没意思，就算了。我问他最近忙什么，他说做点生意，刚有点眉目，我说你能不能拉我一起呢，兄弟一场的，我知道他有背景。他也不说话。其实我也没真的相信他会做什么生意。他不像那块料……他麻将打得很差，有段日子倒是挺着迷。他这人有点神经兮兮的，人倒不坏。他说他有个想法，实现了，但是挺难实现的。我们都觉得他有点奇怪……他老婆是区医院的外科大夫。他对她呢，怎么说呢，据说都不睡在一起的。估计是外面有人了。可是也有人说他有点毛病的。外面有人据说是真的，是个歌厅里的小姐，挺高挺壮的一个女的，可他不行，那女的对人说，他只会看看。"后来，此人话题越扯越远。马革自己走了。

我就在你的对面。你不可能知道。在望远镜里，你近在咫尺。你总是忙忙碌碌……这间房子的唯一好处，就是空，除了床和椅子，什么都没有，没有任何装饰。我们难得见上一面，在电话里几乎无法交谈，充满了可怕的空白。只有面对面时才能说话，毫无保留。……她说，几天前有个男的要给她一笔钱，五万元，她想考虑考虑。我说你是无价的。她不同意我的看法。她认为一个已婚男人给一个已婚女人五万元并不是总能发生的事。她不在乎肉体，基本上已经忘了，可有可无，要放在那里的话可能连五万也不值。你为什么要这么说呢？要是你把自己标上价的话到头来只能变得一文不值。她说她会注意的，因为她很正常。

一切都正常。也可能会假扮狂热，但不会失控。……我没有别的办法，只能试着为她分析那个男人出这笔钱的心理背景。她望着窗外，似听非听，最后对我说，他是个欲望很强的人，对不同类型的女人都有兴趣，也都有些办法，他自称还是喜欢有气质的女人，倒不是很讨厌。我不想自己到头来纯洁得一无所有，她认真地说道。……那个人真是个生手，对那只黑狗没办法了，另一个人用一把小刀子偷袭狗的小腹。那里开始流血。恶心的方式，真正的屠杀。人越来越多地围上来。那个人终于恼羞成怒，突然用大木棒抡到了狗头上，发出沉闷的响声，像似打在木头上。黑狗尖叫着扭动粗壮的身体拼命将头伸过马路护栏的空隙以避开打击。后退两步的那个人又挨近了它。他的表情仍旧是不安的，尽管一条狗命已在他的手中握着。憎恶之余，他也确实给我带来了某种启示。

他在一个拐角处停了下来，掏出手机，拨失踪者妻子的手机号。不远处，一个男人正在往电线杆上张贴治病的海报，白纸黑字，灰白的糨糊冻住了，他用手捂着瓶子，不住地呵着热气。接电话的，是那个小姑娘。她竟听出了他的声音。然后才是女主人。马革询问，她男人带走了什么特别的东西。她想了想，说没有。声音依旧是冷冷清清。

雪住了。天空灰暗。地上的雪也是这种颜色。没人来电话。实际上，今天是他的生日。三十年前的这天晚上，零时，他降生在附近那个医院里，比预计时间提前了两个多月，只有五斤。

歌厅玻璃门内其实早就站着一个人等着他。火红的女人。她的高领长毛衣也是火红的。

"我还以为你不来了。"她说着领他从侧面的走廊绕过正厅，三转五转的，来到最里面的她的隐秘卧室里。"真是顺路才进来的？"她笑着问道，后面还有一句话他没听清楚。她关上门。地上点着一台电暖气，散发着热量和金色的光泽，地面伏着寒气。床头灯橙色光映着暗粉色的床罩，呈不规则的半圆的图案。

"暖气还是不行？"马革问道。她点点头，看着他，"这楼的管线太乱，不是一个地方的事儿。"过了一会儿，她忽然问马革："哎，你知道今天是什么日子？"马革摇摇头，"你提个醒儿呢？"她走到桌子旁边，"这个日子，当然跟你关系最大。"马革表情平淡，出于礼貌，还是点了下头。她嫣然一笑，"知道就好办了。"说着伸手拿开桌上的报纸，露出一个雪白有红色字体的大蛋糕，她又转了几转，插上几枝蜡烛，点燃。"来吧，"她说。他多少还是有些意外的，同时也有点

33

习惯性反感。

细小有螺纹的蜡烛继续燃烧。火焰变长，摇晃跳动。黑的蜡信子开始弯曲，影子在暗淡的奶油上动荡不已。蜡烛下面凝结的油脂周围有许多细小黑灰。屋子里似乎有了些暖意。他看得见自己吐出的呵气。蛋糕只切了两小块，余下的还留在那里。她坐在他的身边，点了支烟。

"你那位姑娘，怎么样了？"

"不知道，可能把我忘了。"

"还有人会忘了你？"

他没回答，面无表情。

"至少我还记着你吧，"她说。"也算不错了，是不是？"

她看着他。他目光平淡。

"那人来过了？"他问她。

"没有，来电话了，说是喝多了。"

"他可能看上你了。"

"是么？"

"是。"

"生意兴隆总比冷清好。"

"我们认识多久了？"他伸手把一支还没点燃的烟从她的嘴上拿了下来，"我最近烦烟味儿。"她看着他。

"我忘了。"

他把烟放回桌子上的烟盒里。他拿出那张失踪者的照片，"你看看，见过没有？"

她没看，把照片顺手扣放在桌子上。她看着他。

"你说过……我像什么来着？蛇还是狐狸？"她盯着他的眼睛。"没说过？怎么可能呢？你说过。"他没说话，她在靠近。他安静看着她，"我记性不好。"很快地，她的头发她的气息淹没过来。他没有推开，也没有迎合，任由自己没入黑暗，让她围绕，甚至还会被程序化地溶化、分解，成为无数个微小的局部。她柔软。柔软无声息地将他分解成细胞。她是他的外壳？他安静地让她将自己包容，就这样等着，他知道她在找着什么，一个只有她才熟悉的日常生活底下的马革，用她那近乎刻意的火焰照亮他。她从不相信他总能随意改头换面。他安静地想着别的事。她忽然停住了，扬起脸，奇怪地笑了笑。

"你几天没见到她了？"她问马革。

"忘了。"

"你们，是要结婚的吧？"她说。"再等下去，哪天就散了。她不错啊，那么干净。"

"还没想过，试试看吧。"

"过几天，"她起身到床边找到那支深色的口红和小镜子，均匀地抹红了嘴唇。"我算算账，先分红给你，把本钱也返给你。我现在有很多了。你的拿回去也不影响什么。"

"不用了。"马革看着她丰腴的身子在松散的睡衣里浮动，暗白的肌肤映着闪动的烛火和橙黄灯光交织的色调，因冷清而变得粗糙。

他有些无聊。

"不要算什么呢？"她突然回过头来问他。"算我骗了你的，还是算你给我的？"

马革看着她的眼睛。她又笑了笑。

"最近，"她吁了口气，说，"我出去走走你觉得怎么样？"

"去哪？"

"到时候就知道了。"

"别走丢了……"

"我又不是弱智。"

"我不行，我路盲啊。"

"要是有人想杀了你，费不费事？"

"容易。我又不是猫，没有九条命撑着。"

"得了，不说了，再为我算一次吧？"

她伸手从旁边摸出一副扑克牌，递给马革。

我给那个女人讲那只狗的事。那只被慢慢打死的大黑狗。真像个噩梦。其实我想的却是别的事。这个健壮结实的女人给我的是实实在在的不安的感觉。他们都是那么弄的，没有别的法子，手法的问题，利索点儿的话，什么事都没有，肉味都好得多，遇上生手，那狗可是真遭罪了。没办法，也是运气的事。什么事都有个运气。不是想的事。……她心情不错，让我看她的身体。结实的肉体很白，有力，但是胸部很小，有些松弛，黑色的乳头显得多余，身体线条非常简单，下体像橡皮做的。你怎么就没有感觉呢？她问。我摇摇头，试着抚摸她。我们说话。她说起儿子的事，学习不好，也不听她的话。她就那么习惯性地说着，就像台自动播放的机器，同时她也在继续努力地抚摸着我。……怎么回事呢？你也没喝酒。嗯，确实没有。她接着说起自己的男人有种奇怪的病，怎么也治不好，可是欲望很强……在她说话的时候，我忽然想到了死。哎，还是不行，你真有意思。她说着看看手表。对不起了兄弟，时间到了，她说。下次吧。我说没关系。奇怪的是，这样结实健壮的身体竟会令我想到了死。这个胸部很小的健壮的女人已经枯萎了，正在腐烂，从里到外。而那个柔弱无力的女人的身体却让我想到了隐藏着的强烈的生命，她也不饱满，力量被压在了深处，没有盛开过。我说了，她不相信。她对自己的身体充满了想象，也充满了恐惧。我们有相似的地方，只可惜时间都错过了。……我从里面出来时，后边紧跟着出来两个十七八岁的小子，他们商量着要把一个女孩从家里钓出来，要不就可惜了，模样虽说一般，身材可是好极了，特别傻，先领她……这回你算捡个便宜，其中一个说道。以后你可是不能碰她，要不就翻脸，这个月她就是我的。以后看你的本事。他们钻进一辆出租车走了。我觉得他们并不是孩子，也不是成人，只是一种象征，关于死的。另外一种死。总之是死。与任何人都有关系，当然我也不会例外，我是看得最为清晰的。你看，就在我的身边，如同影子似的铺展着，变幻着形象。他们没有意义。相反，我有意义。可是意义并不什么东西。

那幢小楼在一群破旧的楼里，在四周的灯影和积雪的映衬下，远看像个发光的黑盒子。雪把楼口处的那几大堆垃圾都覆盖了。门外几辆破旧的自行车歪斜在那里，车把、车座上落着厚厚的雪。

夜里十点钟，马革离开了那个歌厅。歌厅里的一位小姐前天晚上接待过失踪的人。这人，算是挺熟的吧，她说。也不常来，但就是觉得挺熟的，来了也只是聊聊天，也不会唱歌，不要别的服务……这人挺老实的，就是说话有点怪……挺有意思，大家都觉得他有意思的，愿意和他说说话……那天他情绪挺好，好像喝了点酒，说是正筹划一个重要的事儿，要出趟远门。他还说他要帮一个好朋友，说那女的很善良，可是活得不好，说实话我不是很相信他说的这个，说着玩的，这样的人挺多的，喜欢跟你说些有的没的事，我们也就是听听……后来他还说起，他来时看见一个人倒在路边的雪地里，快冻死了。我就问他，人冻死要多久啊，他说喝醉了半个小时也就完了。还说起一只狗的事儿。他懂的东西倒是挺多的……他听我说活着没意思，就劝我可以考虑读读《圣经》，我说我又不是修女，干吗要看那东西？他不好意思地笑笑，也不反驳……十多天前吧，我说我又要租房子了，他记住了，那天说手里有一间，不想租了，问我要不要租，他交了一年的租金，才住了三个月，说你随便给点就行了。临走时就把钥匙留给我，说你住吧，里面没什么他的东西，有个纸箱，过两天他就拿走，然后再把另一把钥匙留下。这是他的钥匙，我还没搬过去呢。这位身材高大的小姐是外地口音，声音低柔，二十八九岁，颧骨很高，以至于会显得脸上总是有种很认真的表情。

"据说他喜欢看你？"马革用眼光扫了一下她的身体。

"……不过我觉得他并不喜欢我这种类型的，说实话我有点壮，骨架太大了，他应该是喜欢那种娇小点的吧。他可能只是有点好奇，或者说也就是因为我不是他的菜，他才能放松地看看。你知道很多男人的趣味其实都是很奇怪的，平时你是看不出来的，也就是在我们面前才露出来，所以我也是见怪不怪了，什么奇怪的事儿我都见识过了，要是真碰上不奇怪的，我倒是觉得奇怪了。你是不是觉得我像在说绕口令啊？他看我的时候，我是觉得，我们其实都处在自个儿休息的状态。"

这幢小楼只有三层。马革上到顶层，在黑暗中站了一会。他敲了敲左边的那扇门，等了等，又敲了敲，没有动静，这才拿出那把钥匙，慢慢打开了门。这套单室一厅的房子没有装修，棚顶一根细细的电线上缀着一只灯泡。卧室里有一张木床，还有一把生锈的折叠椅子。

借着对面楼的灯光，马革四下看了看。室内东西实在又太少了，他很快就发现床底下放着一个不小的纸壳箱子。他把它拉了出来，拿出小手电筒照亮这些东西。一只墨绿的军用望远镜、一整套古龙的平装本小说和用塑料绳捆扎好的六卷精装本《一千零一夜》，书里夹了张纸，上面有行小字：

送给你的孩子

马革又多了几分兴趣。那些书摆放有序，都很干净。他顺手抽出其中的一部，是《欢乐英雄》。多年以前，他曾看过这书。和记忆中的一样，书的勒口上有古龙的照片和简介，绿色衬页上有作者和别人的合影。衬页下面的几行小字引起了马革的注意，是铅笔字，写得工整。

那里，我的草场，很高的草，大风吹着，它们都倒向一边，动物在跑，在对面，我看不到的地方。

终归是我不知道怎么接近，没有武功、没有利器……

他拿起那只望远镜，看了看。窗户上结了很厚的霜。他推开通气的小窗户。寒冷污浊的空气迅速涌入室内，他的呵气像烟一样朝外面飞散。楼与楼之间很近。他举起望远镜，对面的窗户忽然间来到了眼前。他注意到正对面的那个窗户是老式的木窗，窗帘是白色的，透着暗淡的灯光。阳台没有封闭，能看到厨房里，没有亮灯，燃气灶上显然坐着水壶，水壶擦得很是光亮，下面是蓝色微红的火苗。除此之外什么都看不到了。他等了几分钟，再次举起望远镜，发现门厅里的灯光已经灭了，蓝火苗没了。

手机突然响了起来。是一位同事的声音。

"怎么样，有眉目了么？"

"什么意思？"马革有些意外。

"我知道你在办什么事。"

"什么事？"

"你以为天下还真的会有什么秘密的事儿？"

"得了吧，有什么屁事？"

"明天我请你。"

"先说什么事。"

"为了你有办法，了解女人的心思。我谢你，你得来。"

那人说了个女人的名字，马革从未听过。他问还有什么风声。那人说有变化，还不明确，不过对你来说是个挺简单的差事……好了，见面再说吧。那边电话挂断了。

他把那些书从纸壳箱里都拿到了床上。或许可能还会发现一些文字之类的东西。现在，他不信那人会真的走掉，不过这样想想，又觉得有些无聊。

深夜里楼内很寂静。隔壁有人在做爱。马革看了看手表。过了一会，那两个原本热火朝天的人忽然争吵起来，而且声音越来越高，接着就是那个女人开始摔东西了。马革被这突如其来的变化逗乐了，还真够喜剧的。有人敲击暖气管子，发出中空的金属的声响。半个小时之后，整个世界似乎只剩下暖气管里汩汩的水流声。

书里夹有一张有些褪色的彩色照片。这是意料之中的。一个女人，三十岁左右，容貌并不出众，有些清秀，嘴唇薄薄的，表情安静，背景是墨绿的树和模糊的湖面。他很快就在这本书中找到其他的一些照片，是这个女人不同时期的，没有合影。一张黑白照片后面有一行小字：

我是你的对面。是另外的地方。没有办法。

笔迹略显成熟。马革发现，此人的笔迹无论怎样变化都显得局促而紧张，几乎每一笔的线条都绷得很紧，不能放松随意书写，有些笔触甚至是沮丧的。还有一叠写满凌乱字迹的活页纸。他读了读那些没头没尾的文字，觉得这人可能有些精神上的问题……他把照片和活页纸放回原处，将那些书和望远镜归了位，盖上纸壳箱盖塞回床下。

午夜零时已过，走失的羊不知此时正在何处游荡。马革觉得这人真就像只羊。他坐在那里，默默地又待了半个多小时。等到他刚要起身准备离开的时候，门外忽然传来清晰的钥匙开锁的响声。

他重新在椅子上安坐下来。过了一会儿，一个男人出现在屋门口。他知道，不用问了，就是此人了。两人四目相对。马革表情松弛，嘴角抖动了一下。唯一让他有些意外的是，那人也并没有露出多少惊讶的意思，只是看上去明显有些疲惫不堪。马革示意他坐下。

马革坦然地作了自我介绍，来这里的目的。那人点点头，坐在了床边，拿出一盒骆驼牌香烟，撕掉包装塑料纸，开了封口，抽出一支，用打火机点着了。过了一会，他轻轻咳嗽了一下，笑了笑问马革，知不知道他为什么离开家到这里住下？

马革摇了摇头，然后保持侧歪着的姿态。

他说其实就是想一个人清静地休息，最近心里有点烦，怕跟家里人闹别扭，就到这儿来了。

马革似笑非笑地看着他。那人说他原本就是不想惊动任何人，没想到连派出所都惊动了。马革点头表示完全能理解他的心情，但，这不是惊动，这只是件很小的事，对于我们来说，真的不算事儿，我来也就是劝你回去，你出来，没什么，但毕竟你是有家的人，你女儿多好，在家里拼着图，说要等你回去一起挂上呢。马革一边说着一边仔细听着自己的声音，觉得还是很得体的。

　　"你这几天都忙什么了？"

　　"抄抄旧书。"

　　"没想过要当作家？"

　　"没有。作家也没什么意思吧。"

　　"听说你要出远门。"

　　"不行了，现在做点什么都很难，放弃了。"

　　"你不是想帮人么？"

　　他愣了一下，"其实没人真的需要我帮。再说我也不是有办法的人。"

　　"你好像不抽烟。"

　　"最近刚开始的。想试试。"

　　"我看你还是别试了，没什么好处，尤其是这种烟，很冲，燎嗓子，抽多了还上瘾，到时想戒都难……你准备什么时候回去呢？"

"明天一早。"那人平静地看着马革。

"哦，好，这样最好了。凡事不要太认真。"马革拢了拢自己的头发，"你女儿也挺内向的。"

"我知道。但我是认真的。"他把半截烟在地面摁灭。过了一会儿，又说："你们平时会带枪出门么？"

"分什么事吧。一般不会带。"马戈平静地看着他，"以后你有什么打算？"又看了看手表。

"我想研究一下满语。满族人的语言。最近我在收集他们的资料。"

"是么，我们周围满族人好像不少。"

"其实不多了。"

"你是么？"

"不是。"

"这种语言还有人懂么？"

"很少的人。其实我感兴趣的只是一些单词、一些专有名词……比如说地名之类的。"

"说实话，你比我想象的要有趣得多。虽说你只是聊了这么点事，但我还是能感觉得到，你还是挺热爱生活的。"结尾这句话马革自己也觉得有些做作，但他确实是这么想的。如果不是太晚，太疲倦，马戈倒是真想继续留下来，听他谈这种奇怪而轻松的话题。

"你太客气了。"

"我只是实话实说，你要是跟我熟了，就会知道，我真不是个喜欢客气的人。明天上午我给你打电话？"

"没问题。"

又坐了十多分钟，马革起身道别，还伸出手去，跟那人握了握手，又湿又冷的手。够了。关上门，马革进入黑暗的楼道里，慢慢地下楼。他觉得明早还是要过来一趟的，开车接这个人回家，以免再生变故，这种人的想法总是出人意料的。回到车里，静静地坐了一会儿，他把车发动起来，然后开了暖风，拿起抹布在挡风玻璃上擦了半天，终于在那层霜里擦出了一大片透明的。但他并没有把车子开远，只是在开到了路口转弯处，就停了下来。他确信这个位置是楼上的人看不到的。半个多小时后，他又放弃这个想法。

没想到会来个民警。越来越有意思了。这有些像戏剧。侦探小说。我感觉到有人来了，以为是那个健壮的女人。晚上我请对面的女人吃饭，在市中心一个漂亮的酒店，环境非常好。她继续讲她小时候的事，一直说到婚姻和孩子。我说，无论你做什么，都是正当的，没什么大不了的，因为你永远是……她摇摇头，说你其实并不了解我，你说的只是你的想象，我没那么好，不但没那么好，可能还有点坏。……今晚她很美。不管她如何说，她都很美。正如一位朋友所说，是花朵凋零之时的那种美。我默默注视着她的唇，她的手，她的眼睛。最后，她告诉我，时间到了，她该走了。我说再见。她摇摇头。我送她坐上出租车，然后回来把深红色的有几丝橡木苦涩味的葡萄酒喝完。……公共汽车空空荡荡的车厢在急速的震动中发出轰响。我像一只松动了的破旧螺丝，抖动着。这声响是对的……我想起很多年前，一个早晨，我坐公共汽车到市中心和一群呆子一起听另一个呆子讲的课，车内人很多，我对面有两个小女孩，其中的一个眉目清秀，和另一个很普通的女孩玩一种游戏，比谁的口齿伶俐，她总是赢，似笑非笑地说着话，后来还轻声唱了首歌，声音轻柔飘逸。她不过十三四岁的模样。我想象着她现在是什么样子。我想象不出。她其实是在另外一个世界里活着。我遇见她只是一次偶然时空交错造成的。对于她来说，我当然也是不存在的。

他的吉普车开得很慢。时不时有空的出租车从旁边略快一些地经过。他能清楚地看见司机脸上的光影和眼神。橘黄色的街灯下面，烟雾弥漫，路面的雪已被碾得十分坚实，开始出现一些凹凸的黑亮冰凌。马路的对面，两个男孩，一个女孩，都十七八岁左右，前面的一个和她接吻，后面的一个注视着。

他在想自己该回到哪个地方住下。他掏出手机看了看。几分钟之后，他决定到没有装修的东面那套房子去。实际上，他觉得现在回哪个地方并没什么区别，都一样，而过去在他心中，不同的房子就是不同的世界，他可以过不同的生活，有不同的秘密。如今想来，这种想法本身就十分可笑。世界上有秘密的事么？可笑的秘密。他忽然想，假如有一天他消失在人们之间，没有消息，人们会不会找他？

他没开灯，没有脱掉皮鞋，直接走过客厅来到南面的卧室里。屋内的黑暗比较柔和。眼睛适应了以后，他才发现床上有人，是女友正睡着。他没有开灯，坐在一边的椅子上。她动了动，没醒。她的手边放着那本三年前他们一起拍的照片，那以后他们拍的照片一直没有装册，都堆在他办公室的抽屉里。

室内的暖气很热。他轻轻拉开衣服拉锁，把皮大衣留在椅子上，然后起身蹑足走到厨房里，倒些热水用毛巾擦脸。凌晨一点零六分，他来到北屋，掩上门，打开台灯。坐在窗前的写字台前，木头特有的香味里浅褐色亚光漆下面木纹幽静。那本《第三帝国兴衰史》下卷扣在桌面上，一层浮灰。上一次翻此书是一个月之前的事。封面上黑白图案里的元首形象仍旧是那么严肃可笑，就像一个大马戏团的当家小丑。为了这本书，她笑他是纳粹。那是在两年前。那时她是精灵。他叫她"精灵"。那时他很忙，很多人在靠近他。

她蜷曲在毯子下面，跟个孩子似的。他把窗台上的那盏台灯调到最柔和的亮度，压低了灯罩，让光影最小。他仔细看着她。他想到那个火热的女人，也想到别的女人。这样并不能区别什么。不存在平衡点，要是有的话也只是零，是无。他觉着自己心底有一个很深的裂缝，始终无法黏合，他努力尝试过，想用新鲜的东西填满消除它，可是到头来身体却反倒更空了。换种方式也可能有新东西，未知的东西，但裂缝终归是裂缝。

睡着之前，他想起那个失踪的人。可怜的家伙，这种年纪野性早磨没了。比想象中的好一些，有些意思。后来，那人跟着他进入梦里，跟他说话，跟他讲道理，甚至请他帮助，找一个女人，他只是笑着看着那人。那人问他：你有没有喜欢却得不到的女人？他犹豫一下，摇摇头……然后是他把那失踪者送回家里，交差了。所长用奇怪的眼光看他。混乱的梦境。在梦中，她来了，一片黑暗中的轻柔的火，与以往完全不同，忽然间成熟了，像夏天湖水中的水草一般滑过他的身体，聚拢过来，围绕簇拥着他，热烈坦然地展开袒露自己，没有语言……她在他的耳边呼吸，她轻声问，这样你喜欢么？你说话……他几乎醒了，默默地闻着她身体的气息，用指尖梳拢她散乱发丝。她低声问他。当他想知道为什么会是这样的时候，疲倦和睡意却再次将他淹没……

又是所长的电话叫醒了他。他翻转身体，发现她不见了。有那么一会儿他甚至怀疑她可能根本就没来过，而他认为她在只是梦中发生的事，或者说是他在某个醒来的瞬间产生的错觉。所长关心的是失踪者的消息和昨天晚间他在什么地方过的夜。所长在电话里大声说话。马革压低声音说：

"我听着呢。"

"找到了怎么不告诉我？"所长问道。

"这人不像那种爱冲动的人，他不可能再走了。我觉得他心情是平稳的。我们也仔细谈过了，今天早晨他就回家。"

"你的意思是，这还不能算冲动？"

"他就是不大想回家。"

"我要的就一个结果：他马上回家。"

"我这就去接他，送他回家。"

"要是他走掉了呢？"

"往哪走？"

"你别太自以为是了，马革。"

"我有过么？"

"算了，你现在就去吧。等你消息。"

　　这种方式是你说的。你很聪明，让人惊讶。可惜你不相信自己是聪明的。你错了。……说出这方式，是很久以前的事，那个夏天的下午，在那间狭长的档案室里，你躺着，侧着身子躺在长椅上，阳光透过灰色窗帘的缝隙穿越半空中无数的尘埃照射在你的身上，你看着天花板这样说话，断断续续，没有什么犹疑，你是在公共汽车里忽然想到的，这种方式，很干净，没有痛苦，你认为自己的血不多，时间不会很长，这是你的优势，那时你已经让我感到你很美了，你的声音让我着迷，同样，你的体态也让我着迷，你修长的腿，透过薄工作服的臀部曲线，使我看到了你说的死亡的另一方面。那时候我们像两个与世隔绝的人，我认识你是个偶然，肯定是这样，在那些褐色封皮的档案中间，我把自己看过的所有故事复述给你，希望你的想法能和你的美妙的曲线一致，活起来，哪怕是放纵也无所谓，总比那样迅速枯萎好得多。……你有你的经历，你讲得很多，只对我一个人这样讲，把幸福和痛苦都给我一个人。我并不像你想的那么单纯，不，我爱你，我渴望你的肉体，我想找到你的声音，你的狂热，我受不了你就那么死了。我单纯么？那一定是对你的渴望使我如此。别人不存在。你是无价的。这种感觉我得带走。我知道其实就算你标出价格你也还是纯洁的。这是别人不知道的。我讲的故事太多了。我总是幻想，把幻想也讲给你，就像你说的梦境，这回我要现实了，具体地做完一件事，我选择了你想出的方式，我很满意，这能使我纯洁一些，要不我可真是堕落了。……她回来了。不开灯。她站在那里，过了一会儿，动了动，点燃液化气灶，在蓝火苗上坐上水壶，壶擦得亮堂，侧面有火的光亮在闪动。她站在那里，动也不动，四周是黑暗。只有黑暗。……我也一样了，是黑暗的一部分，最小的，最细微的，越来越小……明天早晨的阳光将是最纯净的，它会温暖地照在我的脸上。我现在准备把那首古诗，不，是古歌，再抄写一遍。在你背后。

马革打开吉普车门时，听见一个戴着口罩的老头子拿的小收音机里传来的中央电台新闻提要。六点，天还没亮。那个老头子原地转圈锻炼身体。空气里充满了烟尘，能见度很低，不是个适合早起出门的天气。他拿出手机，开机后按一个很长时间都没拨过的号码。

没有人接。他低头上到顶层，没有遇见什么人。

他等了一会儿才敲门。和昨晚一样，没有回音。他又敲了几下。他拿出那把钥匙，插进锁孔，拧动，门开了。他走了进去，随手关上门。卧室的门是关着的。他松了口气。该结束了。他蹑足靠近房门。他闻到一股什么东西烧焦后没有完全散尽的气味。门外的墙角堆着一小堆黑色的余烬，是书，因为书脊没有烧掉，黑乎乎的。

他慢慢推开卧室的门。借着窗户透进来的微弱天光，他看到那个人背对着门，蜷缩着身子，睡在那里。他看到了那把昨晚坐过的椅子，就坐了下来。他觉得过不了几分钟，这个人就会感觉得到有人进来了。等片刻，他忍不住扭身伸出手去按下墙壁上的开关，房间里立即雪亮。那个人没有盖被子……他站了起来，呆立在那里。因为他看到了那人身下的蓝格床单已经被血洇红了，他走了过去，发现血已凝固，厚厚的一层，黑红的。这一回的确是结束了，非常彻底的。这个人，果真是说到做到，没再走掉，而且，以后也不会失踪了，不会让人四处找了，因为他把自己变成了死人。这当然也是一种独特的创意，马革觉得自己牙齿出血了。

马革没有动。他看着，耳朵里忽然有种奇怪的响

54

声，嘴里的那股血腥味儿缓缓地冒了上来。他确实非常的震惊而且恼火，确实有些不知所措。尽管这么些年里他已经无数次看到过类似的场面了，各种各样的死法，各种各样的死人，但这一次，他还是被大大地刺激到了，而且头一次觉得自己是非常愚蠢的。

那张床已被挪到了窗前。上面铺着一层宽大薄软的透明的塑料布，死者就躺在那上面，血流到床下后洇红了一片水泥地面，是黑色的。一切都很清楚。他割开了左腕的动脉，刀片搁在了一边。窗台上放着那只军用望远镜。通气用的小窗户敞开着。

一种出乎意料的失败感笼罩着他。这显然是昨天夜里他走后发生的事。门边那堆东西里还有烧掉的照片。在灰烬的最下面，有一张大一些的（就是昨晚他看到第一张照片）只烧掉了一半，还能看见里面人的脸和上半身。

所长带着人来到了现场。他们的动作十分迅速，简单拍照之后，一切清理完毕。死者被装到一只蓝色的袋子里，由一辆小型货车运到医院去了。所长在一边用手机打了个电话，简单地说了几句，声音很小。他看了一眼马革。

马革站在楼道里，脸色苍白，冷漠地看着现场。所长也没说什么，等人们都下了楼时，才心情平和地拍了拍他的肩头，说："行了，没事了。一个意外。不过也不错，他这样做，他自己解脱了，你我都解脱了，他们也解脱了，没人不满意。你的任务，也算完成了……不，我们不需要去医院，家属在那里料理后事，明天出殡，但我们不需要出现。给外面的消息，是这个人死于心梗。至于这里边的事，等完了我再和你细说。"说完自己慢悠悠地下了楼，走了转弯处，忽然停住了，回过头来，看了看马革。"这次，我对你，还是挺失望的。当然这不会影响我们的关系。"

那群乱哄哄的车辆转眼就消失了。只剩下他一个人待在雪地里。显然周围的人并没有意识到这里发生过什么事情。他们都是行色匆匆地走在上班的路上。

这回他确实开始头疼了。走到一边，他掏出手机，找出那个号码，想要拨打的时候忽然又停住了，他把手机又放了回去。

他从衣兜里抠出那半张残存的照片，看了看，背面只剩下一行有些变了颜色的深蓝字迹：鱼戏莲叶北。他又抬头看看对面的楼，那些紧闭的窗户，尤其是昨夜用望远镜看过的那扇窗户。

这时，楼门洞里走出一个女人和一个小男孩。她身材修长，面色苍白，衣着朴素但搭配得不错。她拉着小男孩的手，边走边朝这边望着。

他把那半张残存的照片揣入衣兜，朝她走了过去。他走过去时并没有引起她的注意。

他走过她的身边。他看着她，刚好遇到了她幽静的眼光。略一迟疑，她下意识地避开了他的眼神，拉着小男孩走远了，把背影留给同样想要尽快离开这里的马革。

从她的脸上，从她的眼睛里，你什么都看不出来，对于她来说，什么都没发生。因为她还什么都不知道，不知道很多事。你也一样。那个死去人其实只是想另起一行，没想到却成了结局，就像梦中人，只是想换个更舒服些的姿势，更稳妥地沉入一个美好的梦里，让它长久一些，结果却把自己弄醒了。

狗

家里的那只狗丢了。他们为了这只普通的小狗，耗费了很多心思，数不清的口舌，有两天几乎彻夜不眠。

　　父亲一个人出去找那只小狗。从白天找到夜里，又一直找到次日天明。回来时，他看上去已疲惫至极。相对于他这种看起来十分深刻的痛苦，母亲则显得焦躁易怒，还有些恍惚不安，那情形似乎不是丢了一只宠物，而是丢掉了打开通往明天生活大门的钥匙。她时不时地陷入了表面沉默实则思维混乱的状态。她在想什么？没人清楚。她不断向父亲投掷冷箭与暗器……是他教会了小狗下楼，然后又不闻不问地放它出去，任由它自己跑下楼梯，到外面以后也没管它，多么冷漠的一个人。毫无人性。这样说父亲，有失公允。

其实，他爱那只狗，胜过爱周围的人。他眼里闪动着湿润的光泽。也只有在这样的时候，我才可以更充分地注视着他，他的脸庞，听到他的声音，嘴里的酒精气息。他仿佛看不到我。看着看着，我就想起了几年前，有一次我们一起去城边的那条老街道，是个下午，他领着我往北面走去……我们经过几条马路，看到一座白色的平房出现在道路的尽处，他告诉我，这就是那个地方；太阳照耀着那房子白得刺眼，我注意到它的窗子是关着的，而且黑暗不透光，唯一的特点是似乎没有人在里面住着……我感到有些不安，心底下有什么东西在蠕动，在泛动着酸热的流体，缓慢地动作，像是要把我的五脏六腑都翻转过来换个位置，而我整个人似乎随时都会因这意想不到的变化而倒在地上。

　　为这只狗，母亲几次忍不住落了泪。
　　"我们该琢磨琢磨，怎么收拾一下这个房子了。"我试图把她的心思从狗那里引开。
　　"你说什么？"她突然间抬起头来，用那种很陌生的目光盯着我，"你说什么？"
　　没有办法了。我站了起来，赶走一只停在水杯上的肥硕苍蝇，伸手推开窗户。

"你们都太冷漠了。"她低声说道。我只好不声不响地躲开她的视线，躲到奶奶的屋子里去了。奶奶似乎一直在侧耳倾听。

"你回来啦？"她问我。我疲惫不堪地倒在沙发里，点点头。那两只陷在深密的皱纹中的眼睛，因为苍老和有些小而显得扭曲，仿佛沙漠深处的最后两点即将蒸发的水洼。她看出了我的那种不耐烦。我心里有些别扭。

"唉，多好的一只小狗，"她用眼角的余光观察我。那只小狗以前总是无缘无故地咬她，以至于有时候她认定它是母亲训练出来对付她的。这回再也不会有狗来咬她了。她摇摇头说："那算什么，还是好的时候多啊。你不知道，这小狗，还是好的。"她不自觉地叹口气，又嘀咕了几句话，我没听清楚，也不太想听清楚。

没有了狗，家里恢复了半年前的状态。父亲变得沉默寡言，目光迷离。他每天四处闲逛，看看别人下棋，看看街上的热闹；经济封锁开始了，他没有更多的余钱去搜寻泡酒用的各种药材和大玻璃瓶子，只能路过时看看，那些东西现在暂时可有可无了。他有意转移着自己的注意力。他心里放不下那只狗。他面无表情，可是毫无用处，每当我仔细留意他的眼神时，都能发现那种从中年向老年过渡时所特有的近乎下意识的感伤。

　　想想过去，那些美好的日子，那些无忧无虑的时光吧，他每天按时在早晨和傍晚带着小狗去逛街，那是一只多么与众不同的小东西，你不用给它拴上绳子，不用呵斥它，因为它充满灵性，白色卷毛短腿的小东西，它甚至知道你在想些什么，要往哪里走，永远知道谁是自己人，从不乱跑，也不随意乱叫。那段时间里，生活多有规律。它白天喜欢吃清蒸的鸡心、鸡肝，晚上喝点米糊加肉汁碎肉就可以了。晚上九点钟，他准时为小狗洗澡。他睡觉的时间与小狗是一致的，小狗就睡在他身边，枕着同一个枕头，跟他一样，它也是侧身睡，与他面对面。那只狗睡觉时偶尔会打呼噜，但节奏缓慢，声音很轻，完全不会像母亲那样肆无忌惮地震动整个房间。

　　家里到处都是狗毛。狗丢了后，过了相当长的一段时间，仍旧是这样的，那些灰白色的、略带弯曲的细毛无处不在。对我来说，它们是非常可笑的东西，让我防不胜防，浑身都不舒服，即使是小心摘掉衣服上的每根白毛，也还是感觉有些毛没被发现，就粘在某个地方，甚至是皮肤上，想到这些，有时甚至会感到莫名的恐慌，以至于会有意避免回家坐一会儿。因为身上会粘上很多狗毛，无论到哪里都会有人亲切地询问我是不是家里养小狗了，然后就兴致勃勃地同我谈论狗经。那种热情使你不能不做他的听众。起初，你还不得不解释一下自己实际上并不养狗，后来实在没办法了，就耐着性子听下去。那些人对自己家的狗都有种奇怪的深情和宽容，似乎狗就是他们感情生活里的最重要的支点。

就算是死了亲人，悲痛也会过去的，何况狗呢？后来有许多天，平静下来的家里人，还是会不时提起小狗的逸事。我没想到它会有这么多的故事，比我小时候的还要多。一向与家里人少有交谈的奶奶也为这只小狗掉了几次眼泪，包括以前小狗总是咬破她的手，现在回想起来也变得有趣了，它喜欢你才咬你呢，她固执地这样认为。我怀疑这并不是她的真心话。

这些事的不断重复，使我隐约觉得：这狗确实曾是我们家的一分子，而不仅仅是一只宠物一只卷毛小狗，它确实有可爱之处，而我过去并未注意到。因为，我也是个冷漠的家伙，这是母亲的说法。

我回家的时候不多。在一座日式老楼底层，有一间属于我自己的房间，两家共用一个厨房，对面的楼房离得过近，导致这里即使是白天也没有充足的光线。另外，环境也不怎么安静，周围的住户里好像大多数是时常流动的闲杂人等。不过对于我，这些都是可以接受的。在这里，我住了有十年了。我早就习惯了它的气味、声音、明暗度，熟悉了它的结构特点，墙壁夹层里秭秸的寂静和走廊里多有破损的水泥台阶。当然，对隔壁的人家也完全熟悉得不能再熟悉了，他们早已是我生活的一部分。

适应这个潮湿的十四平米的房间，我没用多少时间。可是适应楼上人家养的一群狗带来的噪音，却用了我将近一年的时间。这是我不喜欢狗的原因之一。别的原因当然还有，比如说我近乎神经质地不相信自己能养活一只小狗，它在我身边一定会死掉的，这种心态与小时候我们家养过的一只浅黄色卷尾狗被冻死有直接关系。我问过父亲，它是怎么死的？他也没说清楚，用的都是"好像什么什么"的口气。

"那年冬天非常冷，"他说。这我知道，我还记着狗被冻死的那天下午他一直在院子里站着，焦躁不安地等待外祖父把那些木头运来，用来封上我们家裸露的屋顶。那是一些好像浸过黑色沥青的枕木。"是这样吧？"我曾几次问过他。他不愿意谈论这事。

那天早晨，父亲早早地来到我这里。他掏出钥匙开门时发出的声音谨慎而又轻缓。我继续睡着。他轻手轻脚地走了进来，坐在了那把爷爷曾坐过的破旧藤椅里。那段时间里我总是失眠，或者说是出于某种原因到了晚上就睡不着觉，总是在床上翻过来倒过去地直到凌晨三点多，或者就是因为想把某些不完整的梦做得完整而弄得连觉都睡不成了。

我能听到窗台上闹钟的嘀嗒声，有时也听不到，感觉像沙粒从半空中落到洁白的硬纸表面上发出的响声。后来，他拉开了窗帘，让阳光照到我的脸上。我的眼皮不由自主地闭紧了。天空是红色的。我侧过头去，缓缓地眯起眼睛，看到许多灰尘正从半空中的阳光束里落下来，脸被映照着发热，有那么一会儿，倒是觉得很舒服。

"起来吧，"他摸了摸我的乱蓬蓬的头发。"几点睡的？"

"忘了，"我说，"怎么这么早就来了？"

"你今天有别的事没有？"

"还没想呢。"

"那就陪我出去转转吧。"

他是想试着再去找找那只狗。星期六，天气不错，到处是阳光。九月初，秋季的感觉已经很清晰了。昨天下了些雨，地面还没有干，尤其是那些有着十字花的灰突突的地平砖之间的缝隙里还是湿的，像是有什么东西马上会长出来似的，其实什么都不会长出来的，秋天到了，然后是冬天，一切都会变得冰冷坚硬而又寂静。没有灰尘被风吹动，空气干净，比往常要舒服许多。他推的自行车并不是我们家的，它太过破旧了，到处都在响。

"原来妹妹骑的那辆自行车哪去了？"一时没什么可说的话，我就随口问了这么句。

他说丢了有段时间了，两三个月吧，现在这辆是前些天在路边儿捡来的。这事我一点都不知道。这倒不重要，我在想自己在那段时间里做了些什么，想了些什么。可是我发现都被我忘掉了，脑袋里很空，有回音的那种空，空空荡荡。

他骑上自行车，我坐在后面。我们漫无目的地顺着街道缓慢行进。街上人很多，多数都是从早市买菜归来的。两侧乱蓬蓬的柳树已经枯萎，有些干枯的叶子偶尔落下来，掠过我的头顶，落到身后，带来一种错觉：时间在朝着相反的方向流动，相当缓慢，而且不易被察觉。似乎此时我们父子不是去找什么狗，而是去野外的沙坑里游泳，或是去寂静的工厂里洗澡，去树木密布的河对岸打鸟雀。但是不对，我指的是角色的感觉，不是他带我去，而是我带他去，因为他心里现在很是脆弱。

"让我骑车吧，你坐后面。"

他答应了，下了车，侧着坐到了后面，他比我重。

"气有些不足了，"他低声说。我用力蹬动车了，还行。

他跟我说话。如今他早上很难像以前那样按时起床了。以前小狗总是在早晨六点用爪子拍他的额头直到他醒，现在没有了规律，睡到什么时候就算什么时候了。我默默听着，注视着周围朝不同方向流动的人与物。不知怎么的，我忽然想到，再过一个月，他就是五十岁了。这一念头让我感到欣慰，并对自己的记忆力产生了些许的信心。

马路上的人越来越多了。他坐在后面似乎不太舒服，就下来了。我也下来，推着车子走。过了一会儿，我们转到住宅楼里的一片小广场上。离开了杂乱的人群，这才觉得安静一些。有些杂色的鸽子刚刚散落地上，没有什么声音，在那些起伏不平的十字花纹方形地砖上，走来走去，东张西望。

"你楼上那家还养狗么？"他忽然想到了什么。我告诉他，不养了，挺长时间没听到狗叫了。

"他们家赚了不少钱，"他认识那个男的，以前在一个单位上班，那个女的很能干，就是精神不大好，好像家里很脏乱。我听说，她亲手杀了那些狗，炖了分送给邻居们吃。他也听说过这件事。

父亲去路边的小卖铺里买烟。

"你现在还抽那种软包的三五啊？"他回过头来问我。

"没有啊，"我说，"什么都行。"我看着他的背影，他穿的西服，是我以前穿过的那件深灰的毛麻面料的，显得有些不合身。以前他的衣服我穿着也不合身，而实际上我们父子的身材是很相似的。

父亲买完烟，转过身来时，一位带小狗的女人经过他的身边，与他打招呼。他们说话。他看着那只小狗，似乎在谈自己家的狗丢失的事，看得出是熟人之间的谈话。父亲说着话，不时朝我这边看看，示意他这就过来。那个女人也回过头来看了看，好像在问我是不是他的儿子。他点点头，又冲那只小狗努了努嘴，发出奇怪而短促的嘘声，随后又看了看我这边。那个女人走了。我好像从没见过这个女人。

"能抽出这烟是真的还是假的么？"父亲接过打火机后问我。

我抽了一口烟，看着刚刚浮现的不太细腻的烟灰，仔细体会了一下。其实我有两个月没碰烟了。那口烟在空荡荡的躯体里没有产生意外的感觉，但是很快就有点不舒服了，像滞留在腹内某个角落里，不能顺畅地出来，这种意外的压制让它产生了反动的力量，它开始刺激那个地方，是胃与肋部之间的空隙。

"想戒？"

"没有……这烟是假的。"

他不太相信，指着烟盒，"这里有个标志，是正品，很难仿造。"

我说第一口烟的感觉就这样，没办法。过了一会儿，他似乎想到了什么，对我提起刚才那个女人，她曾希望我们家的狗能跟她的那只狗交配，那是只母狗，生仔的话两家均分。他说话时，我正想着很久以前的事，"为什么？"我忽然问道。父亲莫名其妙地看了看我，"什么为什么？"

"我是说，"我恍然地解释道，"她的狗，跟我们的狗，好像不是同一品种……"

"是你没注意，实际上它们是一种狗。"

"哦。"

这座城市里有很多狗。那天我们看到了很多狗，各种各样的狗。它们在看到我们的时候似乎都有种很好奇的眼神，有的还友好地对我们叫上那么两声。我时不时地笑出声。我觉得它们不应该知道我们正在找一只狗吧，想到这里，我就忍不住又笑了，确实很可笑。更有意思的是那些狗的主人，都对我们流露出某种怀疑的目光。

我从来没有这么长时间地关注过一种动物，其结果是我发现它们确实是我们生活的一个组成部分，在某些时候，甚至可以作为揭示我们内心世界的重要旁证之一。应该有一部关于狗与人交流内心生活的书，里面有大量的那种富有历史感的黑白写真图片。

"你以后尽量多回家看看，"父亲忽然说道。"没什么事也应该回来。"

"我有女朋友了，"我说。

"我知道，但这不是理由吧？你可以带她一起回家。"

"过一会儿，我去找她，"我说。"今天晚上不回去吃饭了，你告诉妈一声。"

他想了想，提醒我对于这件事要想清楚再做决定，"多想想。"

我难道不是一直在想么？我看看表，已是下午一点半。我们不知不觉转了两个多小时。我有些不耐烦地四处看了看。这样漫无目的地找下去，不会有什么结果的。

"你先走吧，"父亲告诉我，"我再转转，反正也没什么事，你先走吧……晚上确定不回来了？那好吧，我会告诉她。"

最后，我忍不住对他说："我能理解你的心情。那只小狗确实不错。"这种拉近心理距离的尝试，实际上显得很做作，甚至是虚伪。他面无表情，只是象征性地点了点头。

我从下午两点一直睡到黄昏时分。睁开眼时，看到窗外那株幼树的枝叶里充满了暗金色光亮，像幻觉。她来了，出乎我的意料。我几乎忘了自己在临睡之前曾给她打过传呼。很久没见了。实际上只不过是一个月的时间。看上去她气色不错，仍然是彩色的，丝毫不受这间昏暗的屋子的影响。

她去南方做服装生意，才回来两天，昨天来过我这里，但是没人。口红，香水，指甲油的颜色，都没有变化。这一次她的香水气息非常浓郁，让我不太习惯，不过有没有这种气息我都能坦然地面对她这个人。只是后来，我还发现了点别的变化，她的手没有以前那样柔软了。这是过于忙碌的结果？她并不愿多说生意上的事，"累，"她的语气跟过去一样单调而平淡。

她看着我，看了一会儿，"你上午去哪了？"

仿佛是在某个安稳寂静的角落里。过了多久？我还不很清楚。我总是醒得比她早。外面黑暗，有些零散的白色灯影。窗帘只挡了一半，我忘了是谁想起来要拉上的，可能是我，也可能是她。为了适应这黑暗，或者说为了确定自己身在何处，我爬起来之后，一动不动地坐在那儿，靠着墙壁。我的手指下意识碰到了油漆脱落的地方，指尖粘上了一层石灰粉末。

逐渐地，她的身体从黑暗深处浮现了，紧紧地裹在毯子里面，然后我看到她的面孔，她的眼睛。她醒着。

"你什么时候醒的？"我问道。

"刚醒，"声音很低，"你呢？"

我也一样。

"几点了？"

我下了地，踩着一个很柔软的湿东西，在窗台上找到了手表，但看不清楚指针的位置，就想去开灯。她制止了我，"算了，反正几点都一样。"

过了一会儿，她漫不经心地告诉我，"你说梦话了。"

这令我不安起来。我都说了些什么？她说，"好像跟狗有关，没太听清楚。"

"我找了大半天的狗，"我说，略微松了口气。我很详细地为她叙述了整件事的过程。她不喜欢狗，什么样的狗都不喜欢。不过我讲的过程中，有几次她还是忍不住笑了起来。我讲得确实过于详细了。此后，直到楼上人家的那个小女孩尖叫之前，我们一直安静地待在黑暗里，没有再说些什么。

楼上的那个女人的声音和她女儿的尖叫声掺杂到一起："你看着我！"随后，小女孩声音失去了控制。什么东西重重地撞到了地板上，我的房间都随之颤动了。这种情况我早已习惯了。

"今天怎么没有狗叫呢？"她问我。我只好又讲了一遍杀狗的事，那个女人，在天亮前把十三只良种狗崽都杀掉了，那些狗都还没长到足以卖的地步呢。早晨邻居们接到了她送的炖好的狗肉，当时都还不知道是她养的那些好狗，都以为是她用肉食狗来送人情，所以后来知情后大家都痛惜不已，骂这女人手够狠。听到这话，她就不再说什么了。

她让我开灯。灯不知什么时候坏了。我出去买了只灯泡。回来时，我看到对面楼的一束灯光雪白地照到我的屋子里，在陈旧冷硬的地板革上留下一块正方形的光亮。这时候她已穿着整齐地坐在那把藤椅里，在我把灯光重新释放出来的时候，她恢复了彩色的容颜，此前的黑白形体不复存在了。我的脑子停住了，有种将要凝固的感觉。我是黑白的？这个问题很不易想清楚。她的嘴里好像又多了一种甜丝丝的味道。她得走了。

"你喜欢狗么？"临走时她忽然回头笑了笑，问我。

"不，"我说，"不喜欢。"

在楼门外，那些谈天的人早就没有了踪迹，空气幽凉。终于看清楚了时间，手表上的指针位于十点三十分多一点的位置，甚至能听到银灰色指针轻盈移动的声音。

父亲坐在楼门边，坐在暖气总阀池子的石灰沿上。我没想到他会在这里。什么时候来的？从哪来的？从家里，还是一直在外面走？她也看到他了，并且从我的表情中看到了些什么，但也没说什么，只是回过头来看了看我，微笑了一下，然后就走了。

他今晚想在这睡。我不知道发生了什么事。不过我也没多问。总归是有原因的。比如我妈。我说没事，我可以到朋友的宿舍去。他有些不好意思，说要不我们挤一下也行。我说没关系，他们宿舍里有空床的，离着也近，几分钟就到了。然后，我问他，我妈睡了没有，他点点头，睡了吧。

"她说什么没有？"我问道。

"没有，"他说着掏出一包烟递给我，"别人送的，我抽不动。"当然，是三五。我怀疑是他自己买的。

我撕开烟盒上的锡纸，撕得很仔细，弹出一支，叼在嘴里，点燃了它，轻轻吸了一口，"你知道我为什么喜欢抽这种烟么？因为我也抽不动它。"

他摇摇头。

"还是没找到狗？"这是我最后一个问题，有点无聊。他又摇动了两下有些秃顶的头，"你走了以后，我也没去找它。"

"那以后呢，以后也不找了？要不哪天再弄一只来呢？"

"再说吧。我也没那精力了。"

最后，我提醒他，再过几天就是他五十岁的生日了。然而出乎我的意料，他说，过几天是你母亲的生日，他的生日已经过去了，而且，他不是五十岁，是五十三岁。

"我忘了，"我把声音压得很低。非常惭愧。

"我记混了。"我匆忙地说道。"那，我走了，你早点睡吧。"

　　"你也是。"

　　"要不，我给你煮袋方便面？"

　　"不用了，还没觉得饿。"

破碎或朦胧

一九八四年的秋天，陈盈死了。他们在谈论这件事。我和蓝胜坐在中学的院墙上，隔着槐树枝叶看他们在街上说着。夕阳正落向那些起伏不定的平房屋顶后面，马上就要落到某个黑乎乎的缝里了。他们吃的盐比我们吃过的饭都要多。而你呢，总是拿他们没办法。是这样的，她的死，让他们觉得多少有些遗憾，又有些奇怪地兴奋，其实他们什么都没看着，听说的事倒是很多。

　　妈妈跟陈盈的哥嫂，还有派出所的人，上午十点多才从省城回来。中午时家里涌进来不少人，满屋满院都是邻居，早早吃了饭来想听更多的细节消息，站在那里张着嘴发着呆。院子里的母鸡们被他们挤到角落里，为了鸡食盆子被人踩翻了而咕咕乱叫。爸爸钻到北院仓房里找一把多年不用的胡琴。他头也不

81

回地大声说，马戈，你去屋里头把那个手电筒给我找来……

他们走了。九月的早晨空气潮湿，呈灰蓝色。我从北院的仓房顶上爬了下来，来到外面，坐在青石的马路沿上，漫不经心地望着公共汽车消失的方向。风吹着，在挺高的地方，经过这儿到远处的什么地方，吹动着马路两侧高大的杨树，无数的枝叶摇荡着发出阵雨般的响声，真有点像在下雨……我闻到身上有股尘土的味儿。后来空气变得有些酸涩，西边工厂里排放的废气正顺风飘过来。风也是从那里吹来的。在车站等车时，他们的表情和身子都有些发木。这个早晨不像是九月的，好像还停留在温吞、混浊的夏天里。

我没想这么早就起来。妈妈急着出门却找不到合适的衣服，就对蒙头大睡的爸发火，那时候我正断断续续做梦，隐约闻到了槐树花的香味儿，心想这是九月里怎么会槐树花开呢？正为着斑驳的槐花暗自发呆的时候，我听见有人在不远处某个地方唱着歌，是女声，在黑暗中我看到一簇簇幽静洁白的小花朵正伸展着，丰满起来，露出槐树枝头。我恍然听到了一个人低声说话的声音，"给我找枝干净的，我尝尝，是不是真甜。""这时候是最干净的，没有灰……""你能看到我吗？""看得到，伸手来接着……"很快又被打断了。后来，我听见妈妈在大声说爸的脑袋还不如个木头盒子。闭着眼睛，我不明白她说的是哪种木盒子，因为我们家仓房里就有好多个木盒子。我睁开眼睛时，爸已蒙头又睡了。

他们走了。他们坐汽车，然后坐火车，绕过南面的那道矸石山，穿过大片大片的麦子地、玉米地，再经过许多平房、楼房，就到了省城。那个火车站的尖顶是绿色的，小广场上还有一座苏军纪念碑，碑的顶端据说是一辆真的坦克，涂着黑亮的漆。我听见火车在南面很远处得意地叫着，以前爸爸告诉过我，火车在那里山脚下转弯。

屋子里的爸爸和妹妹还没醒。我拿了本书出来，坐在东厢房的窗台上。破旧的外国小说。随便翻了一页，让自己读下去。今天是礼拜六。上午有数学、音乐课，想起来心里就很烦。我读着那本书，发现生字有点多，磕磕碰碰地读着，胡乱翻着，看看前面，看看中间，再看看结尾部分，里面还有一些画得挺差劲的图，里面的人都装模作样地摆着姿势。好像说的是一个男人和一个女人，这时候那个男人说那女人过去很美，现在不美了，很可惜……那女人说的最后一句话是：我什么都没有了。这话让我难过。这是什么意思呢？

现在是几点了？我不想去屋里看墙上的挂钟。奇怪的时刻，肚子里是空的，脑子里是空的，我的身子里有很多地方都是空的，灰色的，看不清楚。一点饿的感觉都没有。母鸡们一个接一个从笼子里出来，悠闲地走着，咕咕叫着寻找食物。我找了半天，才在仓房门后找到了装鸡食的铁盆，里面有玉米粉和碎菜叶拌成的东西。我把盆放到母鸡中间，觉得心里安静了一些。我转身到仓房里，想找到爸爸的那支气枪。仓房里面很黑，泛着潮气和灰尘的土腥味儿。我待了一会儿，眼睛渐渐适应了这里，许多细细的光线从棚顶四边的缝里钻进来，墙上挂着那两把坏了的二胡，绷着干巴巴的蛇皮。以前我每次听到胡琴的声音就会想到有蛇在仓库里爬着。墙边堆放着一些做木工用的工具，还有一盒生锈的铁钉和几捆扭曲的锈铁丝。我的书包经常藏到这里。"我什么都没有了，"我想着这句话。那支气枪没在这里。

我曲折地穿过那些灰色的住宅，路过很多半掩半开的脏兮兮的窗户，一路上耳旁不断传来奇怪的声音，听不清楚是什么。我有意绕了个远，从南面的木材场里穿过，再从铁道口那边转到学校那。木材场里面比过去任何时候都荒凉。直到学校门外，才觉得耳朵里略微清静了一些。

操场上空空荡荡，中午的阳光从薄云后面透射出来，热热地洒落在粗糙不平的沙石地面上。教室、办公室的门都关着。校长室外锈迹斑斑的旗杆子孤零零地立在那里。领操台后面的水池子里，有只水龙头没关严实，嘶嘶响着，流淌着一缕扭曲清白的水。南墙那边高低相连的单杠上面有厚厚的一层锈，只有横杠中部被磨出铁的光亮。坐在最高的那个单杠顶上，脚攀着立柱，能看到墙外伸向远处的一根根铁轨。我坐着，直到身子发麻。……今天是九月六号，再过五年，也就是一九八九年的这一天，我就是和她同岁了，她是二十岁，以前竟没想过，我觉得有些莫名其妙地发慌，仿佛这个数字就像绷紧在道路上的细钢丝，撞上的瞬间，她变成了灰尘。

老师站在办公室门外，有些意外地看见了我。她说话，指了指我。我听不到她说什么，慢吞吞地走到她的面前。跟以往不同的是，这时候我忽然有些渴望她发火，随意处罚我，那我就不用在下午听她的语文课了，不上别的课，自习课也不上了，就一个人待在她指定的某个地方，一动不动。我现在就想一动不动地待着，没人注意，没人管，除了不能动地方，余下的不就是自由自在么？

　　她漫不经心地看我，她的嘴唇很薄，缓慢蠕动，她没问我，你妈下午什么时候来。（这是意料中的，昨天我在卷纸上忽发奇想使用了一个新名字的后果。）而是问起我妈是什么时候回来的，还有陈盈的事到底是怎么一回事儿。我摇摇头。她想了想，耐着性子说："那你知道什么……"她的脸皮包着骨头，眼睛睁得很大，嘴唇发干，整个一张脸绷得紧紧的，隐约有股火药的气味……"你那套衣服，白衬衣蓝裤子，必须新的，你妈应该明白这是怎么回事……"她心情很好。最后一句她说的是什么我没听到。她丢下我朝教导处走去。很奇怪今天我没感到过去的那种恐慌。我的脑子里是空的，什么都装不了了，里面只能空着，我弄不清究竟是什么东西在那里撑着。我在水池子那里小心地放开水龙头，那声音让我舒服。我低下头谨慎地喝了几口凉水，感觉有细小的沙子摩擦着喉咙。水池子破损得厉害。带着铁锈味儿的凉水大量涌入紧张发热的嗓子，直起身子时，我听见肚子里的水动荡着发出声响，下巴、脖子都凉了。

　　那列货运火车停在学校墙外面，那二十节车厢都是封闭的，落着厚厚的灰尘。云越来越厚，天色灰暗。窗框下边的那块木挡板上的油漆开始剥落了，深红的油漆因潮湿而起层。提前下课的同学里有蓝胜。他最先出来，摇着破旧的军挎包，张着嘴露着两排白牙学马蹄声，疯跑着。李竹走了过来，低着头，像在想什么心事，扎在马尾辫上的蓝手绢一动不动，远看像我们曾追过的大蝴蝶。蓝胜回过头来故意做鬼脸气她。李竹让我想起陈盈。她们有点相似，眼神，嘴唇，走路的样子，手指都软软细长，还是身体的气息？

中午妈妈讲了很多话，讲得没什么头绪。省城那所小学里没窗户的小房间……医院里没有了干冰，要不办后事就放不住了……公安局的人认为事情不那么简单，不太可能是省城里的人，派出所的老陈很看不上他们，干脆到路边的小摊挑自己想买的东西去了……"可能是死者认识的人做的，"他们说。省城火车站那里到处都有人抓随地吐痰的，时刻都有人在同那些晒得脸发黑的大妈们吵吵嚷嚷讨价还价。陈盈连个像样的东西都没留下。妈妈没完没了地讲那些没什么关系的事，讲女人活着的艰难，讲前些天自己做的噩梦。

没有亮光的厨房里，水池发出水声持续了几分钟。不知道，后来奶奶把那副粉红的假牙放到一只白瓷茶杯里，泡上清水，放在北窗台上那个只啃了一半的绿苹果旁边，等明天早上再戴上。

临走之前，陈盈给妈妈买了一套玻璃杯子，上面印着青花，就算是空的远看也像似盛满了清水。她和妈妈在阴凉的屋子里谈了很长时间。外面阳光亮得人睁不开眼睛。浅红的胶皮水管伸到小池子里，随着手摆动，清亮洁白的水流冲刷着葡萄架底下埋在小砖池子里的六七株深褐的根，直到表面干脆的灰皮子重新依附不再翘起来。翠绿硕大的葡萄串紧密而饱满，向下坠着，像要把那些悬着它们的细枝拉断，又好像永远都不可能熟透，那么翠生生的。……她跟我说，她是去学那种在有红木地板的舞台上跳的有白色羽毛有长裙子的舞蹈。她跟妈妈说的却是另外的工作。她是故意这样说的，毕竟秘密不能谁都告诉，只能对我一个人说。她对我说的才是真的。那本我们收集的图片册里，就有那种舞蹈的。她指给我看，"就是这一种，是不是很好看？"她把手伸得高高的，身子更显得修长了，像是从高处往下看着我，像不像那个姑娘？其实她那时有点瘦弱，有股甜丝丝的味道。这都是真的，没人知道。陈盈说过，她只对我一个人说心里话。她就是这么说的。

她说过，有些事你只能以后再想，那时候你才能想清楚些，想明白些。要做点实在的事，把那些你弄不懂的事都装到心里，藏好了，那样心里就会安稳了。我可以想过去的事，那些事像图片一样装在我的脑子里，一个人的时候总会自然地浮上来，那是些别人永远看不到的图画，像落到地上的树叶子，带着树汁的清香，雨水的新鲜和光亮。……其实我还有个地方没告诉你呢，你走时我想说来着，可是到底没说，我是想等你回来后再给你一个意外，虽说你领我们去过那么多地方，可这个地方是你绝对想不到的。是我自己发现的，那天我走得太远了，差点迷路……不，都不对，不是南面的矸石山，是北山，过了那片老槐树林，再过了河上的那座铁桥，顺着铁道向西走半个多小时，就到了……坐在深深的茅草里，在阳光下面晒着，舒服得跟草似的，你能清清楚楚地看见城是什么样的，河就跟灰白的带子似的，而我们的城就好像一块形状不规则的煤坯……住在楼房里的女孩，我一个同学的姐姐，昨天她还在学校的音乐课上为我们拉小提琴，现在跟着那个脸黑的小子到水塔顶层去了，不只我一个人知道这事，我去过那里，那个到处是灰尘蛛网和草袋子的地方，可后来她也没死，就算她的妈妈把她的脸打得变形也没有死……她实际上更应该死。

"其实陈盈没死。"马戈说。

"那谁死了？"蓝胜在想别的事。

"另外一个女的……"

"你妈她们不是都看见了么？"

"你怎么知道？我妈说了，没看清楚。"

"你睡糊涂了吧？"

"你敢和我赌么？"

"算了吧，我可不想骗你东西。我告诉你，她死了。"

"我不跟你斗嘴。"

"等你清醒了我再揍你的这张硬嘴。"

"相信我……"

"得了，我信你一回，她没死，可是你不能哭鼻子，跟个女的似的。"

"我没哭。"

"我没说你哭了，是说你想哭……那本图片还要不要？不要我就卖了。"

"你先给我放着。"

"哎，马戈，我告诉你个秘密，想不想听听？"

"不想。"

"李竹的脸蛋是甜的，像桃子的味儿。"

"你怎么知道？"

"因为我是蓝胜。……我们明天去划木板船。你去不去？"

我和蓝胜从砖厂后面高高的墙上跳了下来，落在煤堆前面的水泥地面上，这一次他的脚没有扭伤。天朦胧得像巨大的灰色棉花浮在树顶。那两间房子如今已是空的了。门前棚子下的热水井还在那里，水仍旧是清的，温暖的，有一种奇怪好闻的砖石味儿。

"他以前就在这里洗脸，我也洗过，"我说。"不用肥皂，洗得很快，用那种很白的厚手巾擦脸。然后练倒立，就立在那里。"我说的是"大狼"，我最崇拜的人，一个勇猛善斗喜欢独来独往的家伙。"他能用六块方砖压在一只手上，然后另一只手拿起一块砖猛砸，六块砖全断。"

"可他不该一个跟他们七个人打，"蓝胜忽然说道。"你知道他让人打倒时是什么样的么？我看到了。是我喊的人，要不那些人早打死他了。他打倒人家三个，能保住命也算是命大了。"

"他讲义气。"

"是那个陈盈把他迷得没了魂，才干这种蠢事。"

"他喜欢陈盈。"

"陈盈喜欢他么？"

"不知道。"

"她谁都不喜欢。我爸说了，那样的女人都一样，谁都不喜欢。"

旧街像个灰突突的装满杂物的大盒子。白天大人们在街上待着，没有我们随意玩闹的地方。晚上这里才是我们的领地，我们四处游荡，模仿日本鬼子那样齐步走，甚至故意用力跺脚，发出很大的响声，直到哪家的大人出来声喊，我们才会笑着散开一下。我们寻找空房子，空旷的场地，握着类似于长矛、刀子、佐罗剑之类的武器，寻找我们的敌人——那些落单的陌生男孩和那些偷偷摸摸的青年男女。不过，这种生活到小学五年级时就完了，我们大了，在最后一个暑假里要等着上中学，没人有心思像过去那样结伙昼伏夜出耍精神了，一个个整天都是懒洋洋地待着，无论白天还是夜里都只能无聊地看着大人们走来走去。我不一样。我还保留着自己的秘密领地，会按时到那里去，跟一群群麻雀、乌鸦、野鸽子，甚至是蜻蜓和蝴蝶混在一起。陈盈也知道这里。

她喜欢那种能让人胡思乱想发呆的地方，那种太阳光会改变颜色的地方，这我没法讲清楚，总之她不喜欢空旷，喜欢重叠，不断的重叠，越多的东西在一起重叠就越好。是她把我们从旧街北侧杨树林里引向远处的，越过各式各样的墙，到那些被人们遗弃的地方。我们开始和她熟起来时她已经不上学了，而我们还在路旁的排水沟里用竹跳板模仿划船，她认为在我们这个年纪还玩这游戏真是太幼稚了，我们应该为这感到害臊，于是被她的这种傲慢气度收服的我们，就老老实实地跟着她开始四处游荡。

　　"……我比你们大，所以我就是你们的头儿，听清了，是女王。"她笑嘻嘻地坐在草垛上大声说话。落日的红光照在她的脸上。她眯起双眼看着远处。草垛有很多，都在砖厂最里面的空场里一排排地堆着，就跟缩小了的城堡似的，晴天时也总有股腐烂的热气从里面冒出来。她很漂亮，像女王，高高的，不胖不瘦。女王命令我们寻找各种宝物。我们找到了很多，镀锌薄铁皮的小圆镜子、铝壳打火机、硬皮火柴、水果刀、没有名称的铁盒子、生锈的钥匙、丢弃的照片和有图片的杂志散页、可以吹的哨子、奇怪的石头、木制弹弓、鸟笼子、空白的纸、腐烂的作文本，甚至还有没人要的信……她为我们画上红胡子，讲我们从没去过的地方，出人意料的故事，讲她的老家——南方的一个小县城……这样，我就明白了她为什么会有一把竹子做的躺椅，为什么喜欢在院子里睡午觉，为什么喜欢游泳，为什么声音与我们不同，会唱清柔的像流水一样的歌。她认为我适合当议员，而蓝胜适合做将军，这令我伤心。"……你们知不知道蛤蟆累的？"她大声问道。我们怎么会知道"蛤蟆是怎么累的"。她听了大笑不已。后来我们才模糊地弄清楚，是"哈姆雷特"，是个丹麦王子，死在一次决斗中，已经不可能娶她了。

那时候，那个退伍兵还没来到旧街。那时候她以为我们只是小男孩。我们知道很多大人们的事：比如说"大头"的爸爸整天哼哟哈哟地说身体不好，可天天早上把用过的避孕套丢到房顶；还有"老七"一经过南面的女厕所就停下脚步斜着眼向里面偷看，有几个女人说他像头公驴子。这种流氓事儿我们都知道，可是不能跟她讲，她和别人不一样。

我从中学西侧院墙那个豁口跳到校园里。草叶上的露水沾湿了裤脚、凉鞋和露出来的脚趾头，这种凉冰冰的感觉忽然让我觉得浑身紧绷。太阳还没有照到这里。脚底下的草叶随着他的走动发出奇怪的响动。一只灰色的大蚂蚱突然从草丛中跳了出去，落在不远处的空地上，它飞不起来，只能这样偶尔跳动，翅膀被露水打湿了。这是在西侧教室的后面，隔着十几株茂密的粗柳，能听见断断续续的平缓单调的说话声。我弯下腰身，仔细观察草丛里，发现还有很多蚂蚱待在草叶下面，和挂在草叶上的蜻蜓一样，一动不动。它们的翅膀湿了。没有像往常那样去碰它们，去戏弄它们，这小东西弱得不行，经不起一碰，很容易死。

我顺着墙根小心翼翼地往南走着。那些保护教室窗户的生锈铁丝网上尽是破洞。阳光越过教室屋顶，透过教室映亮了这一边的玻璃和铁丝网罩。蓬乱的树冠遮住了大部分阳光，只有少数细碎的光落在草叶上。一个窗角的缺口里伸出一枝细铜管，白天里这铜管顶上就会插着半截烟头冒着烟。我认识那人，过去打架是很有名的，现在是个瘸子，他和"大狼"是朋友，曾帮我抢回一支很精致的弹弓。

我站在操场中央。看不到太阳在哪儿。下午那层薄云里，热热的阳光透射出来，把操场晒得滚热。蓝胜他们在操场东侧踢那只半瘪的球。李竹从操场的阴凉处向教室这边走来。她看到了我，"下课了么？"我摇摇头。

"蓝胜说你们的女王死了，"她看着我，"他说你还哭了。"

"也就你信他。他就骗你这样的傻子。他还说你的
事儿呢，你知道么？"

"我能有什么事儿？"

她脑后的蓝手绢一摇摇地到了远处了，消失在教
室半敞的门里。过了一会，秀气的脸庞又出现在窗口，
远远地望着操场。学校新组建的鼓号队正集合在操场
边上，像军队一样整齐地排开队形，然后发出震耳的
响声。他们雄壮地经过我身边，没人看我一眼。

我被乱糟糟的阳光晒得发晕，胡思乱想，半睁
着眼睛，慢慢地，听不到了声音。墙头上有几只"乌
鸦"，或蹲或坐，等了很长时间，他们在找一个人。后
来终于找到了。他们飞下墙头，扑过去用书包抢他，
砸他，转眼间那人已被扑倒在地，他们踢他的脸、踹
他的肚子，他们书包里装着什么硬东西，撞在那人身
上发出沉闷的响声。后来"乌鸦"四散而去。胖校长
领着一帮乱哄哄的人冲了上去。

火车还在那里。车厢在阳光里散发着浓浓的沥青
味儿。晚上我还会来的，跟往常一样慢悠悠地从黑暗
胡同里出来，穿过操场，到水池子那里洗脸，喝凉水，
再到南面的墙上坐着，看远处工厂里的灯光，听各种
各样的声响。正在我浮想的时候，校长忽然站在了我

的面前，对我说话。他把我领回教室。老师轻蔑地看了我一眼，然后俯首过去说悄悄话。他失望地摇摇头。他走到外面，对老师说："我们学校的学生不团结啊，不能一致对外。我要讲话，明天开大会，人不犯我，我不犯人。"

"你锁门么？！"值日生站在门口，跟个影子似的大声问我。

教室里只剩下我一个人了。操场里满是暗金色的光，太阳就要落下去了。我走到操场上，觉得脑子里还是空荡荡的。他锁门的声音很响。我爬到墙头上，看见火车还在那里，面向我的这一面也是暗金色的。这时候，我看见一个人骑着自行车来到操场上，转了一圈后，到水池子那里，洗脸，洗车，然后静静地抽烟。他就是"大狼"。他的一只手破了，他用舌头轻轻舔了舔伤口。他离开之后，我才跳下墙，穿过灰突突的蒿草，我来到铁道上，踩着涂过沥青的枕木，顺着铁轨低着头慢悠悠地走着，看看能否找到一些有意思的小东西。昨天我在这里捡到了一颗子弹。爸爸说是小日本"三八"步枪用的，打得很远，看得到就能打得到。他指着南面废弃的矿山顶上说："要是你站在那里，都可以不费力地打到你。"

蓝胜从一节车厢下面探出头来，脸上蹭了很多灰。他在找火药枪用的枪沙。他神秘地说他的火枪就要做成了。"到时候，我会让你大吃一惊的。我要让他们都听见我的枪声。"他把那些带锈的铁砂子小心地装入裤子侧兜里。他从上衣兜里掏出半盒香烟和一盒火柴。我们抽烟，顺着铁道往家里走。黑暗越过我们，等回头看看时，身后的一切已被淹没了。我们还能看见铁道尽处青白的路灯和雾气。我们的唇边闪着那点亮火。

　　蓝胜的爸爸就像柱子。他家那扇潮湿的木门少了个折页，歪在一边。小院子里飘出一股腐烂的气息。他的眼睛很深地陷在眼眶里，盯着我们。他的声音仿佛是从肚子里发出来的。"你做什么去了？要我找你，找了一个多小时，我日……"我回过头去，门已关上了。蓝胜又挨揍了。不过现在他爸老了，动作越来越慢，打在他身上也没那么狠，有时打着打着还会莫名其妙地落泪。蓝胜没有妈。他爸四十岁时才有了那个女人，在一起过了五年，生下了蓝胜之后就走了，因为她原来的男人从监狱里出来了。我总是把蓝胜妈妈和西边路口那个裁缝的女人，那个把小个子李裁缝的大部分家当卷走了的上海女人弄混了。以前听奶奶说的这些事，她抽的旱烟一闪一闪的，"她会说英国话，也会日本话，她的男人当过日本翻译官。"我问那蓝胜为什么不会呢？她为什么要跟蓝胜他爸？"我说的是裁缝家的，"奶奶自言自语道，"不是蓝家。那个女人是乡下来的，她的男人是村长呢。"那她怎么到的上海呢？"我这是说蓝胜她妈呢。"

我困了，很快就睡着了。有时我能梦到那个上海来的女人，她说的是我不能听懂的语言，她的眼睛总是看着远处，可我觉得她会看着我。我能想象出她在那个很大的城市里是什么样的，坐在深灰色的木制窗户旁边，走在下过雨的街上，她的步态，那种轻飘的没有动静的走法，陈盈就是那么走路的。奶奶说："她当年讲起上海的时候，我们都直咋舌。"我忍不住说："奶奶，她还有很多事没说出来呢，你知道么？""那我怎么知道啊，"奶奶说，"她这种好模样的女人，总是容易活一些的。也不都是。还是命的事。"

暮色里，未建完的公共厕所像个奇怪的大昆虫卧在那，伸着十几条黑乎乎的长腿在半空中。没有路灯，汽车驶过时雪白的光束划破两侧高耸的大叶杨树，这时候那大昆虫就会动起来，慢悠悠转动几圈，影子爬到学校的大墙上，直到光束熄灭为止。工程队的铁棚车停靠在车站后面，紧挨着中学墙。没人跳舞。几个工人如同影子似的，懒洋洋地靠坐在棚车门外抽着旱烟，旁边那台破旧的录音机仍在发出嘶哑缓慢的曲子。他们低声说什么，偶尔发出低沉的怪笑。十多分钟之前，他们还和旧街的几个风流女人乱糟糟地跳成一团。直到老七终于冲出来，一通大骂搅了局，女人们才四散而去。

看热闹的人们围到了老七家门外。白色灯光从门里直射到门外人们的脸上。人们忽然向后退去，那女人披头散发地冲到了自家门外，大喊大叫。人们躲在黑暗里看着她。她的眼眶、嘴唇都肿了。老七在后面猛力地拉扯她的身体，她紧紧地抓住门框死也不放。"我要和全世界的男人睡！"她大声叫道，"我要把自己挂在这门上，让他们都来……"

"她说什么？"一个女人忍住笑，问旁边的一个男的。

"她要和全世界的男人睡……"他眯起眼睛说，"没准儿她还真能做到。除非老七真打死她。可他没这个本事。"

"你会么？"

"什么？"

"要是她真把自己挂门上……"

"你妈屁话。"

我坐在中学的墙头上，槐树枝叶飘浮在我的面前，一动不动，比黑夜的颜色更深一些。妈妈今天一定是把我给忘了，要不早就出来叫我了。我们家南院里的那株山里红树现在也是黑色的，看不清枝叶，也看不到那一簇簇半青不红的果实。

　　"哎，马戈。"

　　我侧过头去，只见蓝胜从墙的那一边慢慢走过来，到我这里时蹲下身子。

　　"你干什么呢？"我有点漫不经心。

　　"我的枪管让老爸给扔到墙里边去了。"

　　"找到了？"

　　"没。"

　　"找不到就算了……"

　　"天太黑，明天一早你帮我一起找行么？"

　　"你来叫我吧。"

　　我同学的姐姐，在屋子里痛哭，说她不想活了。可他这个弟弟却在笑着，捧着一个玉米面的窝头，在窝里加入新鲜的酱，另一只手里握着半根葱白，蘸着鲜酱往大张的嘴里送去，盯着我们故作得意状。她哭，不只是因为没有住到楼房里，而是因为她有孩子了。可我知道，她是不会去死的。她是那种永远都不会去死的女人。这一点我太清楚了。

院子里的那些鹅卵石的余温使你的手指尖很舒服。屋里没亮灯，奶奶坐在窗前的青石上，喝着茉莉花茶，手里的马尾甩子时不时摇动起来，驱走蚊虫。妈妈窗户里的灯光照射到葡萄架尽头扎根用的池子边沿，一些藤枝和叶子都变得明亮如金子。街道上的干部，还有几个妈妈过去教过的学生挤在小屋里。我回到奶奶这一边的黑暗里，找到地上那几个白天挖的小穴和两枚玻璃球，凭感觉弹来弹去。玻璃球彼此相撞，发出的轻响，好像来自另一个世界。

"奶，她为什么要和全世界的男人睡觉？"

"谁啊？"

"老七的女人。"

"她是个疯子。过去，我们老家那里，管她这种女人叫昏娘们儿。她有时会忽然就昏了头，做出蠢事来，让人家看笑话，自己还以为了不得呢……她人倒是也不坏。"

"那为什么非要和全世界男人睡呢？"

"那是气老七呢。"

"老七生气么？"

"有一回老七让她气得都吐白沫了。"

"可老七打她。"

"打完就没事了，这么些年了。"

"奶，人死了到哪里去？"

"天上……"

"怎么去的？"

"顺着大烟囱就上去了。"

"是砖厂里的那六个大烟囱么？"

"不是，在南面挺远的一个地方，就一根大烟囱。"

"是爬上去的么？"

"嗯。"

"那为什么我爬上去时什么都没看到呢？"

"你啥时候又跑那边去了？！"

"大烟囱能把塑料袋子整个吸上去。"

"可不能再上去了。要是把你吸进去不就完了？！"

"她们在和妈妈说什么？"

"陈盈的事儿。"

"可陈盈没死啊？"

"谁说的？！"

"他们都这么说啊？"

"怎么能呢？……唉，我昨晚还梦见她了呢，穿得很鲜亮，我还说这丫头可惜了。她笑了笑扭头就走了，还是以前那样子，那个劲儿。"

103

"我也梦见她了，她上舞台了。"

"她上那地方做什么？"

　　学校操场南墙外很大的木材场里很少有人，长满了深没腰的蒿草和伏在下面胡乱生长的有刺植物。靠着中学院墙，有几间没建成的房子，里面有几堆散乱的淡红色的砖头，还有沙子和乌黑的瓦片。房子没有顶，仰头就能看到小块的天。以前我常来这里，坐在没窗户框的窗口，越过学校院墙的那个豁口，远远地看着操场里玩闹的孩子们。这里是属于我们少数几个人的。这里有无数的麻雀，有数不清的耗子，有很多灰暗的大树，有神秘的肆意漫长的蒿草，城堡般的木头垛，无家可归的狗，放荡的野猫和一大群灰黑的呆头乌鸦。

　　"在河的北岸，靠近山脚（她在一个字条上这样写着），有些池子，都是不规则的形状，大大小小的有几十个，都有很清的水，能看到底，里面什么都没有，水是暖的，在里面游泳，在一个最大的池子里游来游去，像鱼，水的波纹滑过身上时真是神奇，舒服，天像厚玻璃，没有太阳，可并不暗，安静。一个男人站在不远处，望着这些水池，不说话，我不知道他看没看到我，后来他朝这里走了过来，手里拿着一条青绿的蛇……"

"我们为什么不去游泳呢？"有一天我忽然问她。她正望着远处出神。我又问了一遍。她恍然间说："去哪儿呢？"蓝胜急不可待地说："郊外有一大沙坑……"她摇摇头，太远了。我对她提起市内的那个游泳馆。她看了看我，那里的门票挺贵的。"我们可以想办法么，"我大声说道。四月午后的清亮阳光从后面照射过来，她脸颊上的绒毛都被照亮了，在她对面，我们都睁不开眼睛。那时候的我们，还不可能看出她的眼睛里隐藏的东西。

我们最先去的并不是游泳馆，而是蓝胜说的沙坑，在七月里。那里有大片的水草，并不是游泳的好地方，但好处是偏僻无人，天空开阔，望不到尽头。阳光照在我们的脸上，晒得皮肤发痒。我们把外衣蒙在头顶。沙堆上长满了蒿草，我们躺下去，周围一片清凉的香涩味。这个沙坑在最里边，两侧是高大的沙堆，岸边满是发白滚烫的鹅卵石。穿着黑色游泳衣的她在水中时隐时现。那时我们都不会游泳，只会跳到浅水中乱扑乱跳。再说我们从来不穿游泳裤，她在这儿我们就更不能下水了。蓝胜到对面的沙堆上去了，用蒿草编成一顶草帽戴在头上，边走边向远处眺望。我双手抱着膝盖，望着水中黑鱼游来游去。

"你怎么不下来啊？"她在水中扬头叫我。我摇摇头。后来，她坐到我身边，坐下时湿漉漉的发丝擦过我的脸庞，有一股淡淡的香味。跟同龄姑娘比，她明显纤瘦，只有脸是恰到好处的，眼睛是那种让你不能直视的明亮。"我还以为你们都会游呢。"她用毛巾擦头发上的水。我不好意思地笑了。

"你这些天都在忙什么呢？"我小心地问道。她看了我一眼，"没忙什么啊。"

"我看见你们去游泳馆了。"

"我们？"

"那个人。"我看着远处，看下边的水面。过了一会儿，她说："哦，是半路遇上的。"

"他游得好么？"

"还可以……"

"比你游的好么？"她没答话，仰面躺下了，双手枕在脑后，安静地眯起眼睛注视白亮的午后天空。她的皮肤很白，是南方人的那种白细的皮肤。她不说话。我说："你怎么不写纸条了？"

砖厂深处那个大水坑旁边有条长方形的铁"船"（其实是个用来搅拌水泥的铁盒子）。我们常到这里划"船"。那寂静浑浊的水光现在想起来仍令我感到不安，会想起陈盈幽暗的眼睛，她坐在船边，手放在并拢的膝上，望着近处的水面……她和那个人坐在水边，不说话，望着远处。她在船上笑得直不起腰身，因为我跳到水里说自己会游泳，可是水只是没到腰部，而且有大量的淤泥，成了泥人。

她笑着问："马戈，你真喜欢游泳吗？"我说是啊。她说："明天我带你去个好地方吧。"

那是市内的游泳馆。我从没去过那里。光线暗淡、动荡不安的地方。湿漉漉的人，起伏不定的光影、混乱声音的回响、尖叫掺杂在一起，我头晕目眩。坐在池边，脚伸到碧青的水里，水是冷的，肤色冷白，我清楚地感到小腿肌肉紧张了起来。不远处，她游动着。那一头长发扎在了脑后，没入水中时，茂美的头发如同一丛纤细的黑色水草一样均匀散开，漂浮波动在她那鱼一般的身子上面的水纹里。她像鱼，真的。我从来不知道游泳可以游得这样好看。她游回来了，头在水面上，看着我，微笑着。一种柔和的光。她的身边多了一个人，咧嘴露出很白的牙。我低头走到旁边两排椅子的后一排靠边儿坐下。那人笑了笑，跟陈盈说了句什么，就往深水区游去，她跟在后面。脚在水里泡得发白，不舒服，想到自己不能那样自在地跟鱼似的游泳，我忽然间有些难过。她上来时，我正蜷缩着

107

身体，双手抱膝，下巴压在膝盖上，脸色难看。

第二天我把这件事说给李竹听，她微笑着说："你不懂。"那天我们俩跑到木材场尽里面，躺在木头垛之间的草地上，晒着太阳，蜻蜓、蝴蝶在上面悠闲地飞来飞去。后来她说想看看我的身体是什么样的，让我把衣服都脱掉了，看了之后，她就脱了自己的衣服，说你也看看我的吧。都看过了，她就说，也没什么不一样么，就差那么一丁点，别的都一样。然后就坐在那里说话，直到那几个同学把大人们领来包围这里。

我无法安稳地睡下。停电了。别的人家也没有灯光，街上也没有。院子里一片寂静，好像是所有的声音都消失了，只剩下我自己的呼吸，不均匀地起伏着。墙上的老挂钟在黑暗里平和地走动着，看不清它的脚落在哪儿了，也就不知道时间。奶奶在院子里吸旱烟。她卷烟时发出很轻微的沙沙声只是一闪念的工夫就没有了。我隐约听见她在自言自语。

"你以为我会不懂么？他是呆子，我可不是。你不用说我也知道你们想的是什么主意，我什么没见过？你不用不服气，不用忙，天是有眼睛的，它什么都知道，你把我放在哪里了？这是现在了，若是过去……可我活得好着呢！"

"奶，你跟谁说话呢？"

"我跟老天说呢。"

"他听不到你说什么。"

"你爷能听见。"

"他在哪呢？"

"你不要管。"

她不说了。又坐了几分钟，然后起身去划上院子的大门。

她端着烛台进屋里，烛火还没完全旺盛起来，她用手拢了一会，那缕金黄的光焰才明亮一些，不再跳动，稳定了。时间并不晚，只是八点半多一点。

来到院子里，我觉得心里不那么闷了，不过那个东西还在心口堵着，化解不开。我蹑手蹑脚直走到妈妈的窗前。她还没睡，正和爸说着什么。

"她哥也真是老实过头了，穿衣服时她嫂子躲得远远的，他都不说一句，还是我和街道的那女人给她穿的……这没什么，可我看着……哪怕好一点，也不至于现在这样。本来我想过两年给她介绍个……"

"可能是觉得丢人吧？"

"丢谁的人？！"

"她不该去那么远的地方……"

南院的仓房门没锁。我小心地开了门，一步步摸索着走了进去，仓房里阴凉腐蚀的气息扑到脸上。左边的架子后面有我藏的一支蜡烛和用油纸包着的火柴。我点燃蜡烛，烛光将我的影子大大地投射到墙上，颤动摇摆着。我回手关上门。地面略微有些潮湿，但是很光滑干净，奶奶几乎天天都要来打扫一遍。在尽里面的一只木头箱子里，放着一台又老又旧的唱片机，还有一叠落满灰尘的用牛皮纸袋装着的深褐色旧唱片。两年前我在爷爷留下的箱子里找到了这台机器，当时没人要它，以为已经坏了，他们都想着将来要有一台日本的录音机。只有我知道它是好的，可以用，可惜那些唱片里都是唱戏的，没有我们爱听的歌。本来我想把它送给陈盈的，可她没法带走，她说以后吧，等以后她有了住的地方就回来拿。我一直为她留着。那些唱片都被我装在塑料袋里封了口放在架子顶上。

"我们那边人爱听昆曲，笙管笛箫，不像京戏那么闹……你们见过么？"她高声说着。我抱着那台老式手摇唱片机，坐在草垛的顶上，尽力摇着那只光滑的木柄。落日照得我的脸通红。咿咿呀呀的唱戏声在半空中飘着，我跟着乱唱着。蓝胜在另一个草垛上戴着自己画的面具翻来跳去。她笑着。因为背对着西方，落日的红光使她变成了一个有亮边的影子，飘起的发丝是金色的。那时她的穿着是深青色的长裤，白衬衣外面套着肥大的蓝工作服。后来，她低下头看那个大本子，里面装满有舞蹈的图片。那天里边又多了好几幅图片，都是彩色的，是我和蓝胜在另一个大的收废品的地方偷来的。

"那天早晨，我记着是刚下过雨，挺大的。我在马路边的水沟里想把那条竹跳板当船划。"

"我没记着下过雨，"蓝胜说，"那天学校里刷浆，你穿着你爸的新雨衣……像个傻子似的蹲在教室门口，雨衣都让你给糟蹋了，绿的变成白的，我差点都认不出你了。"

"她是坐公共汽车走的，就她自己，她跟我说要去省城学习，学舞蹈。我说是陪别人跳舞么？她说不是，是那种在红色地板的舞台上跳的舞蹈。"

"你瞎编，她是跟那小子走的，根本就不是自己走的，你看着她了么？做梦梦到的吧？好几个人看到他们了。"

"我就看见她一个人。那时才五点多，根本就没别人在街上。你是听说的，我是亲眼看见的。"我轻蔑地看着蓝胜。

"她又不是你姐，你护着她干什么？你知道什么？你知道她什么？别老做梦似的……"

"你又知道什么？"

"反正我知道就是了。"

"李竹说你整天就会撒谎骗人，她什么都对我说了，包括你妈的那点破事……"

"撒谎！她跟你睡了才这么说我的！"

我们扭打在一处。他比我强壮，很快地就把我压在了身下，一手扼住我的脖子，另一只手握起拳头重重地搂在我的鼻子上。混乱中我狠狠地咬到了他的一只手臂。他大叫着抓起一块石头举了起来。这时我的鼻血热乎乎流了出来。他愣了愣，停住了。这是我们之间最危险的一次冲突。他的那张扭曲脏污的脸。他的眼里冒着火。僵持了几分钟之后，石头落在地上，手都松开了，两个人莫名其妙地哭了起来，眼泪和灰土在脸上和在一处，乱糟糟的。

那时大狼跟她是中学同学，最初他好像不知该如何靠近她，后来绕几个弯子，两个人走近了。有一次为了她的名誉，他还曾在木材厂里和五六个人打架，被十几块砖头砸得面目全非。大狼是马戈心中的好汉。他总是戴着没帽徽的军帽、背着短带军挎包、骑着没有后座的黑色自行车吹着口哨独自穿行在旧街狭长的马路上、曲折的胡同里，有时他会突然出现在陈盈家对面的墙边，靠在自行车后座上，等陈盈出来。他笑着看她，不说话。她不经意地瞥了他一眼："有事么？"他说是路过。后来她跟他出去过几回，不知为什么就算了，没再继续。大狼一向独来独往，打架也从不找帮手，这一形象马戈许多年后仍记忆犹新。陈盈说过，大狼的名字其实是个"良"字，不是"狼"，叫成这个字是因为他的好勇斗狠，大家都怕他，其实他人不坏。

蓝胜亲眼目睹了大狼被人打倒的过程，是个意外，大狼被自己打倒的人绊了一下，没有躲开一块砖头。马戈并不相信蓝胜的话，却为了这件事难过了几天。几年后，大狼的弟弟二狼、三狼先后因打家劫舍被公审判了刑，更让马戈怀念大狼这个人了。他发现大狼这样的人其实很难得，要是生在古代定能在水泊梁山当好汉。想起大狼，是因为他忽然发现死是容易的，而且没法子预料：既然蜻蜓能把他伸出的手指尖当做树枝并被他捉住，那他也完全可能把通向死的胡同当成出路，一下子就完了；大狼想接近的是陈盈，却闯入了死地，就是这么回事。那几个打倒他的人，几年后也纷纷因为别的斗殴案子进了监狱。

我是一只在寂静无光的街道上四处游荡的深色

的猫。

"有些事你还不能马上就去想它，等你再长大些才能去想，想清楚。有些事儿，要忘了，那不是你应该记的，会把这里压成病，"那时她指着我的脑袋，"你现在还不懂我说的是什么。举个例子说吧，现在，你把我忘了，不去想跟我有关的事，这也没什么，假如我们是真的好，将来有一天你就会再想起我，就像我会想起你，但是现在要忘了。你闭上眼睛，现在你看不到我了是不是？我拉住你的手，你感觉一下我在这里，松开手，你来摸我的脸，慢慢放开手，好了，等我叫你了再睁开眼睛。"……我睁开眼时，她已不知去向。"想想看，"后来她对我说，"我会在你想不到的时候再回来找你，对不对？你看不到我了，实际上我没走。好了，现在你就回家吧，我也累了，要去洗个澡，我身上脏透了。"

那天是礼拜天，我们去看公审大会，看看究竟枪毙了几个强奸杀人犯。我们去晚了，只看到乱糟糟的会场，几个工作人员在撤掉大标语和主席台上的那些东西。布告还在墙上贴着，那个大红的对号很是鲜艳刺眼。我数了数，那天一共枪毙了七个，有五个是强奸犯，布告中有对犯罪过程的简练而又令人震惊的描述。我回过头看她，她并没有看布告，而是带着一丝冷笑看着远处。那个人正站在远处向这里望着，面带微笑。那个退伍兵，修厕所的工程队队长的外甥。他的牙很白，正如很多当过兵的人那样，脸刮得很是干净。

"你们认识啊？"我说。

她摇摇头，"这种人……"

"那天早上他们就在一起了，"蓝胜后来很认真地对我说。"我亲眼看见他和她从咱们的那些草垛里出来的，她跟没睡醒似的走在他的后面。我知道你不相信，可我说的都是真的。"

我说我相信。

那天旧街太热闹了，许胖子的老爸赤身露体地从家里出来，骑着破自行车到厂子里去开会，为民请愿，要求厂里允许他的儿子顶替他上班，弄得街上的人目瞪口呆，因为上级检查团马上就来到旧街了。后来听说他在厂门口等上级领导，这才实现了愿望。两天后他的儿子上班了。

"他是真疯么？"陈盈问我。

"有时是真的，有时是假的，"我说。

"那他倒也算是个好老子。咱们这里怪事真多啊。"

"是多。西边那个女的，我同学的姐，"我对她说。"没结婚就住到了男的家，他爸差点没打死她，可她就是不服，死也要死在男的家……你说她是为了什么？"

"她怀孕了。"

"干脆死了得了。省得那么费劲地活着，闹来闹去的，被人当成笑话，她跟过几个男的了。"

"死还不容易。"

后来检查团没有来。在街口，我们遇到了一伙游街示众的。走在前面的是一男一女，后面跟着十几个证人，还有一群孩子在四周跟着起哄。那两个人的脖子上，挂着几双用鞋带连着的又脏又破的皮鞋，身上只穿着裤衩背心，都低垂着头。这在我们这里并不是什么稀罕事。我们让在一边，让这些人过去。

"其实，她是个不错的女人。"她在自家门口对我说，"就是傻了点。"我不知道她指的是什么不错。

"他们都说她很坏，"我说。

"那是他们说的。"

我没有去小学校的操场。走到街口汽车站的时候我不想再走了。我坐在那一行维持候车顺序的低矮的铁栏杆上，是一些铁管子焊成的，上面的油漆已看不出颜色，而且大多剥落了，露出黑色的光滑冰凉的铁面。夜风有些潮湿，像一种黑色无边的薄薄的丝织物不断地缭绕着我的皮肤。马路对面，高大森然的杨树林发出低沉细碎的声响，肥阔的叶子是黑色的，所以看得见。

西面来了一个人，和我身量差不多，从他走路的姿势就可以知道他是谁了。

"马戈？"蓝胜有些意外。

"你上哪了？"

"我找到我的那支枪管，枪装好了。"他把火药枪从怀里掏出来，递给我。我看了看，又交还给他。

"我以为你早就睡了。"

"睡不着。"

"正好，我也不想回家。我得放一枪再回去。"

"在哪放一枪？"

"还没想好，小学，北边的大坝，都行，只要声音能放得开就行。"

我不再言语了。他继续说着。他提起后天旧街的要和新街的打群架的事。两边人都准备得差不多了，家伙备齐了，二十岁以上的，十五岁以下的，都不让参加。时间定在晚上九点。"我这把枪到时候就能用上了，"他自信地说道，"让他们听一听这才叫枪。"

"几点了？"我问道。

"十点了吧，我也说不准。"

"最后一趟公汽车还没过来。"

"那就是还没到十点。"

"我听我奶说，你妈要来看你。"

"不知道。她什么样我都忘了。"

"我奶说，提到你时她都掉泪了。"

"是么，我爸就从不掉泪，我也不。"

"陈盈是死了。"

"我知道。"

不知过了多长时间，最后一趟公共汽车返回了车站。车里亮着灯，能看见收票员在和司机说话。

"李竹她们家是住楼房么？"

"就在新街边上。"他低着头。

"是青色的那幢楼，她住一楼。"

"你去过了？"他抬起头看了我一眼。

"没有，路过时从窗口往里头看过。"

"我也没去过……"

"你别老欺负她。"

"我没有。我听说，你毕业了要到新街那边念书，是么？"他晃悠着两条腿，断断续续吹起了口哨。

"好像是吧。"

"好了，"他说。"我现在就去放这一枪，你在这儿听着。"说完他就跳下栏杆，向着北河那边飞奔而去。

路灯亮了。是一盏一盏亮起来的，暗橙色的光芒很快就扩散开了，黑暗中隐藏多时的昆虫们蜂拥而来，发出奇怪的声音。一个人晃晃悠悠地朝我走来，是个醉汉，他手里拎着个黑皮兜子，呼吸急促。我知道他的兜子里装的是空饭盒，一个匙在里面响动着。他走到近前，扶着铁栏杆，休息了一会儿，抬头看到了我。

"你认识我么？"他吐字不清地问我。

"不认识。"

"你怎么会不认识我呢？"他笑了起来，"我，多有名气啊？"他说了一个我没听过的名字。"你真可笑，太可笑了。你怕我，是不是？……你等谁呢？"

"等朋友。"我努力保持镇静。

"你敢不敢……杀了我？敢不敢？"

我没有回答他，看着别的地方。他慢慢重新站起来，朝前面蹒跚走去。我听见他笑着自言自语："你们都不行，没人敢动我一下……真可笑啊。"

这时候，枪声响了。枪声从北面传来，非常清晰。我想我应该回家去睡觉了，我感到自己疲倦极了。

我找马丽

我找马丽。现在，电话那边是一片灰蒙蒙的空白。我伏身在窗台上，把听筒紧贴着耳朵，仔细听着那个女人的脚步声由近及远，进入走廊里，就像转眼间进入一个遥远的地方。外面，浅蓝色调的天空上，一朵朵灰白的云，就跟北冰洋上的浮冰似的，十分缓慢地从西向东漂动，上面落着一些红脚海鸟，一动不动地在那里吹着风。

　　有股干爽的气息从阳光里透露出来，修剪过的草坪旁边野花依然盛开，只是无论是草叶还是花瓣，都没有多少水分了。我听到她的脚步声出现了，仿佛来自另一个世界，逐渐靠近了这里。她抓起电话，用那种似乎也有些失望似的口气告诉我，她没来。明天你再打过来吧，她明天应该能来，不过也说不定，到时你再打电话吧。

接听电话的这个女人似乎记住了我的声音，她的声音是逐渐降低的，到最后的两句话时几乎接近于朋友间的耳语了。她可能随手抓了桌子上的笔在报纸上很快地写着字，或者说划着什么符号，自己也没想写的究竟是些什么。她的声音里略有些鼻音，节奏缓慢，说话的时候或许总喜欢把眼睛略微睁大一些，或许那时候瞳孔也会随之放大许多，可是光线模糊。

无论如何，我还是没能找到马丽。我不知道马丽长得什么样。通过卢胖的只言片语，我想象过她的样子，她可能是那种身材高挑的女人，喜欢穿深颜色的衣装，三十多岁，留着一头长发，扎成马尾辫子，走路很快，步伐有力，皮肤略有些黑……她能喝酒，朋友似乎也很多，总之是一个性情爽朗的女人。当然我知道，想象与实际总是差距明显的。这样一路想象下来，我很可能已经把她想成了另外一个女人。

怎么说呢，她有点像冬瓜烧香菇，卢胖说。他是个档案管理员，是我的同事，但这不重要，关键在于他还是个天生的厨子，而我呢，什么都不是，一无长处，除了一张会吃爱吃的嘴。我好几次跟他说，我是个天生的食客。

我们太不一样了。他住在独身宿舍里，我住在自己家里；他睡一个大床，没有女人睡在身边，而我除了有一个女人，还有一个儿子。平时他最大的爱好就是上班之余弄些好吃的东西。他做什么东西都好吃。左邻右舍的单身汉们都愿意跟他搭伙，宿舍三楼的那个公用厨房成了他的厨艺工作室。每天十一点，他提前从单位里溜出来，转到市场上，买好菜，一个人收拾好，然后没多一会儿，整个宿舍楼道里就弥漫了烹饪的香味。很多人都会忍不住过来看两眼，问他又做了什么好东西。他总是会表情酷酷的，只是说出几个字。

他最拿手的，是炖肉。在炖肉的时候，他喜欢放些草果之类的中草药，所以香味就很浓。晚饭也是这样。搭伙的不搭伙的，回到宿舍里的时候，闻到他烧菜的香味，都觉得有种发自内心的舒服和羡慕。每天晚上，大家吃完，他就会把原来那个油腻的灶台擦得很光亮，然后把手洗干净，用温热的水，洗得胖手发红，擦干了，在里面慢慢抽根烟。

我们两个坐在走廊尽头的阳台上，把几个菜吃得七零八落的，慢慢喝啤酒，说着话，看着狭窄凌乱的市场上人来人往，天就要黑了。我想帮他找个女人。他犹豫了一会儿，还是说不要。我觉得没道理。

"我现在这样也挺好的，"他说，"干吗非要找女人啊？"

"你不找女人，"我反驳他，"那就不叫过日子了。找个女人吧，你那做菜的手艺需要有个女人得意，我们夸你是没有用的。"他说我不缺女人。

"马丽呢？"我看着他，"别告诉我你从来就不想她？"

他想了想，表情安静，看不出脸部皮肤有任何波动的迹象。他看了我一眼。他回屋去找烟，找打火机。我尽量将身体向后仰去，靠着木椅子的靠背，椅子很旧，松松散散的挨近墙，挨近因为洒过水而湿漉漉的地面，和我的松松软软的身体在一起。

卢胖喜欢做炖菜，是因为可以消磨很多时间，围着炉灶转悠，是件还算有意思的事。没事的时候，我也偶尔会跟着他转市场，买些蔬菜、肉什么的，还有些入菜的豆蔻、草果之类的，弄得我都能沾染上点香味。我们轻易不去馆子，朋友想喝酒，就买好东西到卢胖那里一聚，让他下厨。他也挺高兴这样。有时候我们也会不好意思，可是他觉得没什么，他说他闲着也没事，都三十八九的人了，还能有什么事呢？

我感到自己的嘴很柔软。我的眼睛里面有些湿润，那简单的晶体，浸泡在温暖的液体里。我的酒量就这样，两瓶啤酒之后，属于我的东西就不多了。我手里有几颗山楂，被手握热了。几片酸酸的果肉，留在我的嘴里，贴着舌头慢慢地转动。这到底是什么味儿呢？

他从走廊那边走过来，有人在和他说话，你今天炖的猪肝真不错。我看不清那是谁，但是我很不喜欢他说话的口气。听着就是个白痴。

卢胖最爱吃的是素烧白菜，用那种天津青，烧出白菜的鲜味和素气。我一直想为卢胖做点什么。这种想法弄得我心里很不安稳。

马丽是个什么样的女人呢？我自己晃晃悠悠回到家里，没开灯，就到厕所里去了。灯光忽然就闪亮了，光线从黑暗里爆发出来的那一瞬间是最强烈刺眼的，我们不得不眯起眼睛，我，我老婆。我看到她慢慢地把手从灯开关那里垂了下来，"喝多了？"

没有，我说，怎么会呢。

"现在几点了？"她有些困倦而又无聊地问道。我看了看墙上的石英钟，差十分零点。她看了我一眼，转身到厨房里倒了杯凉开水，咕咚咕咚喝了下去，然后进了屋里，长长地出了口气，脚碰到了床头木板，咚的一声闷响，随后就安静了下来，接着她又睡着了。

我说你不想见见她？他说想啊，你找她来，我就见见。我说你这不是酒话吧？他摇摇头道，不是。那好，我说，一周之内给你结果。随你了，他摇了摇头，没再说什么。

几天时间一晃就过去了。我知道了马丽的工作单位。我发现一个老同学跟她是一个单位的，而且都在机关部门，跟她几乎天天见面。我就到他们那里去了，跟老同学聊了聊，这样就得到了她的一些信息。

"她是最近才离的婚，三岁的儿子跟那个男的去了加拿大（那是个好地方），她人倒是很热情，别的事就不好说了，我知道的也不多。"

听我简单介绍了一下卢胖的情况之后，他想了想，觉得现在这时候，能把这事促成也挺不错的。他慢慢地说着话，若有所思地看着桌面上的电话，然后偶尔看看我。后来我们穿过幽暗的走廊。他指了指尽里面的那个房间，那就是她的办公室。她现在不在。

这时从另一间办公室里出来一个女人，她跟我的同学打了声招呼，从她的声音，我认出了她，那个电话里的女人，我冲她笑了笑。她没认出我，再说怎么可能会认出我呢，这是自然的事，我有点可笑了。她看上去有三十四五岁的样子，略微有些丰满，眼光有

128

些闪烁，但那双眼睛确实有些动人。

　　在一楼正厅里，我们站了一会。我对他谈起工作现状，谈及一些早已被别人验证了无数次的道理。他在想着别的什么事情，眼光有些游离。我们很快就没有什么话题了。我只好重新问起几个同学的情况，可是他知道的也不多。

　　在老同学的帮助下，我参加了一次他们搞的私人周末聚会。喝酒的时候，跟马丽算是正式认识了。成年人的结识实际上也是挺容易的事。当然了，要想透过日见粗糙的表面进入内心世界还是有很大难度的。她看上去有些显老，眼睛周围已明显有些皱纹，眼睛里的光线也有些暗淡。在一个多小时里，我跟她谈到我们单位的情况，谈到有个朋友很会做菜，我们经常在宿舍聚餐，我还讲起宿舍里发生的一些有趣的事情。对于卢胖的事，她几乎没有任何反应，只是礼貌地表示着自己对这些话是感兴趣的，其间说话始终很少，眼睛却始终在桌子外面转来转去。

　　她那天没有喝酒，从头到尾基本上就喝饮料了，甚至根本就没怎么碰桌子上的那些菜。后来，她忽然想起来问我，你在宿舍住多少年了？我说我不住宿舍，是我的朋友住在宿舍里。我早结婚了。哦，我还以为是你住宿舍呢，她笑了笑。我问起她的儿子的情况。他在加拿大，那是个好地方，她说。直到散场我都没跟她提那件事。

敲了半天门，总算把卢胖弄醒了。这家伙自己独占了一个房间。在这个宿舍里，别人至少是三个人一个房间。他的那张大床上悬着帐篷似的蚊帐，蚊帐被他抽烟熏得有些发黄。水泥地面还有些洒过水的痕迹，借着窗外映进来的灯影反射着的微光，看上去挺舒服。

他光着膀子靠在门框上，问我是不是睡糊涂了，这么晚还来，敲门跟抄家似的。我想了想，没说什么，想到了马丽，"那你继续睡吧。"

他们有六年没见面了。我躺在床上没事儿就想这事，弄得自己翻来覆去地睡不着觉。我老婆在黑暗里实在忍不住了，就低声问我，怎么了你，有事儿？我说没有，就是感觉有点闷热。有什么心事？她接着问道。没有，我能有什么心事啊？

我可能是三点多才迷迷糊糊地睡着的。天蒙蒙亮的时候，醒了一会儿。

刚下过一场大雨，那边的电话似乎也立即反潮了，声音有些不清楚，感觉像从很遥远的国度传来的。只是隔了两天么，那个女的就听不出我是谁了，再加上电话声音质量差劲，她听不清楚，就大声地叫嚷着，把她留给我的印象全都破坏了，而且她的声音里连半点鼻音都听不出来了，简直就是另外一个女人了。

过了一会儿，她的声音重新出现了，马丽不在，来了，但是出去了。你打她手机啊。

下午四点左右，阳光强烈耀眼，云朵稀少，水磨石的窗台上有点微热，窗框下沿留下的影子越来越大了。我重新拨打了一遍她的手机，一声短促的提示音过后，仍旧是那个女声机械地传到我的耳朵里，您好，您拨打的电话暂时无法接通。

我随手抓起桌子上的一张面巾纸，慢慢地擦了擦电话的显示屏，那上面的时间已经延续五分零二十三秒了，后面的秒数一下一下地跳动着，让人想起脉搏在心电仪上的跳动痕迹。五点钟的时候，办公楼里已经空了。我跟卢胖通了半天电话。他在宿舍一楼接听的。他说他刚把猪肝炖上，一会儿还要上去看看，把汤上的沫子往外面清一清。

我叹了口气，你是不是忘了点什么事儿啊？

他想了想，忽然笑道："我倒是觉得你忘了点什么事儿呢，今天到日子了，别告诉我你没去找啊。"

我说你到底是不是真想见她？他想了想，"要是找不到，就算了，我不会怪你的。"

我笑道，要是我给你找到了，你别闭门不见就行。他停顿了一下，"没问题，不过我只能等你到晚上零点，过了点我就睡觉关门了，到时候你领来也没用。"

楼上有人大声喊他的名字。他回过头去，大声回应着："等一下。"

幸亏我的那位老同学的手机开着。他说他们机关几个部室搞聚餐，就在我们这边的一个大酒店里。我请他转告她，我有事找她，让她给我个电话。说话的时候，我很随意地就走进了路北的那个超市，一边四处转悠，一边等着她回电话。

超市里的人不多，那些花哨的物品在明亮的白光的烘托下显得冷清而寂静，每一个看上去都那么结实。空着手在里面走来走去的，有些怪怪的感觉。我转了好几圈，没找到饮料在哪里，通过打听服务员，才知道饮料的位置已经换了地方，挪到了出口处，就在我进来的地方。我顺手拿了瓶百事可乐，然后又要了包烟，还有一个打火机，上面贴了幅香港美女半身照。

六点钟，电话响了。是我老婆。你在哪里呢？她问我。我说我在外面呢。还回不回来？她耐着性子问道。我想了想，不回去吃了，一会儿卢胖有事找我。说出这话，我这才松了口气。我看见你进超市去了，她最后说道。哦，是么，我说，我买了包烟、饮料，还有打火机。

我坐上公共汽车，在里面晃悠着慢慢向西而去。感觉空气有些沉闷，就打开了车窗，也只是略微有点风。马路上人很多，车也很多，几乎每个路口都扎了堆。公共汽车不得不停停走走，平时五六分钟的路，走了二十来分钟。一个女人领着一只小狗，站在马路边上，穿着一身睡衣，有些神情恍惚地看着过往的车辆。不远处，一个老太太穿着白大褂，坐在一个桌子后面，前面一群人，在等着她量血压、诊脉。马丽的电话一直没有来。

我在她们吃饭的饭店门口下了车。那里停了一些黑亮的轿车。我透过汽车玻璃往里面看了一会儿，隐约能闻到里面座位的皮革味道和香水气息，但基本上都被窗玻璃隔住了。

手机响了起来，先是我同学的声音，然后就是马丽了。

在酒店外面，我并没有多说什么。她同意去见见卢胖。但从她的表情里，我真看不出她有什么。她觉得这是件很正常的事，怎么说也算是老朋友了。我伸手去招呼出租车，却被她制止了。她说有些头晕，不想坐车了，反正路也不远，还是走着去吧。我说要走十五分钟左右。她说她知道，不过没问题，走一走挺好的。

天色刚刚黑暗下来，走在外面就感觉有些凉爽了，凌乱的树行间飘浮着尘土的气息。人群仍旧随处可见，四处流动，一直都没有减少散开的意思。

公园前的广场上鼓乐喧哗，黑压压的人们在扭秧歌、跳健身舞，伴随着嘈杂的乐曲在悬在半空中的白晃晃的灯光里，以各自的方式扭动着身体。她问起我的工作情况。我每隔两天上一次班，二十四小时的那种，然后休息，四十八小时，自己的时间很多。她也随便说了说单位时的情况，人际关系十分地复杂。哦，我说，到处都一样的。经过一个十字路口的时候，一个女人正在大声推搡咒骂一个男人，很快就聚集了一大堆看热闹的人，造成了交通堵塞。我们从人群中穿过去。她随口问道，他怎么想起要见我呢？

走到宿舍不远处的时候，我指着那个侧面的阳台说，我们经常在那里喝酒，很舒服的地方。那个破椅子还摆那里呢。她仰头看了看，那表情似乎是觉得这样也挺有意思。宿舍里一到周末的时候就是空空荡荡的，大多数人都出去玩去了，家近则回家住去了。那个新来的服务员在走廊里拖地。看见我的时候，她点了点头，顺眼又看了看马丽，有些意外的样子。马丽很客气地侧身从她身边过去。我们来到了三楼。这里平时总有这样那样的声响从不同的房间里传出来，现在倒是安静。

来到水房对面的那个屋子外面，我推了一下门。门是锁着的。我就开始敲门。敲了半天，卢胖的声音才嘶哑地传了出来。他低声骂了句什么。磨蹭了半天，也没见出来。我又用力敲了几下，门这才开了。

他半开了门，一手扶着门框，一手抓着门把手，然后探出头来。我让到一边，看到屋里面是黑的，没开灯。他的眼睛被走廊里的灯光刺得一时睁不开，"你这是来的哪一出啊？"话一出口，就停住了，他看到了马丽。

他赤着上身，穿着肥大的睡裤站在走廊里，有些不知所措。我进了屋里，想开灯，结果才发现里面已经有人了，一个女的，背靠着窗台，站在那里，正在抽烟，看不清长的什么样子。

半夜的时候，我还在外面转悠。马丽可能早就回家了。卢胖呢，估计也回到了宿舍里。我是从最后一班公共汽车里下来的。在车上待了将近两个小时。我在终点下车，然后再上车，这样重复了两次。坐在车里比较舒服一些，开着窗子吹吹风，不会那么热。我站在路边抽了会烟，觉得嘴里有些发苦，以为是烟的事，就去买了包别的烟，打开烟盒抽了一支，才知道不是烟的事，抽什么烟都是那个味道。

站在路边，时不时地会有出租车在我身边停下来，司机侧着脑袋问我，去哪？我摇摇头。临近午夜，越来越多的空空的出租车缓慢地穿行在马路上，有的停靠在路口，不再四处游荡了。这时候，我的手机又响了起来，看看上面显示的电话号码，是家里的。当然，还是我的老婆的声音。

你在哪儿呢？她的声音几乎是中性的，什么意味都听不出来了。

我说我在路口呢。

哪个路口？她问道。

我犹豫了一下，本想告诉她了，但又一想算了吧，就改口说，我在外面呢。

那你还准备回来不？她继续问着。

我这就回去了，我说。我发现自己的声音是如此温柔、不真实。

简单坠落

我之所以愿意跟你讲这件事，是因为我和这事儿根本就没关系。他们懒得去破那案子，破不了那案子，就把我拉了进来……我在现场，他们对我说：就因为你在现场，所以才抓了你，就你在那里待着了，你说不是你，没那么容易。是，我承认，是我到现场时那个年轻人从楼上掉下去的。我知道他不是自杀，我也知道关于我在那里的证据多的是，我现在是唯一的嫌疑犯我没法儿解释清了。我只能对每个人重复事实。我确实看到他站在窗台上朝外望着什么，因为无聊，我当时只是想知道他究竟在看什么，有好几天了，他整个下午都在那看。我到他们那座楼里，到他的那间屋子，靠近了一些之后，才知道他在看对面的窗户里的一个女人，她在给婴儿喂奶。一看没什么，我就开玩笑地说你看什么呢？他就掉了下去。实际上，我也算是一个目击证人，证明他不是要自杀，他当时情绪挺不错的，挺入迷的样子。当然也不是他杀，不是被杀，因为没有凶手，谁都不是，这我能证明，可我是嫌疑，我知道这事跟我也多少有些关系，可毕竟不是我的事，总不能因为我说上那么一句话就把我当做杀人凶手吧？

"你确实是没有理由到现场去……"

"是，我就那么一转念，就去了，弄到了洗不清的地步。"

"你租那间屋子是为了什么？"

"你关心这个？"

"当然。"

"怎么说呢？我只能说我是去休息。我想找个地方，休息一段时间，就是这么回事。"

"你是指离开家里人自己一个人住在那儿？"

"不是离开家里人，有时间就过去待一会儿，可长可短，随心情。"

"是为了跟那女人在一起吧？"

"不，我发誓，绝对不是这么想的。那是后来的事。"

"可你没必要对派出所里的人讲你和那女人的事啊？"

"他们不相信我，我只好把这事说出来，让他们从另外一面理解我不是什么发了疯的阴险之徒，我很正常，也很容易被看透。"

　　"你对他们说，你和一个女人……"

　　"是，要见面了，人没来。"

　　"在之前的那些天……"

　　"那以前没什么，什么都没有……明天报纸上你写什么？"

　　"一条短消息。一外地打工青年因窥视一妇女喂奶不慎坠楼身亡，最多不会超过一百字。"

　　"那我要谢谢你。我真怕成了新闻人物。"

　　"不会。不过派出所这边我就没办法了。"

　　"我们认识多久了？十年？"

　　"你没怎么变。"

　　"你也是。"

　　"变不变都由不得我们自己……"

　　"你的情况好多了。"

　　"差不多吧。"

　　"是么？"

　　"是。"

　　"哪天有时间我请你喝酒吧。"

　　"没问题。"

几天的审问和调查过后，他们没能证实我有犯罪动机。同意将我放回家里，但未经他们允许不得离开本地。不过，那个警长盯着我似笑非笑，"能让我再考你一回么？你有权不回答……"

　　我表示这对我来说是无所谓的，都这么多天了，再问点什么也不算什么事儿，尽管实际上我都烦透了这个地方，想尽快去冲个冷水澡，睡一觉，让自己那出壳的魂儿归位。

　　"很讨厌别人知道你的私生活？"

　　"我不是暴露狂。"

　　"你租那个房子，就是为了和女人……"

　　"那里不会被熟人看到。"

　　"那个年轻人经常在窗口朝你所在的楼房张望，你说过，他有好几天下午都这样做的，那他完全可能看到你和别的人幽会，你承认这一点么？"

　　"他是有可能看到我的窗口，包括我，可我约的人根本没来，直到他从楼上掉下去也没来过，这你们都清楚。他没看到我做什么。"

　　"你不认为这样做……对不起自己的家人？"

　　"你指的是什么……"

　　"都算上，所有这些事儿。"

"没有。"

这时候，审讯室里只剩下我们两个人，别人觉得实在无聊陆续走开了。他四下看了看，把一直在手中摆弄的手枪放在桌面上，沉甸甸的，他端起铁茶杯大口慢慢喝了几口凉茶，自言自语似的说："说实话，你真挺有意思的，有意思。就这样吧……"

"其实我没什么意思。我很配合你们工作。"我说，"我真的挺怕稍微复杂一点的事。"

"我们也是。你应该知道，我们可能随时还会把你请回来的。"

"没问题。"

"祝你运气一直都能这么好。"

"我运气好么？"

我打电话告诉我的女人，没事了。在另一边，她像从前一样语气平淡地让我先回家里休息，别再乱走了。我发现自己对她还是有感情的，很自然地答应了她的要求。

我顺着公安分局北侧的马路往东走，经过一大片正在动迁的住宅。那里到处是残墙断壁，破碎的砖石，暴露的铁丝，有几个人站在一段高墙上，挂着铁镐铁锤，一声不响地看着下面。这是七月里的一个下午，毒太阳离地面很低，像把天顶给溶化了，白亮耀眼的一大片液态以及气化了的银子均匀地向四周流动散布着，同时蒸发的云气丝丝缕缕地散在不远处的浅蓝色里。在路边，拆下门窗分类放在一起，有的还标上了价格，有一些人在卖旧家具和各种不准备带走的日常物件。

经过旧书市场的时候，我在那停了一会儿。一股干烈的霉味儿。一摞比较干净的杂志，几本带着图书馆红印章的外国小说。和一位卖旧书的人聊了几句之后，我才离开那里。

那间屋子的窗户仍旧半敞着。经过黑乎乎的楼道时，一辆自行车的车镫子刮伤了我的脚踝，这辆破车子以前并没见过，车座没了，前轮也没了，一头歪在那里，伤我的那只车镫子只剩下杆儿了，看着就别扭。

从被子下面翻出来的那些一九八一年的旧报纸仍旧放在窗台上，有两张掉在地上。旧报纸特有的味道还在，是一种时间制造的令人轻松的气味，相比之下，新报纸总是带有一种侵略性的虚伪气息。翻看旧报纸是件舒服的事，因为无论是真的假的里面写的都是过去的事了，不会被轻易更改。

那声音好像突然间就来了，粗糙之极，轻易就刺破了正在麻木的那种感觉。

　　此前是空白。这儿之前，确实是一片空白。我不知道自己是不是想了些什么，也不清楚是否干脆什么都没有想。

　　隔壁有人唱歌。音响设备很糟，从一开始就被调到了最大音量，一个人声嘶力竭，把声音从打开的窗户里像狗一样放出去，一群街上常见的大杂毛狗，企图对窗外的世界造成某种影响。歌很老。我是……一匹……来自……北……方……的……那人唱第二句的时候，伴曲已经滑到第四句上。他的声音里有种瞬间即逝的沮丧。他有点累。我也累了。

　　这间房子作为幽会的地方并不理想。是临街的楼，非常简陋，三层。这里住着一些无精打采的人。大多数人互不相识，都是临时租房住的，处于流动状态，不过这也算是一点难得的好处。说得过去。可能就是为了这些，我决定租一个月，而不是一个星期，这样时间比较充分些。

　　我站在窗前，上半身伏在油漆剥落殆尽的窗台上，手里捏着一支才点燃的香烟。烟飘着，是淡蓝色的。没风。那天下午也是这样，烟散得十分缓慢。因为有的是时间，也因为确实无聊，我开始猜她会在第几支烟时出现，后来则是猜她会在第几支烟燃到某个部分时出现。我经常会下意识地想到一些数字，比如说，在上楼时猜想走到目的地会有多少级台阶，或者，到一个地方去可能走多少步，单数或者双数，并由此联想自己在某件事上的运气如何，这一切都是偶然冒出的想法。

我等着。

我们是在一周前的那次例行公事的小型晚宴上认识的。情况并不复杂，只是介绍显得有些乱，厂里的两三位漂亮女人的出现令客人们心情极佳。我们是最后被介绍的，也只剩下我们两个人需要向所有人介绍，这说明我们都不太重要。随后，我并没有继续注意她。当时我的目光散漫地在轻柔的灯影里寻找另外一个女人的身姿。

酒后人们跳舞唱歌。投影电视里，妖冶丰腴的西方女人缓慢扭动着，像一些肆无忌惮地盛开于黄昏海水中的水母或粉红鲜艳的藻类。和我梦到过水母，粉红的半透明的水母相差不多。

"你怎么不跳舞呢？"

她坐在我的对面，一直在那里，我忘了。她看着我，嘴唇下闪出一枚精致的小虎牙，其余的牙齿也很漂亮。三十六七岁？这样想着，我礼节性地微笑，说没有合适的舞伴。说完，我又觉得这样说其实挺可笑的，很俗。

于是我们步入跳舞的人群中，如入无人之境。当然也没人注意到我们。我注意到另一个人的苍老肥胖的手滑动在一件高级麻织小衣衫的背面，手指上的皱纹缓慢地动着。出乎她的意料，我的确精于此道。

"你平时常跳舞么？"

"不。"我告诉她我两三年没跳了。她礼节性地表示惊讶。

后来，如你所知，我们说起生活。也确实没有更好的适合这种环境的话题。我一向很会谈论生活。"生活就像是甘蔗，"我说，"最初总是滋味水分充足，到后来就什么都没了，只剩下一堆莫名其妙的令人恶心的渣子。"而她则对我说，她这么一把年纪，竟然不知如何生活才对，越来越像个木头人了。最后，我表示大家都是一样的，我也有过这种感觉。

我负责把客人们送上出租车。她上车时眼睛忽然变得很亮，看了看我，再见了。我点点头，酒精使我脸红。我送那个又老又胖的家伙上车时肩头被那只手抓住了，那人的嘴凑到我的脸上盯着我眼睛低声说："谢谢你，谢谢，非常愉快，我要告诉你一个……你懂么？"我点头表示同意。那人奇怪地笑了，"你还是有点意思的，另一个真理是：女人是不一样的……"我点点头，这道理当然成立。

第二天下午，我接到了她的电话。

晚上，我们到城边一家小酒店里喝啤酒，吃朝鲜烤肉。她倾诉过去。我听着，仿佛沉醉其中。实际上是我忽然觉得眼前刚上来的那杯扎啤并不新鲜，啤酒沫白得发黏，也不爽口。可能是杯子没刷干净，残留的洗洁精气息黏附在口腔壁上，很不舒服。喝到一半之后才逐渐没有了这种感觉。她可能很久没遇到像我这样懂得聆听的人了。实际上，我倾听是因为我没什么话可说。她没完没了地说话。我对自己最初的判断产生了怀疑。她的确心里有个笼子，但是现在看来里面关的只是个孤独的母鸡，而不是别的什么。我用这个词没有要贬低她的意思，我的意思只是表示在我看来这是一种常见状态，而我确实有些失望。

一个多小时后，我回到家里。穿过黑暗的门廊，我到厨房里，打开冰箱，找到一瓶啤酒。坐在阳台的折叠椅子里，慢慢地喝着。远处是闪着点点灯光的街口。出乎我的意料的是，我发觉自己开始有点喜欢她的声音了，可能还有点喜欢她的嘴唇，还有我的手曾经抚触过的腰身，不太一样。

此前，在城边靠近河堤的那条街上，我们朝城内慢走，不再说话。道路两侧的路灯损坏了许多，七零八落地散发着淡淡的光线，落在幽暗的柏油路面上，随着时有时无的风，一些废弃的塑料袋影子似的起伏。她注意到，夜空中有星星，极小的，在黑夜的深处闪着微弱的光。我没有注意到这些。后来，在出租车里，我对她说："我的一些书和杂志，都放在过去住的一间屋子里。"她看着外面，点点头。

有时候，我讨厌歌声。实际上我也喜欢唱些什么，但我受不了别人这样无所顾忌地唱下去，用这种糟糕的嗓子和无聊的心境。"我是……一……匹……来自……"没有音乐的衬托，他就这样干巴巴地唱着。忽然的，声音就没了。再也没响起来。过一会儿，传来沉重的关门声。他出去了。我的神经也随即松弛了下来。

在难得的瞬间寂静里，我感到头晕目眩。敞开的那扇窗户的玻璃上，落日的火红亮点现在变成了暗红的线，大约过了十多分钟才散去。外面的水泥窗台上落着厚厚的尘土，上面隐约可见几天前稀疏的雨迹。

我觉得此时她在很远的地方。

那个男人牵着一只灰白卷毛的小哈巴狗从左侧的街口转出来，他来到楼前面路边的路灯杆下站住，低头看着小狗。我认识这个人，他现在失业了，不过看不出有什么影响。过一会，还会有一个带小狗的女人来，他们会在这里聊天，然后再各自朝相反的方向去遛狗。今天好像出了些岔头，那个女人始终没有出现。那只长毛小狗看到远处有狗经过就大声狂叫。过了半个多小时，那人走到不远处一家租书店里，夹了几本破旧的书走过来，又站在那里，一手牵着小狗，一手拿着书左右望着。

后来，他把小狗拴在电线杆上，自己蹲在一边看那本很多人翻看过的小说。透过望远镜，我看清了那本书的封面，古龙的《欢乐英雄》，磨损严重。这年头还有人对古龙的东西感兴趣？他写得太夸张了，也太做作了。如今英雄都混在警匪片里呢，不是警就是匪，很容易找到。

带小狗的女人最终也没有来。这样再次想到她，是因为她总是让我想起中学时的一位同学。她们笑时的样子很像。如今她已是有夫之妇了。我们见过几次面，在各种场合，她热心如故，帮我介绍了几个女朋友，虽然没成，心意却是要领的。等到我结婚之际，她却离了婚，摇身一变成了一家大酒店的老板娘。我去那里吃过一次饭，见她笑靥如花，比过去更加成熟性感，面对众人时妙语连珠，听得我心里很不是滋味。

其实，我只不过是觉得她忽然间跑到别的世界里了。我知道真正吸引我的是她那种什么都不在乎、聪明自在的感觉。当然，我不太可能爱上她。我可能会爱上另一种女人。

出乎我意料的，是她的羞涩。在那天的宴席上，在电话里，都是这样。我估计她不会很早就来，甚至有可能不会来，她犹疑不定。那天在城边的小酒店里，我们说的话并不多，不过回想起来，有些话还是有些意思在里面的。我预料到她有可能不会来，就是根据这些话。

"我不在乎他，"她突然就说出了这句话。而我正看着她出神，想着别的事。

"你是说……"

她看着闪着暗黄色亮光的扎啤酒杯的边缘。

"其实，你是想做自己想做的事。对不对？"

"我不知道，可能吧……我只是个很正常的女人。知道吗，我很正常。我需要别人关心我。我需要关心别人。我需要的，他都没给我。"

"这不能算什么，都是正常的。"我试图给她一个理由，合理的台阶。

"他把我……"

"……时间还多。"

我有点厌烦。她只不过是在找理由。要是知道她是这么一个天真而复杂的女人，我可不会找她。

我把那些报纸收起来，对折之后放在窗台上。西斜的日光透过窗玻璃后变成奇怪的带有浅黄的明亮。有一段文字露出在光影外面，刚好躲入窗框的阴影里。那是说一个男人承认了全部事实，并表示要痛改前非，他的女人承诺可以再给他一次机会。圆满结局。这件事发生在一九八一年秋天，具体地说是十月十六日。那时我已经工作了，可是找不到女朋友。我内向，挑剔。我把女人看得很神秘，一往情深的脑子里蠢得一塌糊涂。后来，我发现自己其实没必要非得让别人爱我。按自己的想法活着，也就行了，如果我完了，世界也就毁了。

楼下幽暗宽敞的过道里，老人们坐着聊天，跟早上一样，谈论前些天电视里的新闻。有人说错了，别的人纠正、补充。他们看着我走下楼梯出现在这过道里，不约而同地都不再说话了。他们的嘴边还留着茫然。也可能是为了摆脱他们的注视，或者说要表现得轻松一些，我改变了主意，没有往家里走，而是再次来到对面那座没有竣工的楼房里。

水泥未干时的气味浓得刺鼻。脚手架上用来遮挡坠落物的编织塑料纤维布上有很多空洞，破损的地方游丝缕缕，看上去像被遗弃的海船的旧帆。大部分坠落物都在被阻挡后落到了楼下面，那个年轻人也是这样摔下去的，摔到那些碎物上，发出沉闷的响声。这个工地上早就没有人在工作了。没有资金，只能停下来，等待。只留了几个看场地的人，待在那个临时的简易守卫室里。

　　现在这里是没有人的。我感到轻松许多，很快地顺着还没有装扶手的楼梯爬上楼去，水泥沙粒以及一些零碎杂物在脚底下发出冷清的响动，那感觉似乎是这楼不是将要建成而是即将被拆掉。那天出事的屋子，门已被封住了，用那种没有经过刨光的带有树皮的形状不规则的板子交叉着挡住了去路。我只能再上一层。

　　从这里看对面那幢旧楼很奇怪。尤其是看到我的那一间屋子，透过半开半掩的窗子能看到那张简单的单人木床，还有那些窗台上的旧报纸。想到有一天我竟然赤裸着身子躺在床上吸烟看报，这真是太可笑了，在这里看得相当清楚，要是有人看到的话，一定以为我是个暴露狂。

　　我要找的是那个窗口。没怎么费事，我轻易就找到了它。那个女人也在那里，准确地说是在窗前，侧着身子，怀里抱着那个婴儿。这个场景里没有出现她给婴儿喂奶的镜头。她在说话，然后忽然嘴唇不再动了，绷紧着，表情冷漠而激动，像是和另外我看不到的人发生了争执，表情里有些无法抑制的不屑；她晃动身体，婴儿正在哭。她完全背过身去，面对着窗外，注视着楼下，然后，又把脸抬起来，凝视着我身处的这个楼房。显然，她没有看具体的地方，她的眼光有些茫然。在她的房间里应该是还有另一个人，一个男人？

灰色的鸽群升上天空时，被落日的火光照得金亮闪光，它们在不停地变换阵形，无法预知下一个形状是什么样的。在我这个位置，只能看到窗前的那一小块地方，看不到那个人所在的更深入的地方。婴儿饿了。她熟练地露出一只丰白饱满的乳房，婴儿的嘴巴轻易就找到了它的褐色尖顶，含在口中安静地吮吸着，表情平静下来，不哭了，她也平静了一些。这个时候，两只冷白的手从她的肩头伸过来探入她略微敞开的怀里，一动不动地搁在了那里，然后是一张清瘦的脸，闭着眼睛，侧对着她的耳边。这一切那婴儿是不会知道的，因为他的动作非常小心。她并没有试图让他的手离开的意思。她过了一会儿也侧过脸去，略低下头，目光散乱地张开嘴唇轻轻咬住了那人的手指。然后，他们都不动了。

我想起了那个死去的年轻人。那天我们一道在他的最后时光里看到了关于这个女人的那些场景：一个成熟的女人、丰满的饱藏乳汁的乳房、一个安静的婴儿、缓慢的时间；而我还看到了漂亮性感的脖子、红润肉感的嘴唇、迷人的眼睛？那时我想到了些什么？还是什么都没有想？我不知道他在想什么。我根本无法作出任何准确的猜测。他十七岁，而我三十六岁。我们之间是漫长的时间。他看到了一面，我看到了另一面，就这么回事。那么，我们看到的，真的就是这个女人么？

北面的天空已呈现蛋青色调，下面是暗紫凝滞的云气，然后是缓慢波动的黑色的山脉，下面是灯光，不断在以各自的方式从不同的角度明亮起来，下面是人影晃动的暗下去的街道。那个窗子里的女人和婴儿已经消失在白色冷清的灯光里，然后是暗一些的灯影，电视屏幕闪动着蓝色的画面。

我离开这幢未建成的楼时，夜色已完全铺展开去。我坐上一辆出租车，告诉司机把我带到市内一家很有名的电影院。车子启动了。我注视着车窗外面的被行人和纷乱的光线、黑影拥挤着的街道。这时候，出乎我的意料，在我住过的那幢旧楼前的路边，我看到了那个女人，我看到了我一直等待着的那个女人，她的身影闪入了那个她第一次也将是最后一次进入的门洞里。车一直开了出去，我在有气无力地犹豫着是不是要下去，逐渐不去想了。车转道上了新建成的河堤路，速度迅速提高，在明亮的橙黄色灯光下，越来越快。我把窗子完全摇了下来，然后把右手伸出到外面与汽车行驶的方向一致，并且放平，气流强烈地从手心下穿过去，使我的手不停地波动……

约会的苍蝇

混浊的阳光透过了窗户，不均匀地洒落在覆盖着暗红油漆的地板上。窗户的轮廓也清楚地印在那里。那些光线折射到天棚上，划出了明晃晃的几道不规则的缝隙，然后开始膨胀。楼上的脏水流过隐藏于厕所左上角的塑料水管时发出有力的响声。接触楼板的脚步声是他所熟悉的那个女人的，懒散而犹疑的脚通过硬塑料底拖鞋缓慢地摩擦着并不平滑的水泥地面。正是这种声音唤醒了他的时间。他醒了。可能早就醒了，也可能才醒来不一会儿，因为之前他根本就没有时间意识，也没有空间意识，只有那么一点儿意识，浮在混沌的水面。

　　松弛总是很难做到，不安却轻易就来，只要一点点，就足以破坏好不容易弄出来的一点均衡。比如说，只睡了不到四个小时，这个念头就让他不安，因为前些天报纸上有位专家反复忠告：长期睡眠不足的人会短命。这念头就像掉进眼睛里的沙子，必须弄出来。那家伙指的是天天都睡不足六小时，他暗自想道，问题不大，我只是偶尔才这样的。

他还是不想这时就起来。不想就这样不加反抗地按照日常习惯起床然后看看手表上指示的时间发一会儿呆再去乱糟糟的厨房里到水池旁边洗脸刷牙热一热昨天中午做的在冰箱里待了将近二十个小时的东西草草地吃了个半饱不饱的然后出门。不想。这是礼拜六的上午，他就是想再睡一会儿。

他用毛巾被把自己从头到脚蒙上了。脚尖撑住了毛巾被的下边，而交叉合并在头顶的双臂则撑住了另一边，这样脸庞周围的空气就变得饱满起来，增添了几分静谧的气息。他闻到一股黏稠的汗水与久未清洗的棉丝混合在一起的气味，那些软软乎乎的毛绒挨着他的脸庞，触动了那些因为热而醒着的寒毛，它们不怎么安定，他没有动，可它们却在十分随意地动着，弄得他有些痒。他试图让自己的感觉下沉，获得些许的稳定，但他的努力落空了。

他尽可能屏住呼吸，不过这也是徒劳的，仅仅几秒钟的工夫，整个人就重新浮了上来，在这张结实而又稳定的床上面，那种据说连大象都踩不坏的床垫似乎有股反向的推力，使他的身体虽然就这么躺在上面却有种没着没落的感觉，就像随时都在向上浮起似的，然后悬浮在气息黏稠光线晦暗的局促的半空中，无论如何变换姿势都没有用。他倒真希望有那么一头灰色的大象走过来用脚踩踩他的身体，好让他觉得踏实些并且再睡上那么一会儿。

他上床时，天就快亮了。他拉开缀满火红的罂粟花图案的窗帘，注意到虚无深渊般的墨黑天色正在变浅，先是以一个地方某一个点作为起点，逐渐漫延，同时从中滤出浅青色调，缓慢地一丝丝增加明亮的成分，像日出前的海面，没有波纹的海水退下去之后留下湿漉漉的看不到尽头的暗黄色寂静沙滩，那些没有灯光的布满黑洞的楼房仿佛被海水腐蚀过久的巨大岩石，而自己则是个样子怪异的贝壳，一只小海蟹刚从里面爬走，这真是奇怪了，它爬出去了，而我竟然照样活着，它还会回来么？我们是不是一回事儿？可能爬出去的就是我，有一天我看到一个奇怪的贝壳，然后把它当做自己的家。是这么回事？

他换了姿势，让左侧的脸颊稳妥地陷入枕头，里面的稻壳随之发出一阵叹息，他张开双臂，弯曲左腿，伸开右腿，那只发热的脚接触到一片干爽平静的布面仿佛置身于微凉的河水里，睡意轻缓地爬上来，刚刚爬过膝盖的时候，一阵嗡嗡的响声把这种难得的平衡感打破了，那只脚再次失去了支撑点，放在哪里都不对劲了。

是那只苍蝇，在这屋子里待了挺长时间了。它飞动时的声音是那样的熟悉。它起得比往常要早得多。他抬起一只手，贴在一边的墙上，感觉到手心里的细微纹络充分接触到墙面细腻的白灰并且滑动，很凉，平滑，细腻，那层白灰上落了些灰尘，但是不动的时候并不影响手感。那只苍蝇反复俯冲下来，如同神风队的战斗机那样不断掠过他的额头，估计是夜里的闷热气息让它发疯了。

这种情况下的一切努力终归无济于事。他放弃了再睡一会儿的想法。他闭着眼睛，想点什么吧。想想昨天晚上？他把书架里的书都搬了出来再重新放回去，从横着放改为以竖着放，结果出乎他的意料，空间并没有任何增加，我真蠢啊，把床从窗前挪到了屋子的尽里头，把电视这庞然大物抱到床脚，空出来的地方都是灰，要一遍遍地擦地板……一切都安顿好之后，他站在屋子中央，四下里一打量，发现效果并不好。问题出在门上。门在屋子东侧的中间位置，这就使得无论如何调换屋内东西的位置都无法改变整体的不协调感。

屋子东北角的墙上那条霉斑。它构成的自下而上的痕迹就跟古怪藤类植物似的慢慢在你不经意间爬到了屋顶，重重叠叠地坠满了干枯的暗灰色小花，这好像是冬天里发生的事。他没想到的是，它们看上去会是那么的不舒服。他试着用抹布擦了擦，留下一片灰黑的印迹，很不好看，甚至触目惊心，而手里的抹布上则留下了一层冷清的白灰。天黑之前就想做这些事了？不，根本就不是，这些事实际上是在出乎他意料的情况下自行开始的。不是他想做，而是这些事不由分说地找上了他。

实际上，从傍晚开始他心里想的只有一件具体的事，就是等一个电话。而这个电话直到午夜到来之前才骤然出现，并激活了他那似乎已经变成化石的时间。

他拉开窗帘，阳光并不像想象中的那样耀眼，甚至不是很清晰。云层消耗了很多光线，有些落到了阳台上，照亮了粗糙水泥窗沿上的灰尘，是那种淡金色。搭在空纸壳箱上的那本打开的杂志被阳光晒烤成有些透明的琥珀颜色，有种干脆的感觉，那些黑色文字及广告图案在淡橙色里有种别的活力，灰尘似乎都不会落在上面，而是厚厚地积在纸壳箱上。外面，繁茂的草丛、蒿类植物中间，有几个孩子在慢慢地走着，找着什么东西。苍蝇飞舞时发出嗡嗡的响声。

他找到最后一点咖啡和方糖，都很坚硬，前者类似某种腐朽的岩层，而后者则近乎水泥制品，不过还好，都还是它们，不是别的什么东西，需要耐着性子去搅拌，让它们在热水中逐渐化开。这一点是你以前很少注意到的。你粗心大意，活得不够精致。问题不在这里，它们的味道很糟，明显有浓浓的酸味，在嘴里流动时没有半点醇厚柔滑的口感，相反，总是黏滞在某个地方并迅速发酵，使整个口腔都为之倾斜混乱。

天并不很热，也没有多少风，就是有点闷。他在阳台上站了一会儿。然后关上那扇很多天来一直半开着的窗户。他随手把通向阳台的门也关上了。在经过厨房时，他发现水池里面以及周围看上去很脏，就找到抹布拧开水龙头清洗了一回。要是不清洗的话，这里真像是没人在这里住的样子。他不喜欢这种感觉。

门厅里没有开灯，光线暗淡，显得幽静。他的手放在那张椭圆形实木桌子上，透过栗色亚光漆，他的手好像接触到了那些经历过诸多加工程序形成的沉寂的木纹，奇怪的亲切感。这时候，嗡嗡的声音打破了这个完整的空间。苍蝇，仿佛是他不喜欢用的标点符号，反复浮现在空白不多的纸页上，它把段落都弄乱了。一直待在这间屋子里的不只是那只苍蝇。他转动着头，目光追逐着它和它的影子，然后打开花瓣形顶灯，花蕊在玻璃薄壁里面抖动着吐露金色细丝。

那只苍蝇落在五个花瓣中的一个上面，保持着紧张的姿态，黑色纤细的爪紧紧地附在磨砂的玻璃罩上。

他看了看手表，此时是上午八点十五分，离约定的时间还有两个小时零十五分钟。

那只苍蝇开始缓慢地爬行，一会儿就爬到了灯罩上沿的凹陷的阴影里。过了一会，才重新爬出来，在灯光的映照下显得颜色更深了。从它的体态看，这是只雌性苍蝇，它的动作明显缓慢一些，无论是飞起来还是落下去都不匆忙鲁莽，也没有那么大的嗡嗡声，甚至可以说它几乎是沉默的，喜欢独自默默爬行，而不是乱飞一通，它用细足搔弄翅膀与身子上的绒毛的时候姿态甚至是从容而优雅的。或许她太过丰满了，不过这不算缺陷，因为你几乎看不出她有什么笨拙的地方，这丰满反而能衬托出她轻盈的一面。她的健康气息使你不得不把她的每个细节都与活力联系在一起。她从不在乎你离她有多远，似乎早就凭着出色的直觉判断你永远不会威胁到她的存在，而且，她的骨子里有种让一切稳定下来的气质，这才是最为难得的。

几分钟后，他手里拿着旧报纸折成的武器，关上门，寻找那只声音最响的苍蝇。他找到了，小心地靠了过去，迅速地出击，挥动手臂，"啪"的一声，折叠后的报纸板重重地打在冰箱侧面。她呢？她还在那里静悄悄地想着什么。他抬起纸板下，看了看，一片空白，那只招人烦的苍蝇飞走了。嗡嗡，嗡嗡，问题严重了，这一击之后他才发现，这个小小的空间里并非只有一只苍蝇，而是很多只，一、二、三、四……一共有七只，现在它们都飞了起来，发出强烈的嗡嗡声。

他只好等它们重新安静下来，就站在原地，一动不动。它们安静下来并不需要多少时间。空气恢复了平稳之后，它们就会各自找到位置，整个过程不过十几秒钟。他重新数了数，没错，七只。那一只除外。

手机铃声响起时，他正满头大汗地追逐着一只被他舞动的报纸板刮伤的苍蝇。它飞不动了，但是很机敏地窜入桌子下面的杂物里，令他无从下手。他听到听筒里发出嘈杂的车辆往来声和人声。然后是她的声音，她的呼吸。她在问他："忙什么呢？"

他定了定神，伸手抹了抹额头上的汗，"我？收拾一下房间，马上就要出去了。"

166

"我感觉你在，忙着什么……"她低声说道，"你没开窗户，是吧，屋里很闷……"

他愣了愣，反问道："还有呢？"

她轻轻地笑了，"还有什么，我就感觉不到了，你心里……不太安稳，是不是？"

"你在哪呢？"他出了口气。

"外面。"

"一个人？"

"不是。"

他沉默了一会儿。她也不出声。过了几十秒钟，她问他："时间不变？"

"嗯，当然。"

放下电话，有几分钟他不知道自己在想些什么、刚才又在做什么。嗡嗡。他出其不意地一挥纸板，将一只过于大意的苍蝇迎头击落在地板上。它的背部靠着地板，那些细足在忙乱地挣扎着，一只翅膀折断了。短暂的寂静。坚硬的果核。他侧过脸。

几步外的窗台上，那个稻草人布娃娃左上方的玻璃上安静地待着一只苍蝇。一缕阳光柔和地映衬着它的身体，翅膀是透明的，能清晰地看到上面细致分布的黑丝，看到下面身体上细细的毫毛。它伸出一只细足在空气中划动了几下，然后搔了搔翅膀下侧。看上

167

去它并非是简单地休息，而更像在等什么。想到这里，他的脸部肌肉忍不住抽动了几下，像是笑了笑。过了一会儿，另一只苍蝇也飞到了那里。很无聊的结果。

后来者漫不经心地靠近它。就在他为自己的判断得意时，原来的那只苍蝇却突然飞走了。他转过身来，身体带动的风使另外一些落好的苍蝇又重新飞起。

他靠近那只后落在玻璃上的苍蝇，缓慢小心地举起纸板。有个古代日本人，曾用以一只悠闲的苍蝇为题材写过俳句，认为在苍蝇很舒服地待着时候打它是不对的。但是，那显然指的是一只苍蝇，而不是一群苍蝇，他想，现在必须消灭它们。

他重新看了一会那只躲在屋顶的雌蝇。她还在那里。他忽然觉得自己此刻的眼神已经与她的眼神差不多了，也就是说他正以一只苍蝇的眼光在注视着她。这种感觉很有意思。就像刚才他喜欢那种有限度的残忍的感觉那样，他喜欢这种换位的错觉。庄周不是说过么，"天地一马也，万物一指也"。翻来覆去总归都不过就是个梦。那么，她在那等什么？这又是一个问题。

他重新数了数，地板上有三只被击落的苍蝇，有的还在抖动着细足或断翅，空中飞的还有三只。对于它们，现实是残酷的，它们永远无法知道这个人什么时候会结束它们的幸福生活。他有些怜悯它们了。这时候，一只苍蝇误入一只没有盖的空矿泉水瓶里，而且一时找不到出口。他心里一动，伸出手封住了瓶口，手的温度通过迅速凝止的空气传到那只误入歧途的苍蝇的神经末梢，那瓶空气在一瞬间变得异常沉重，越来越黏稠，它开始近乎疯狂地飞舞，头不时地撞到瓶壁上，发出轻响。

他找到瓶盖，慢慢地拧上，这时，那只苍蝇落在瓶壁的左侧，待了一会，然后伸出前面的两只细足不停地磨搓着，并时不时地抹了抹小巧的灰黑色头顶，显然，窒息还很远，它还有时间调整心态，用细足清理自己的身体，问题并不那么严重。它遇到了一个水滴，开始喝水？嗯，姿势优雅。

"还没出门？"电话里传出的声音仍旧是低柔的。"屋里干净了？"

"是啊，"他因为注意力一时仍在那只苍蝇身上而显得有些尴尬，"我在打苍蝇。"还是说出来好些。本来也没什么。

"苍蝇？"

"我至少已经消灭四只苍蝇了。"他觉得自己的口气有些怪怪的，于是迅速调整语调，说："那些东西扰

169

得我一夜没睡好，老是在头上嗡嗡。"

"是么？"

"你认为不是？"

"没有，我只是觉得有意思。"

"有意思？"

"是。这个场景，你以前好像说起过。"

"什么场景？"

"打苍蝇。"

"不会，这是头一次。"

"你确信？"

"肯定没有过。"

"仔细想想再说吧。"

他看了看手表指针的位置。离他们约好的时间还有一个小时。她等了一会儿，忽然说道："你在走神……"

他不出声地笑了笑，说："我在看表。"

她笑了，没有出声，他猜她在笑，没有声息的那种笑。

"你说苍蝇怎么交流呢？它们也有语言？"

"应该没有吧，"他想了想，"有也是肢体语言，像蜜蜂那样，用飞舞的样式。"

"要是那样的话，不是谁都知道谁在讲什么了么？"

　　"那倒不一定，总有自己的方式吧，两只苍蝇能懂，别的苍蝇不懂。"

　　"那你说说它们喜欢在哪里见面呢？"

　　"在玻璃上，那里有亮光……呃，你在哪呢？"

　　"我一直在这。"

　　"我这就走。"

　　"我知道……想我么？"

　　"是。"

　　"想你。"

　　"我也想你。"

　　"我怕自己不想你。"

　　"这不重要。"

　　"什么重要？"

　　"记得以前我说过的一句话么？"

　　"什么话？"

　　"现在我感觉不到你了。"

　　他看着表的秒针颤抖着走动。

　　"现在呢？"她等了一会儿之后问道。

　　"有点模糊，你好像在盯着什么东西……"

　　"嗯。"

他终于关上了自家的大门，用钥匙反锁上。走到楼梯口时，他恍然想起，自己的确曾经对她讲起过一件类似的事。不过不是打苍蝇，而是消灭蟑螂。那是在结婚后的第三天，他因神经衰弱而睡不着觉，只好坐在阳台上的一把塑料椅子上，看着外面厚重得让人透不过气的夜色。他想看会儿书，但是看了几页书就头疼，只好就那么坐着。不知过了多久，一只蟑螂从液化气灶下面爬了出来，很肥硕一只，悠闲地爬着。过了一会，又先后爬出来几只。于是他对它们展开攻势，一直到天亮。

他对她就是这样叙述的么？应该没错。他还记得自己曾就此说出一句类似格言的话，所有单独行动的蟑螂都是勇敢者，但它们可能是不幸的，它们不知道人在夜里会失眠，注定会遇到它们。他这样说的时候，在酒吧里暗淡的光线下，坐在身旁的她在听着，然后忍不住笑了。

他转过最后一道楼梯，眼前明亮起来。这时候，楼道里隐约传来不知道谁的手机铃声。正犹豫的工夫，负责楼内事务的一位居委会工作人员出现在他的面前。那人递给他一包东西，是灭蚊蝇蟑螂的药，五块钱。手机铃声忽然又没有了。他交了钱，随手把药揣到裤兜里。

"这药管用么？"

"管用。"

"对它们都管用？"

"那当然了。"

"那怎么不早点发呢？"

"早就发了，你不在家……"

"哦。"

"你这是要出去？"那人是个五十多岁的男人，眼光总是闪闪烁烁的。

他愣了一下，"我去找块玻璃。"

"家里窗户破了？"

"没有。"

"哦。我问你件事，你父亲是不是某某某？"

"不是。"

"我还一直以为是呢。"

虚构的生活

时或吃一点点毒药，这使人作适意的梦。最终以多量的毒药，致怡然而死。

——《苏鲁支语录》P.11

虚构：凭想象造出来的，例如，这篇小说的情节是虚构的。

——《现代汉语词典》P.1419

I

我是这么想的，所谓的生活么，其实都是不真实的。从开始到结束，翻来覆去的，也就是那么一些似是而非的东西。要是你在某个瞬间里停下来，盯着某扇窗户、某个地方、某个远处的人或物，随意叹上那么一口气，它们很可能就像灰似的，被这一口气吹散了，随后留下一大片石灰岩石般的空白。

有那么一天，轻松的感觉出乎意料地降临了。在去找那三个傻瓜的途中，我的那个BP机丢了。我好像一直都在走神。习惯性的短暂不安和恼火，我想不出它丢在哪了。随后很快地，我感觉到了某种轻松。我躺在屋子里，看着敞开的窗户外面，一些鸽子在对面楼顶落下，悠闲地咕咕叫着，一些孩子在我看不到的地方大声地叫着来回奔跑。这个戴在我身上有两年的小巧而紧凑的黑匣子，可爱的告密者，调情的媒人，曾是那么迷人的银白色字母：CASIO，被我丢在了一个只有老天爷才知道的地方。它的那种单调乏味的嘀嘀声再也不会单调地敲击折磨你的耳膜了，那些要确定你的方位的信号，或消音后那种突然出现的颤动，那些匆匆从你身边跑掉发出沉闷混浊声音的大量时间，四分之二拍的节奏，都没有了。意念圆环的瞬间断裂。它很可能已在某人的手里，换上了新号码，装上了新电池，重新发出轻快的叫声，也就是说，又有一个人可以随时被别人找到了。也有可能它只是掉在了一个没人注意的地方，烂在了那里，再也见不到天日。不过对我来说，它什么都不是了。

　　我一直以为自己就是眼前这个世界的中心。要是没有了我，眼前的这个世界就会转眼间崩溃、毁灭，成为虚无。这个世界其实就是局部的，个人的，永远都不会是整体的，自从你离开母腹的那一天起，就是这个样子。你说呢？我们是一个整体么？我们在同一个身体里，我是你，你是我，同时反之也成立，你不是我，我也不是你。黑夜里，你躺着，伸出手来，抚摸我的脸庞，指尖，你可以把它们当做世界的边缘、尽头。我不能不爱你，我要在对自己这条命的不加控制的热爱中，耗掉那些与生俱来的能量。你老是用这种眼光审查般地盯着我。一副旁观者的嘴脸。你我应该亲如兄弟，亲密无间。你的眼睛里只有怀疑。你一动不动，从侧面看着我，这就迫使我不得不从侧面去看你，就这么没完没了地看下去。你知道的，我是多么的容易冲动啊，我不习惯静静地待在什么地方，不习惯只是空想而不去做，我不喜欢思考什么。你的这种旁观，加重了我的冲动的可能。你总是如影随形地跟着我，没办法，谁让你我在同一体内呢，我们拥有同一个壳子、一具所需甚多、并不是很容易维护保养的肌体。

不为什么。没什么。好了，不要再看了。闭上眼睛。现在，就这样，咱们背对着，想象一下，我们重新恢复为一个人，就像从母亲肚子里刚出来时那样完整，没什么矛盾，一束亮光照到了赤裸的新生儿的微红肉体上，哭啼，睡觉，吃奶，出神地看着天花板，墙上的一个昆虫，或窗户那边投射过来的光线。我们随便说话，感觉会不一样。我们背靠着背，在没什么光亮的地方……你把你的手，随便哪一只，伸给我，是左手，右手属于我，左右手相握，这样我们就成为一个人，来吧，趁你我还年轻，还没那么灰头土脸，你闭上眼睛，我也闭上，我们都闭上眼睛。

想得太多了，结果就总是事与愿违。无论什么事，你都不能想得太多，想多了你就没法活下去。这是个多简单的道理啊。可你仍旧一意孤行，由此可知你确实是个无药可救的家伙。你都想了些什么啊？回到现实里吧。你该仔细想想，他怎么想起来让你去找那三个傻瓜，为什么不是别人呢，为什么偏偏是你？想想你跟他们，那三个傻瓜到底有什么关系？你总是有意无意地回避一些不该回避的事，在不安的躲躲闪闪中品尝不断脱身的快感。现在你再也不能回避了。再也没有了退路。躲避使联系变得更加紧密。我们轮流来讲故事好了。

他是领导。来到他面前，需要经过一道道半开半闭的或者是关闭的门。那些门都没有窗口，只留出不大的门缝，你不得不把那一道道缝隙打开，或者伸出手，弯曲中指用关节小心地敲击中空的木门，直到里面传来他的声音。你开门走了进去。你来到他的面前。你推开门的时候，他的眼光温柔。领导就是领导。他说话时的鼻音总是让你对他有种莫名的好感，你总是喜欢说话带有鼻音的人，尤其是女人，男人也可以，"你来了？这两天你忙什么呢？"

一个女人。这个想法一浮上来，她就已经直起身子，侧立领导身旁。她的眼光掠过你头顶，经过门上方乳白色石英钟，然后飞到窗户外面，停在了某个地方，或许是落在厂办大楼顶部东北角探出的飞檐上，那里有几只灰色的麻雀冷清地待在一起。它们不叫。她的嘴角不动了，肉感的嘴唇上有些细纹，有几分蠢蠢欲动的意味。她没看你。你看了他一会儿。你觉得自己的眼光可能有些迷糊。你放纵了它，使之贴近了她的肉感的身体。她在等你消失。你不喜欢她的臀部，那个饱满的地方，看上去有种自以为是的结实和僵硬。如果没记错的话，她以前经常不穿内裤，或是穿黑色的内裤而故意穿浅色紧身薄裙。

领导感觉到了什么，他的眼睛离开了桌面上的文件，投向了你。他根本不知道发生了什么事。实际上也没什么事发生。他表情松弛平和，鼻子有些发痒，努动着嘴巴，抖动着鼻翼。那个漂亮的大鼻子。雄性狮子习惯于在自己的领地周围撒尿，使自己的气味弥漫在领地周围，警告别的动物或者同类不要进入。你仿佛闻到了这种味道。昨天晚上，电视里播放的非洲中部草原上关于狮子的那些场景让你至今心荡神驰，你甚至感觉那头狮子就在你心里奔跑着，追击羚羊或者斑马什么的，或者伏在胸腔的某个地方，挨在第三根肋骨附近，不声不响地等待猎物出现。

他屋子里有种说不清楚的味道。你与他对视是下意识的。目光滑落到他的衣服上，投入到那些没有什么规律的褶皱中间，研究衣服的褶皱之间的关系，而不是研究你与他与她的关系。即使是那些衣褶里也在散发着那种气息。你看不到他的下半身。他是个干净人，每天都要用白净的手绢擦几遍电话，每次从外面回来，都要洗手洗脸，对着门边的镜子看看自己。他不吸烟，牙齿光洁坚硬得像精心制作的白瓷器。奇怪的味道。那个女人裸露的皮肤白里透着红润，头发里散发着紫罗兰的香味儿。这种奇怪的味道让你不由得想起了海边，碎石很多的湿漉漉的海滩，晨光微露时赶海的人走过你身边散发出的气息。她走到窗前，拉开窗子，让风透过屋子。

"我在写大事记。"你说道。

"哦，这是在写历史啊……不用太急，时间还很多……明天……你下去，找到那三个人……看看能否把情况摸清楚，周六之前拿个报告给我……"

　　你当时毕恭毕敬的样子看起来真是很虚伪。凌乱的一闪念。是我在嘲笑你。我随时接受，我不在乎，我需要，你可以找把剃刀，磨得雪亮，在我脸上刮那么一通或者划开，看看我的脸皮有多结实，那样我会觉得很舒服。现在我想喝咖啡。我想抽支烟。我想跟女人在一起。现在。现在，那些湿漉漉的咖啡渣子，在手臂的几下抖动之后，就堆在了花盆里，在花土的上面，挨着那些昨天倒的现在已经干枯的茶叶。他所说的"下去"，其实是指派我到他们那里。那三个傻瓜的中间。你不喜欢这个词。只有在上面的人才能有资格说下去。实际上，你也在下面，在他的下面，那个女人也在他下面。咖啡味道太差劲了，温吞吞地进入口内，像似有层灰浮在表面，从舌头上滑过去的时候，一点感觉都没有，很不舒服，可能是没仔细洗刷滤网的缘故，滤出第二杯味道就好多了。

　　坐在你对面的是档案管理员穆琳，她见你半天才回来，就忍不住问你："他找你干什么？"你想了想。她的眼神里正露出莫名的失望，"那三个傻瓜……"她真的是失望了，她时常处在失望的边缘。这种长期持续的状态已经影响到了她的生活。她在失去水分。一朵正在风干的微白的罂粟花。她低头喝咖啡，双手紧握着那只可以用来吃饭的白铁茶缸，一杯咖啡在那里只是个底子而已。我不知道咖啡与白铁接触之后会不会改变口感。她喜欢的是咖啡里的奶香。

李建的脸上被指甲划出了几道新鲜浅红的血痕，现在开始凝结了。他一直想在自己的脸上留下点什么东西，他总觉得脸庞的干净利落是晦气的标志。男人要是长着一张干净光滑的脸，说明这人就还是没长大，还是个小嫩瓜。现在好了。那几道新鲜的伤疤的确给他的那张脸带来了新的气象，还有种不和谐不安分的感觉。

他们走上这座限速公路上面的钢筋铁板拱形天桥的时候，那两个人侧歪着身子站在那里，面无表情，其中一个说："我们等你呢。"李建示意马戈下去等他。马戈来到桥下的马路边，边吸烟边看着往来的车辆，听着它们发出沉重的呜呜声响，它们带起的风和灰尘拂面而过。正走神的工夫，天桥上发出咚咚的撞击声，积锈和尘垢纷纷扬扬地落了下来。他回身跑了上去。那两个人消失了。李建从地上捡起那包踩扁了的香烟，拈出一支烟，都踩扁了，不过还能抽。马戈递给他打火机。火花从烟的顶端迅速地向尾端蔓延。烟草在他的肺子里以另外一种方式燃烧，他深呼吸，看

184

上去像是在吸氧，"昨天洗澡的时候，他们看我，故意的，"他们，是马戈隔壁邻居的手下。"刚才跟他们打架的时候，我想了很多……"李建看了看马戈的眼睛，"是啊，没什么用，我没想那件事。"

一辆警车缓缓停靠在前面的路口处，摇下茶色的车窗，里面探出个头发不多的脑袋，询问路人，发生了什么事。那些人都摇摇头，表示不知道。什么事都没有发生过。那个脑袋向过街天桥这边望了望，看到了正在下桥的他们。警车开走了。临分手之前，李建告诉马戈，晚上钢厂俱乐部有电影，"去看看吧，现在人很少了。去吧，去看看它。看看我的米兰，看看她有多漂亮，要不你总是不相信我说的话。"

那年我应该有二十岁了，李建比我大一岁。他说的电影，是姜文的《阳光灿烂的日子》。我不想去。我不喜欢李建对我说你该这样该那样的。我要的不是别人指给我的东西。那时候，他喜欢里面的米兰，那个健康丰满的姑娘，那双能让整个世界陷入其中的大眼睛，还有丰满的屁股，他总是这么夸张地形容她，他还想到那座遥远的意大利名城，拥有范·巴斯滕的黑红条格球衣的伟大球队，那是一种开满小碎点白花、香气隐隐约约却又有些腻人的植物，它们都叫米兰。

我只对那个叫米兰的城市有点感觉。这就像别人对巴黎有某种感觉一样。那是个白色闪亮的地上铺了很多打磨得并不光滑的大理石的城市，无论我如何想象，也只能看到它的一些被阳光照得白亮的墙壁、窗口、屋顶的局部，还有一些灰色的鸽子掠过布满游客的广场，一些身材修长、眼睛深陷暗蓝的沉稳成熟的意大利女人。它不是我喜欢的地方。我喜欢的是一个比它小得多的城市，中国的，它的名字是洛阳，是个我在梦里去过的地方。那里曾经有条街道，街口的黑板上有粉笔字写的街名，还有我的名字，歪扭地写在角上。距这条街道不远处是一座道观。在洛阳的地图上是没有这条街道的，也没有这座道观。它们只是存在于过去的某段时间里，而这段时间又只能属于我自己，还有一个姑娘，她就是妮娅。我看到她的时候，是在冬天里的向北行驶的火车上，她那裹在牛仔裤里的膝盖挨着我的膝盖，让我感觉到从未有过的温暖。那时火车正在越过处在枯水期的黄河。

　　那么我呢？我叫马戈，这是我自己取的名字。我还有另外一个名字，马可，是我父母为我制作的记录在户口上的个人标签。是啊，我跟我自己，常常是两个人，我们有时亲如兄弟，有时候反目成仇，我们相互讥讽，彼此残忍地挖苦，取笑，有时我们也会彼此支持，在最危险的时候出手相助，在最惬意的时候引爆一颗炸弹……我过的是两种不同的生活，这是个秘密，除了我自己，没人知道，他们不知道自己在与两个我打交道，有时是这个，有时是那个，没什么规律。只有在我忘了另一个我，或者说另一个我把我忘了的时候，那些问题才会不存在。

你要结婚了。他们肯定会笑。我知道他们会的。婚礼将在一周后举行。大家都很忙碌。我也一样，只不过我做的事与婚礼没什么关系。我继续去找那三个傻瓜了解情况。资料已经收集得差不多了，接下来再去完成一份六千字以上的调查报告，就可以交差了事。领导知道你要结婚的事，那天中午在厂门口看到你的时候，就问你：“觉得怎么样？”我还不清楚到底是怎样一种感觉。他奇怪地笑了笑，“最后都一样。”在他说话的时候，我没想那么多，我习惯性地继续练习深呼吸，把体内充满空气，然后再缓慢排空。我并不是很讨厌他。当然我始终很烦他那张漂亮得比实际年龄年轻许多的脸，但这只是一部分，他骨子里还有些说不清的东西，你并不很烦，有时甚至还有些欣赏。

婚礼那天早晨，你是被隔壁女人尖锐的笑声叫醒的。时间是六点钟，天色像什么事情刚结束那样模糊不清，阳光滞留在并不厚的云层里，白茫茫光圈很是虚幻。她竭尽全力地尖声狂笑，好像要把胸腔里的什么东西挤出来。一群乌鸦经过窗外那道十分狭窄的天空。楼上有人从窗口倒下一盆脏水。她大笑着说了句什么，然后是猛烈的咳嗽声。在走廊里，你看到了她。我关上门。她站在自家门口，冲着门发呆。她的衣服肥大，整个人从上到下都是乱糟糟的。她面无表情，摆弄着门的暗锁，锁舌并不随着她的手转动而伸缩。它被卡住了。她看了看你。"锁头坏了吧，"我说。她用一种冷冷的怪异的眼神扫了你一眼，低下头，试图再次扭动它，但是没有用。她吐了口气，"不管了。"在转身回去之前，她忽然想到了什么，回过头来问你："你那个朋友呢？"她说的是李建。他？最近没来找你。

她经过光线暗淡的门厅，进了南面的屋子。那扇门打开时，一阵白昼的光线透过她照亮了门前的水磨石地面，照亮了其中的浅色斑点。正如我所料想的那样，她不是那种纤弱的女人，不过就在她转身消失的那一刻，她的身体似乎只剩下薄薄的皮肤下无声无息的骨骼，呼吸留在有些浮肿的嘴唇旁边，不再深入体内，她被抽空了，不过你隐约感觉到她还会重新恢复那种十分具体的饱满和充实。她总是让我想起领导身边的那个女人，她的懒散不爱修饰正好跟那个女人相反，但有些东西又是相似的。

四月底了。沉闷而干燥的天气。婚车停在酒店外面，鲜花掺杂着假花，粘在光滑黑亮的车体上。你站在酒店玻璃门的左侧，她在右侧。你们面对面，但很少能彼此对视，来的人很多，不时从你们面前经过。酒店里那些面孔重重叠叠。你面带微笑，实际上表情僵硬，胡思乱想。主持人迟到了一个小时。他是你的前同事。他主动要求做你的婚礼主持人，他说我们亲如兄弟，他说他非常欣赏你。他来晚，是因为走错了路。其实电话早就打到了他家里，他老婆说他昨天晚上就没回家，说他很可能已经喝死了，掉到了哪个阴沟里了，反正她不知道他的去向。他脸色红润。他大声同你打招呼，把红包塞到你的手里。你正在走神。

你坦然地蹲在办公楼走廊尽头的厕所里，在悠长的流水声中，缓慢地翻看包着灰蓝色硬纸皮的小说，它通常是被锁在抽屉里的，很厚重，可以慢慢地看，看很长时间。时间漫长啊。你曾经试图在书中的天头地角处随手写记些笔记之类的东西，像刚进厂的时候我师傅在《马克思恩格斯全集》上干的那样，可我没他那样放得开，弄脏了书会让我不舒服，就像在街上人群里走着走着突然间被谁摸了一下屁股似的，而且是男人摸的。

你在厂子里四处闲逛。到厂外某个地方抽烟。在厂外的书摊翻看杂志或报纸，再也不会去瞅一眼旁边的公用电话，不会不安地看到那块深灰色的小显示屏上忽然浮现的不同的数字了。你在大街上散漫地走着，随意停下脚步或继续走下去。你悄悄回到那间光线暗淡的小屋子里，身体松弛地倒在床上。在确信脑子里被迫装入的东西被清空后，翻出那几部老版本的字典和辞典，放在身边，若是感觉不错就顺势拿起一本看下去。你是真的喜欢咀嚼那些单纯结实如榛子果仁的文字，其间再喝几杯凉开水，以填补身体内余下的那些空虚的地方。

"我怎么找你？"你问李建。那时你们漫无目的地走在街上，像灰麻雀那样从一个角落飞到另一个角落，寻找着有限散落地上的粮食颗粒。人群像浑浊的河水一般漫过你们，又把你们留在路边，暴露在模糊的日光下面。黑白电视的图像总是无法稳定下来。你们谈论足球，或者别的什么运动。他喜欢加林查，一个踢足球的巴西人，一个绰号"小鸟"的跛子。我还没有值得我喜欢的人。那个下午，他告诉你，他找到了一个新的住处，在城西的平房区里。在此之前，他在你的这间屋子里待了两天了，几乎没有安稳地睡过觉。

"我去找你吧，"他随口说道。你递给他一支烟，顺手把落到袖子上的烟灰拂掉。这时候他坐在你的床上，抽着烟扭头看外面那株枝叶繁茂的小树，似乎要找到什么东西。他看了看你。你坐在对面的桌子上，两条腿垂着，有些麻木，有些沮丧。你从窗台上的那面长方形的小镜子里看到了自己的脸，不完整的睡眠不足的脸，混浊的眼睛。那些枝叶间缀有楼上丢弃的纸团、塑料袋、果皮、口香糖、硬包烟盒，还有一个满是尘埃的灰色保险套。茂盛的枝叶伸到二楼的窗口，侧面的伸到了栅栏外面。它的茂盛已经越过了界限。后来它甚至疯长起来，那些枝条像头发似的无休止地从敞开的窗户伸入屋子里，伸展到地上床上，散发着热乎乎的涩涩的气息，直到你我惊醒。

他也觉得它过于茂盛了，站在栅栏外面，几乎看不到窗户。他走了。你关上房门，仔细看了看这间屋子。你清理了那些烟灰和烟蒂。然后喝了杯水，抽出《现代汉语词典》，躺在床上，慢慢读下去。此后，很多天，你都没去找他。后来，有几个早晨，你试着到他常去的地方找他，然而一无所获。那是一个废弃的中学操场，那里堆了很多碎煤堆积成的小丘，堆了很多年了，下过雨后，上面经常都是热乎乎的，以前他经常一个人到这里踢球。那个练习深呼吸的人，也是在这里遇到的。

　　如果不失眠，内心平静，身体柔软，我就能见到他，和他一起生活。他是我爷爷。他死于脑溢血。不过自从我在仓库里找到那些唱片，还有他的这幅黑白照片，我就跟他生活在一起了。有时我会问他些问题。有时我只是帮他修理那只破旧的手摇式留声机。他躺在那把从南方带回来的竹躺椅上，半睡半醒地听那些旧唱片，如果有时间我就把它们从仓库里拿出来，放在桌子上通通风，以防受潮变质。那时在院子里抬起头就能看到远处那道由碎石与叶岩聚集而成的人造山，像一道巨大漫长厚实的呈深灰色的墙，上面有小火车，定时缓慢爬过，冒着烟。从那里到北边这条细长的马路，要经过几道锈迹斑斑的铁路和长满蒿类植物的野地。那里曾有过很多大小不一形状各异的水坑，如同一个大湖经历强烈地震破碎后留下的。天空的碧蓝色像碎玻璃似的散布于那些寂静的水中。那里曾长满深深的芦苇。后来的孩子们，也就是我爸爸他们，经常到南面没被填平的水坑里游泳。过了些年，那些水坑才逐渐被炉灰、碎石、废砖和泥土重新填平。然后那里出现了人家，一家，两家，很多家。我们家比他们都早，我爷爷奶奶领着我爸爸住下那年，冬天里，大雪封门，深三尺。后来，爷爷盖了两间瓦房，在南面的空地上种了一大片向日葵。别人家种的都是玉米和高粱。他不种粮食，因为他有工作，在砖场里工作，另外就是他觉得没事的时候，拿一个饱满的向日葵盘，坐在门口晒太阳，吃味道新鲜的葵花子，是件很舒服的事。

他在屋子里的火炕上喝烫热的烧酒，吃带冰碴的雪里红咸菜，还有果实饱满的生葵花子。他站在院子里和一位老乡大声说话，称兄道弟。那人领着一家老小在我们家住了半年，他分文不取。他就是这样豪爽，没有心机，惹得奶奶总是跟他大吵半天，后悔自己怎么嫁给这么个傻瓜。我四岁时，那个晴朗的冬天下午，有个陌生人来到我们家里，带来了他的死讯。那时我是不可能听懂那个病的意思的，脑溢血。

我们去看那些向日葵。我再也不用他抱着我走了。现在我每天都要刮胡子。我没有他高大，但是我坦然地走在他的身边。这似乎很令他高兴。他并不看我。他把那些枯死的向日葵堆到一起，放把火烧了。看完了那些向日葵，我们又走出很远，走到南面那片很空旷的地方，然后回过头来看那些姿态各异的向日葵，它们沉浸在初秋的阳光里，散发着青涩微暖的气息。他并不像我想象的那样爱说话。他从来不叫我的名字。有时我忍不住提醒他，我叫马戈，他也不置可否。他喜欢用简单的词语表达想法。正像来时从不事先告诉我一样，他走时也从不会提醒我，也不道别，经常是留下我自己发呆。他在墙上那个暗红色木制相框里。我留在我的木板床上。彼此相距三米，等于三十年。

　　我是马戈，或者马可，都一样。在光线晦暗的室内看到外面天色缓慢明亮，我把水壶里最后一点水喝掉了的时候，它像一道温和的亮光浮现在我的耳朵里。无论如何，我喜欢它的声音，听起来很舒服。马戈，我叫马戈。而你叫马可。我与你是一个人，又不完全是。大体上说，你活得还算可以。你不是生下来就喜欢思考的人。教会我学会思考的是牙痛。小时候最快乐的事是偶尔能吃到好吃的东西。长大后最痛苦的事也是吃东西这件事。二十岁时牙齿就已坏了三分之二，它们中的任意一颗发作时，你就只能体会比神经痛更复杂更深入的痛苦。唯一的好处，是在牙痛过程中学着思考问题。有时我甚至想，如果你从生下来那一天起就开始牙痛，你如今应该是一个柏拉图或者苏格拉底式的思想家了。如何在咀嚼的过程中避开那些残缺脆弱的牙齿，把食物送入肚子里，这是个问题，弄懂了它，就能更好地活着。这样我就找到了自己的感觉，牙不痛的时候就想吃什么就吃什么，牙痛时就作一个悲观的思想者，透过牙神经末梢找到那些真理的蛛丝马迹。你饿了，现在，饥饿从腹内像幽灵似的爬上来，一直上升到心里，然后，是世界被抽空的感觉，心里被抽成了真空状态，这是过多思考的结果。谈论思想最是消耗腹中物。趁着牙齿都还安静，你得去吃些东西。

　　留声机在慢慢地转动。"这回好多了，一个人多好啊。"他转身走了。很久没有做梦了。马戈坐起来，看着屋子里的暗淡的光影，仔细听着从各个方向传来的声音，没有找到留声机的声音和影子。说话的人仍旧安静地留在对面的墙上那个相框里。……他听到隔壁的男人对一个女人说话，声音低落，完全是陌生的。楼上的那些小狗们拼命地奔跑。还有那两个孩子，不停地跑来跑去，地板就开始了剧烈的震动。他拉开窗帘，闻到一股灰尘的味道。灰色云层很高地布满天空，风很潮湿。

　　她的头发是深褐色的，以前是黑色的。马戈看着她到那家发廊里，坐在一面镜子前，对那个表情冷漠的理发师简单说了几句话之后，她的头发就是这颜色了。现在她有多大了？十九或者二十？对于这些，李建一向是不以为然的，他告诉马戈，他喜欢的是女人，而不是这种未成年的小姑娘。马戈夸张地反驳他。他不停地笑着。直到马戈把台灯丢到他的头上他还在笑，语调刻薄，"你受不了了吧？你知道我是对的……"他的额头意外地被马戈掷过去的台灯底座撞破了。

马戈像影子一样跟随着那个姑娘。保持着距离，跟着她曲折穿行于高矮不齐的砖块般的楼房之间。一幢瓦顶的日式旧楼。她转身消失在黑暗的门洞里，常常如此，马戈站在楼下，透过几株老树的枝头，仿佛大梦初醒，茫然注视着这幢楼房的每一个细节。楼外的那些树转眼成了暮色中分布不规则的黑色柱子。走廊里没有光，只有声音，她的脚步声缓慢上升，到最上面的第三层，转向左侧，那串钥匙轻轻响了响，那扇质地沉实的木板门被缓慢打开，然后停顿了，几秒钟之后，传来沉实平稳的关门声。没有灯光。在这一瞬间，他闻到了那种保留了几十年的木箱里渗出的樟脑味儿与木板、苹果、月牙形点心的味道充分混合之后的气息。

那些狭长的木窗表面的油漆早已剥落殆尽，留下的是浅得不能再浅的蓝色调，很多地方露出了干枯发白的木面。从侧面看这幢楼，每层有两扇窗户，分属卧室和厨房，其间是凸出于墙壁表面的从地面直伸到楼顶上方的砖砌的方形烟囱。只要来到东面这座晾晒衣物的正方形阳台上，就可以清楚地看到那窗内的人在做些什么，不过马戈并不喜欢以这种过于直露的方式出现在这里，他只是偶尔地站在通向阳台的窗户里面，注视着对面的一切。

她喜欢蓝色。在马戈的记忆中，她是应该是喜欢红色的。十年前，马戈坐那趟线路很长的公共汽车时遇到了她，和她在一起的还有一个沉默的面目平淡的女孩。她们在他的前一站下车。公共汽车的浅蓝色油漆每年都在加厚，时间的侵蚀留下了许多不规则的裂纹，变成了一些被尘埃填塞了的灰色粗糙线条。透过半开的车窗，马戈看着她走到马路的另一侧，然后，她被流动的人群淹没了。

马戈在阴暗的走廊里找到自己那辆破旧的自行车，找到了抹布，拂去上面的灰尘。他到了办公室的时候刚好是八点。他四处走了走，不见人影，也没有什么声音。他回到办公室里重新看了看日历，今天是礼拜二，不是礼拜天。他的目光移到门右侧的记事小黑板上，那里有一行他写的白色粉笔字：早七点四十开会，记录，签到，点名。签到册和记录本在桌面上放着，被他随手扔在桌子上的工作服遮住了。他犹豫着，没有想清楚，是去，还是不去？

他站在走廊里。不远处的那个值班黑板上写着：马可，孤单单的两个白色粉笔字。最后他随手拿了本书，打开隔壁仓库的门，到里面反锁上门。在不能确定是回家还是留在办公室的时候，他总是自然而然地选择到这间仓库里呆上半天。办法总会有的。

"马戈，我走了。"

"几点了？"

一束耀眼的金色的光线热热地扑面而来，窒息的感觉，我仿佛睡在烈焰的边缘。

"不知道。"

"我说什么了？"

"没说什么，"他想了想，"没听清楚，你睡吧……"他替我关了台灯。在黑暗迅速展开的那一刻，他稳稳地关上房门，然后又传来正门的底部与水泥地面摩擦响声。现在，我走在通往我的屋子的那条街上，考虑如何把完成任务的过程变得曲折一些。领导让我去了解那三个傻瓜的情况。这让我忽然间有种莫名强烈的失败感。

由于还不习惯编织谎言，我不得不告诉你一些我的真相。其实我并不叫马戈，我只有一个名字，马可，就是这么回事。我虚构了自己的名字，当然还虚构了一些别的东西，或者说虚构了我的生活，大部分的生活。为了在人们面前不至于显得尴尬，我虚构了那些童年的趣事，虚构了父母的历史，还有浪漫短促的几次恋爱经历。最后，我为自己虚构了一个女人。这虚构很早就开始了。源于我的那种期待，为了这期待的过程不至于支离破碎有过多的空白，我虚构，使自己获得某种并不可靠的安稳的感觉。

不过我没有虚构爷爷的生活经历。那些事并不多，但真实。不过这与我同他时常不经意的见面没有关系。他是我对过去生活唯一真实而持久的怀念。谁知道呢？或许以后我会对你细细地讲起他的，也许我会选择一个恰当的时机彻底忘记他。

我的朋友，他是真实的，不需要我虚构了。他很关心我，甚至超过关心他自己，令我不安的是我并不知道为什么会这样。他喜欢的东西与我喜欢的完全不同。然而在我感到乏味的时候，他就会出人意料地来到我身边。他来找我，我们抽烟，喝啤酒，喝易拉罐的可口可乐，喋喋不休地谈论我们所能知道的任何大道理，有时沮丧，有时充满理想和盲目的快乐。他试图通过不同的方式向我证明生活是美好的。这个时候，我一般会微笑着注视着他，你是对的。那些红色的易拉罐被丢在床底下了。我喜欢红色。他喜欢说女人。他所了解的女人是什么样的。他告诉我："要是你没有遇到真正的女人，你就可能永远都不会懂什么是女人。"

"她现在知道你在我这儿？"我把后脑勺贴靠在墙上，然后伸直了左臂，轻轻地有节奏地拍了拍背靠着的墙壁。

"谁？"他面无表情地看了我一眼，"你不可能知道她的。"

没人知道你在哪里。他们在走廊里顺口喊几声，除此之外别无办法。即使你在办公室隔壁的资料室里也等于不知去向。在这里，你甚至可以安心睡觉。资料室里挤满了桌椅和木制卷柜。你喜欢北方的白天。灰色的寂静中，从对面颜色新鲜的那幢楼的表面折射过来一些并不耀眼的光线，有些时候，你甚至能够解析这些光线，能描述出它们是如何产生、存在，以及如何变化色调，直到最后消失得全无踪迹。窗户面朝北方，很高的窗子，透过淡青色的厚玻璃可以看到远处许多高低起伏的长方形有着黑色沥青涂层的屋顶，时常地，它们像被水浸透了的木排，以过密的间距，一阵阵漂浮出现在灰色调的河流表面，近乎静止地在雾气弥漫中向远处漂流而去，只有在你的目光试图有所停留或彻底离开的时候它们才是迅速流动的。冬天，雪落下之后，它们又像是断裂后的大块的冰，浮动在浓重的烟尘雾霭笼罩下的河流中。而你就生活在那里，一个人，随着它们的浮动而浮动着。

白天里，你虚构的那个女人像颗玻璃表面的水滴，无声无息地坐在那里。她在你办公室的隔壁。经常让你感到不安的大量流逝的时间对她似乎从无影响。她偶尔会翻翻旧杂志，或不知从何处借来的封面模糊的小说。有时，她只是把手臂搁在有玻璃板的桌面上，侧着脸，望着外面某个地方，或者自然而然地睡去，或者随手把一些写满很小的钢笔字的纸撕成均匀的碎片，聚拢在一起，用白纸包好，离开时丢到走廊东侧那个锈迹斑斑的垃圾桶里。除了生命的缓慢蒸发，没有什么能让她有所改变。那些无用的文件纸、稿纸、新旧报纸，这里是从来都不缺少的。她不像你那么爱保留东西，她的周围保持着经常的空白，什么都不留下，除了那只杯子。她开始出现在办公室里的时候，那位前同事离开了这里，到基层去了。

"现在好了，到底把它们解决了，"走之前，他指着堆了一地的文件资料说。"我走了，你继续吧。"沉默了几分钟，"知道这是些什么东西么？你和它们待在一起，不是被它们干掉，就是被它们俘虏，跑不掉的……"你可以把它们当做没有任何意义的符号，只考虑如何组合。他一言不发地看着外面，几分钟后，又低下眼睛，继续看那堆白纸黑字构成的东西，留下这样一句话："你不了解它们，你会很困难的。"后来那些文字经常把你逼入困境，让你不断想起他。他在基层当领导很是游刃有余。他时常出现在各类社交场合，以酒量和会办事树立了名声。无论何时，他对你都十分友善，在任何公众场合都不忘要反复提醒别人：这是我的好兄弟，他是个才华横溢的家伙。让你很不自在。他习惯性地询问你最近的情况。他不厌其烦地鼓励你只要坚持下去就行了。最后，他总是自言自语似的对你说："我的心脏不好，知道么？"你当然是知道的。他不止一次这样说了。他让你把耳朵贴在他的背部，听听它跳动的声音，"听到了是吧，很乱，是不是？"你点点头。

　　我喜欢她的杯子。暗绿色的磨砂玻璃杯。壁上有块略显抽象的图案，暗红的一只眼睛，准确地说是暗红底色上的黑眼睛。幽黑的似乎描得过重的眼圈，幽黑的凝重的眼仁，没有瞳孔，在我看是什么都不缺少。这只杯子上的眼睛，使我想起过去不知是谁画在一幢旧楼门口粗糙水泥表面上的那只眼睛，深红的底色上黑色的眼睛，没有瞳孔。那时我还不知道世界上曾经有过一个名叫保罗·克利的人也画过类似的东西。我在那幢旧楼里住了十年，那间阴暗潮湿的房间现在已是家里的仓库了。

它能告诉我出路，我说。她没有答话。她很少与别人说话，只有我是例外的。那时我喜欢她的声音，她叫我马戈时的声音，只有她坚定地叫我马戈。马戈。马戈，她认为这个名字好听，更像我的名字。她喜欢这个名字。马戈。

每天早上七点，我的体内生物钟会叫我起床。我漫不经心地到厨房里挨着水池子洗脸刷牙，把翘起的头发用手指头沾了水梳理得妥帖自然，要是它们不听话，我会焦躁甚至难过的。我站在窗前，看外面那幢很近的楼房，看那些正在打开或已经打开的窗子，听日常生活开始的声音。我会在那只没有玻璃的书柜前面待上一会儿，把一些书抽出来，比较一下不同的书里不同的纸张、油墨的味道，或是不同的手感。有时被某段文字忽然间吸引过去，立即把这部书放在旁边的桌面上，那里已经堆满了这类的书籍，然后把其余的再重新放回到原来的位置，这样会消耗一些时间。电炉子上面的那只白铁水壶里的水沸腾了，壶盖颤动着发出沉实的金属撞击声，等我稳稳当当把水灌到那只深红的暖瓶里，然后我才可以安心地离开。

马可在办公室里，日复一日地摆弄那些使用频率过高的数量有限的文字，站在油印机旁边，默默注视机器转动，黑色油印纸由于转动而闪着不均匀的油亮的光泽，白纸从左侧进入，由右侧出来，印满了新鲜的字迹，散发着那种英国油墨特有的浓郁的芬芳气息，偶尔从半开的门里，瞥见她在外面经过。

"是你啊？"

"你以为呢？"

"没想到。好了吗？"

"很好。"

马可并没有听懂从领导办公室里出来的这个女人说的话。他们站在走廊的中段，正对着楼梯口。她以为自己听懂了马可的意思，因为他是以那种默契的口气来回答的。尽管如此，他还是把这些都记录下来了，在那个暗红色的硬皮本里。为了打发时间，为了消除那种模糊的不习惯的感觉，他开始了最后一次随意采访，以出一期以访谈为内容的小报的告别版。每天下午四点钟开始，马可与遇到的第一个同事聊天，想到什么说什么。

"你气色不好。"那个闲职领导还像以往那样很关心马可，一直试图点化他，语气有时候很像那位调走了的同事。马可说："昨晚有点失眠，你呢？"

"我？就这样了。昨天。前天。大前天。都在喝酒，就跟喝水差不多了。那种感觉，估计你不太可能知道了。最后，你想想看，我都找不到自己的脸了。我一直那么认真地摸着，可是找不到它。"

马可有些怜悯地看着他的脸，"我不喝酒，也好不到哪去，有时候也找不到自己的脸，习惯了就没事了。"

"我提醒过你的，你得注意那些小事。该出现的时候，必须出现在该出现的地方。"

马可承认，他是对的。

"有时间请我吧，我有很多话要对你说的。"

没问题，马可态度谦卑。他想起那位前任同事，每次宴会期间，他都会抽空坐到马可身旁，微笑着，低声说着马可听不清楚的话。他让马可听他的后背，听他心跳声，怎么样，是不是不对劲？他用手击打桌面以形容心脏的节奏。

"哎，马可，"一个女人叫住他，"说说吧，那天晚上，你去哪了？"他看着她。她只是笑了笑，"下雪那天。"

"我去找人。"

"你要知道，很难有秘密的，"她得意地点燃一支烟。"你找到那三个傻瓜了？"

"是啊，"马可说，说出是啊的时候，他忽然觉得有些压抑。不过后来就好多了，如果再接着说下去就会快乐许多。是。他找到他们了。在他们看来，他没有秘密。你很老实，他们这样说他。没人知道他马可在做些什么，在遇到他时，他们总是用那种天真而可笑的口气与他闲聊，在不经意间引诱他去讲些空洞无物的道理。这一次，马可想让他们说他们自己，然而他们只谈论别人，使他的采访不可避免地成了闲言碎语的记录。唯一值得一提的是马可没有厌倦，甚至对这些并不真实的生活碎屑显得兴趣盎然。失望是难免的，所以才需要习惯，不断地习惯。

遇到那三个傻瓜时，马可还没想到去找他们。他们中的一个很冲动地同他打招呼。这很可笑，也很有趣。他们嘴里可能会说出别人永远说不出来的话。然而，第二天领导随口说，你去找到那三个傻瓜，跟他们几天，看看他们到底怎么回事。怎么回事？

II

　　酒店里挤满了人，没有路了。我们得尽可能轻松平稳地穿过拥挤的人群，到前面去跟主持人站在一起。面无表情的键盘手弹奏的是生硬而凌乱的《婚礼进行曲》。人们努力退让着，我们微笑着晃来晃去地走，终于走到了前面。主持人嗓音洪亮，他的嘴离麦克风太近了，音箱里发出卟卟的振动声。看不清前面的那些密集重叠的脸庞……在走廊里的水磨石地面上，那些你永远也数不清楚的石子，经过细致的打磨后展开的雪花般的细小碎片，即使在静止中也会变幻着莫测的图案。每时每刻，从不同方向来的光线都在变化着，从两端的窗口，或者是不经意打开的某扇门。这是人们每天经过最多的地方，可是从来都没有人注意到它们的美妙之处。光线暗淡的走廊。深灰的光从西边长方形窗口进入后没有延伸多远，只有三四步，带着绒毛般的边缘，停留在那里。它修饰着灰白的墙壁的局部，染亮了那片布满淡色斑点的水磨石地面。光泽朦胧的长方方的地面光滑匀净，看上去很容易让你想起夏秋之间早晨马路上的积水。你习惯地朝那里走去。在思维感觉偶然停顿的片刻，其实更像是你刚从那里来。有时那里会在瞬间发出辉煌的金色光焰，看上去已不是普通的位于大楼侧面的灰色金属窗户。那里有时是一块凝固的装了浅灰色框子的无比洁净的蓝色，没有任何杂质。有时是黑暗，将你的目光、无数感觉的触须完全吸入其中化为虚无的黑暗，如果没有走廊顶部的暗黄灯光不经意间挽留你的眼神与脚步，你会朝那里走过去。

　　走廊东侧不远处，一扇半开着的门里传出尖锐的流水声，接近摄氏零度的自来水从生锈的深灰色水龙头里射出来，溅到满是锈迹的白瓷砖上面。冷清的气息。空气稀薄。暖气管线冻坏了。楼下的走廊里到处是冰。最下面的门廊里，薄薄的冰层破裂了，露出幽暗冰冷的水。窗玻璃上结着厚厚的霜，有些被覆了霜的冰从窗框下端爬到窗台上面，与家里冰箱冷藏室里的景象基本是一致的。那些霜由极为细小的雪粒构成，被吸附在冰冷的窗玻璃上面，重重叠叠的，然而仍旧能看到有光亮从中折射出来，透过每一个青白色的姿态各异的雪粒飘散在暗淡的室内空间里。总是这样，你在没有意义的事上没完没了地胡思乱想。这你比别人清楚，每天你面对镜子用一次性刮胡刀除掉夜里纷乱长出来的那些胡子茬，或者通过走廊偶尔唱歌的时候，自言自语的时候，你总是比别人清楚。再往前走，经过六间办公室，就到了你自己的地方。隔壁是那个总是站在镜子前面注视自己脸的女人。马戈？

是我。你注视着她的侧面。她头也不转，"我听着是你，去哪了？"你过了一会儿才反应过来，"有人找我？"她摇摇头，忽然扭过头来，看着你，像陌生人那样看着你。不过这只是一刹那的感觉。女人，你想，似乎此前从未意识到这一点，她站在那里，面对着一面扇形镜子，灰色的工作服下面她的身体应该是与她的眼睛同样平静的，有些时候，女人的曲线很容易让你想到她的内心，不过你尽可能避免这么想。为了可以长时间注视她，你对她讲起过什么呢？是从你们家迁入本地开始说起的，你爷爷在砖场南面那片荒芜空旷的地方建起了你们家的那两间瓦房，然后是院子，十多亩向日葵，走出去半天了，只有向日葵。他喜欢向日葵，为什么呢？因为再没有比向日葵更好看的光景了。

一九五二年还没有你，此后相当长的时间里也没有你。后来他是个长年在外奔波的长途货车司机。有一年他带回来一堆家具和厨房用具，说要在南方重新买套房子，去养老。那时他认为他很可能会死在路上，不想再开车。实际上，他没有买南方的房子，也没有死在路上，他死在车队的守卫室里，脑袋里的某条血管突然间就破裂了。他喜欢你，因为你不爱哭。他最后邮来的东西是一箱红桔，还有那幅装了暗红色木框的照片，后面明明白白地写着是送给你的。他的面孔如今留在对面的墙上，在深褐色的木制相框的修饰下很庄重，微暗的光线从南面的窗子进入到室内一米左右的地方，他刚好处在这块光亮的模糊的边缘上，你每次在不经意看到他的时候总是感觉到那种近乎神秘的亲切，反复想起一些很久以前的事。

　　李建是我结婚的那天晚上走的，坐火车去了南方。我去独身宿舍找他的时候，他正与几个陌生人在屋子里说话。地上胡乱丢着水壶、瓶子和别的一些可以投掷的东西。地面上洒了不少水。他把我介绍给他们。他和他们刚刚打过架。他不认识他们，他们同样也不认识他。

　　"没想到会是他们，"他把门关上。那几个人走了，临走前反复强调说他们以后就是朋友，是弟兄，是哥们，他对他们说："放心吧，我不会忘了你们的。"他的额头破了。他抽着我递给他的烟，"我以为是他带人来了，却是他们，真他妈可笑。"

　　我看着他的伤处。他说可能是手表带划破的，"没多长时间，"他说，"我把那壶并不是很热的水倒在那人脖子里，就完事了，大家都清醒了。"

"怎么样，结婚了？有家了，感觉不错吧？"他平静地说着，坐着床沿，注视着地面上的水迹。"我去了。人很多，我在外面，听到你说话了。"

"没什么感觉。"我说。

"你应该待在家里。"

我想告诉李建的，是另外一件事。下午我遇到了隔壁的那个女人。那个男的不要她了。她搬回娘家住了。他静静地听我说这些。过了一会儿，才恍然说道："她和我一样，很可笑。"那女人很喜欢他，和他在一起时，她流露出不易察觉的不安和羞涩，她在疯狂的时候仍旧保留着局促。他想通过这个女人找到一个强有力的能把他的现状击碎的敌人，结果却为那个假想的敌人提供了一次自由的摆脱那个女人的机会，显然，他帮了那人的忙。他现在很烦那个女人，因为正是她，让他有了留恋这个地方的感觉。

隔壁的那些实习生又开始喧闹了。胡乱拨弄吉他的叮咚声透过墙壁传到我们这里，然后是几个人唱起歌，把一首完整的歌拆成几十段，周而复始地唱下去："你问我要去向何方，我指着大海的方向……你总是默默看着我，哦姑娘。"没有人会吹萨克斯，我记得其间有相当一段音乐里没有歌声只有萨克斯的那种金属声音在灯光混乱的空间里舞动着，直到脑子里完全空白。"……我独自走过你身旁，并没有话要对你讲……我有些话要对你讲……我无法逃脱花儿的迷香……"

"他根本就不在乎她……多有意思啊，来送我的竟会是这么一些人。"当然了，他也知道她与我们想象的完全不同。

"九点半的火车，"他自言自语地说。"这回可是真走了。"

午后的光线穿过满是灰垢的玻璃，从侧面映亮了有很多污渍的墙面，开出了另外一扇窗户，他的脸庞在那块玻璃下面显得平静而真切。同以往一样，爷爷没有任何表情地注视着我，或者说没有看我，而只是朝着这间屋子看着什么。他的嘴角明显向下垂去，嘴唇紧闭着，细长的眼睛里流露着平和而略显傲慢的光泽，然而其中并没有确信什么的意思。我觉得他有时候还是怀疑这一切的真实性。

"你相信她？"他指的这个她是谁呢？"你连你自己都不信，"他的目光里多了几分轻蔑的意味，"怎么能信她？"

"你怎么可能了解我呢？你了解他，我爸，他早走了。"

"你觉得自己不像他？"他看着我，过了好半天才又说道，"我知道，你不怕我。"

"你是我爷爷，你是我愿意待在一起的人。"

"小子，给我放张唱片吧。"看得出，他有些困了。我从床下找到那台手摇留声机，然后到仓房里翻出那一叠装在牛皮纸袋里的唱片，用抹布小心地除去灰尘和蛛网，熟练地把它放在那里，让一出戏唱起来，仿佛从很远处传入屋子里。天亮得那么缓慢，一点点地明亮起来。我被冻醒了。被子掉在了地上，昨天晚上晾的那壶开水已经喝得精光。

办公室里的电话铃声还是时常让你想起电钻，钻木头时的那种，拿在一个你看不到的人手里。你不知道它会在什么时候叫起来。它总能打断了你的胡思乱想。他让我到他的办公室去一下。好几道门，开向不同的方向，他在最里面的屋里。我总是走错门。他那双深情的眼睛我一直不习惯。他抬起头。

"马戈，不，马可，"他问道，"是这个名字么？"

"是，就是这个，"我做出拘谨的样子站在他的对面。

"哪一个呢？"

"后一个。"

他看着我。在我们之间隔着那张深红的木制老板台，台面的厚玻璃下面铺着黑绿的台呢。他说着什么，不住地说着什么，我没听懂。比方说，他让你看墙上的一幅画，可实际上那里只有一个画框，他描述的就是那个画框，最后他却告诉你在一周内把这幅画配上一个合适的框子交给他。"明白了么？"他安排我到下面的垃圾清理处那个人所共知的小组里待上一周，弄清楚那三个人究竟是不是精神正常的人，然后写出一份报告。如果他们正常的话，这个报告原则上就可以不写，但前提是理由必须充分，当然理由要充分还是要形成文字。至少能说服他。报告只能给他一个人看到。

"我知道，"他随意地说道，"听说你收集了很多马列著作。"我马上就诚恳地告诉他，那是前任留下的。"去学点新东西吧。"最后他说。"其实，我知道你有很长时间了。"我不清楚他为什么要这么说。在这里，你有很多陌生人。每天他们用那种熟悉的目光和声音与你打招呼，掠过你的身边，实际上他们对你一无所知。他们为什么看上去跟你那么熟悉呢？不过是一种日常习惯罢了。可你还是要经常抽出时间对着办公室里的镜子看着，在那面椭圆形的镜子里试图从自己的面孔和眼神中找到他们熟悉我的理由。

"估计要多少字？"他的意思是六千字以上。这并不难。我感到不舒服，是因为他的想法终止了我的那种创意带来的快感。如果需要的话，我可以把那三个傻瓜的故事在一分钟内虚构出来。不过，反过来想，这样就能摆脱那种半死不活的状态么？他们存在着，就在那里，我没理由虚构什么。好了，去找他们。如何把寻找的过程变得曲曲折折，这是我真正想做的。我在找他们，这句话在半周内有效地抵挡他的询问，我一直在找他们。

那些天，自来水始终很浑浊。烧开后，倒在杯子里需要静一静才能喝下去，他们的办法是放上更多的茶叶。而茶终归是茶，茶水的浑浊与白水的浑浊是不同的状态，混合到一处时新的浑浊显然更为糟糕。那个暗红硬皮笔记本已经出现在我的桌面上。已被使用的本子封面上留下了别人很难看出的标记。面前这个本子里所记录下的东西，已经显露出混乱的趋势了，不过与现实的混乱相比还算是有序的。

三个人，两个讲杂乱的琐事，另一个人不说话，不安地注视着我。

"你认识我么？"他一脸严肃看着我，那两个家伙站在他的后面，表情复杂。

我说应该是认识。"那……我怎么不认得你呢？"随后，他给了自己答案，"对了，你年轻，我老了，你能听说过我，我不能听说过你，就是这么回事。"我是顺手翻到这一页的，这段文字隐藏在大量凌乱的笔迹之中，如同一个人站在杂乱的脚手架后面，没有标注是谁说的话，不过我可以断定来自那个总是一脸严肃的人。我说我确实认得你，你是技师，我看过你的证件，那个红色的小本子，在你的工作服左侧内兜里放着。他相信了，不过仍旧很严肃地看着我。严肃也可以是一种习惯。过了几分钟，他说："你不错，很难得。你不要总是躲躲闪闪，我们还以为你是领导派来的呢。"

　　我们抽烟。四个人。他们正在习惯我的存在。我也一样，我比他们似乎习惯得更快一些。不习惯，习惯。然后，又是不习惯，习惯。所有的事都是这么回事。习惯，等于是安心去死；不习惯，则又等于是半死不活。经过一番死去活来的折腾，然后再去死，就会心安理得一些，这就是生活的过程。最初我去编那份小报，被不习惯的感觉压得很厌烦，觉得自己像白痴，或者就是白痴。由于厌烦，我企图把这份小报也办成《参考消息》式的报纸，所幸那位前任同事没有当面指出这种想法有多蠢，只是通过几次不动声色不厌其烦的修正和点化，让我有所醒悟。

　　说到底，问题没那么严重。我把那些粗糙的文字归拢成干净简练的像电镀后的金属，印成每周一期的对开四版的小报纸。它们像豆腐，不论什么样的黄豆都能加工成白白净净的正方体。从中我发现这样一个道理，只要你不停地干一件事就可以把对这件事的厌烦压在最下面如同没有一样。

　　这份小报最辉煌的那几期是印刷厂印的彩版，看上去就像被勾践送到吴国的擅长舞蹈的越国乡村女子。"不错，"领导这样评价道。"好东西就是不一样。"不知不觉中受到鼓舞的我立即打起精神回到屋子里，迅速把另外一些无用的废料加工成健康向上的工艺品，在最短时间内展示在他们面前，在他们频频点头中，我有风光一时的感觉。就在我开始尝试习惯这种编辑生活，不那么厌倦的时候，这份小报却走到了末路。公司不需要它了。怎么说呢，我还是那个我。散漫地活着，或者说靠散漫活着。习惯没小报的生活其实要比习惯有小报的生活要容易得多。

　　这是她么？马戈并不能确信，变化的可能性使他怀疑自己的记忆力和直觉。这种怀疑随着他不断接近她而逐渐醒目。在十年的时间跨度上将两个陌生的人确定为一个人是危险的，不过并没有更充足的理由证明这种可能不存在。她为什么不能是她呢？那时她在公共汽车里坦然地唱了那首儿歌，旁若无人，却又似乎是对一个人唱的。他觉得这歌是唱给他的。那是冬天。

他找了她很多年。起初他只是随意地乘坐不同线路的公共汽车，在不同的时间，以期与那个小女孩重新相遇。大海捞针。他不清楚自己有多么迷恋这个多年没见过的人。他想象着她的容貌声音的变化，分解着从眼神到走路的姿态各种细节，推测她变化的所有可能。一年前，他找到了她，虽然她抹口红，眉毛和眼圈也经过了精心的处理，但整体感觉变化并不大。她需要成长起来，正在成长着。他透过车窗看到她的时候，她正走在乱糟糟的马路边上，踏着那些散乱的被随手丢下的烂菜叶子，表情略微有些紧张地往前走去。下车后，马戈跟着她走过了很多条街道。在那条比较热闹的大街上，一次意外的交通事故使十几辆汽车挤在了一处，他眼睁睁地看着她消失在一片十分陈旧的楼房中间。

马戈心情愉快地走过车辆频繁往来的大街，刚下过雨，暮色里四周亮起的灯光在津湿的路面上闪动着，脚底下有种黏稠的感觉，像是走在洒了油的道路上。

他路过常去的一家小饭馆，进去吃了点东西，然后坐着抽了会儿烟，看着外面夜色里匆匆来去的人们和车辆。他在一个书报亭停了几分钟，买了份通俗的音像杂志，因为其中有一幅明星黑白照，那人的侧面很像她。回到家里，他用摁钉把这幅画片钉在了床对面的墙上，在爷爷的那幅头像的左边，保持了一定的距离，那天晚上，整个屋子里都散发着画片的新鲜气息。

他没有写日记的习惯，可是那天晚间他还是找出了一个硬皮本子，试着写下些什么。他面对第一页空白页面的时候，写了两个字就停住了：秋天。几分钟后，他继续写了一些字，我在秋天。马戈。在秋天。找到一个人。然后他把本子收起来，出去到不远处的小卖部买了两瓶啤酒和一听午餐肉罐头。他打开收音机，调到短波，随便找到一个有音乐的位置，听着音质粗糙的音乐，喝啤酒，吃罐头。猫王是一个美国人，他唱歌时的声音让他觉得很近，很近，像贴在你的耳朵后面唱的，贴在你心上唱的。《昨日》，或者《昨天》，他唱的是《昨日》。马戈听懂了那个英语单词。他找了枝毛笔，蘸上墨汁，一边拼着那些字母，一边就在床边满是灰尘的白墙上写了下来，YESTERDAY。

外面有汽车经过，偶然的共振使窗子发出嗡嗡的响声，玻璃在迅速地抖动着。收音机的音乐变成了电流的声音，然后结束了，流利的英语，好像在介绍他的生平。最后信号断了，出现了杂音。马戈起来，钻到床底下，把那些空易拉罐一个一个地捡起来，拿到窗台上，排了整整三行，他仔细地查了一遍，一共是三十个。他抽着烟，看着这些空空的东西，每抽完一支烟就把一个烟蒂丢到其中的一个里。你知道过去我为什么喜欢思考问题么？除了牙痛，还有一个原因，我需要理由，很多理由，没有足够理由，我会很痛苦，什么事也不能做，做了也做不成。不过现在我不需要了，我把过去的现在的将来的目标一个个地抹掉。我不思考，所有的想法都是忽然闪现的，我让脑子自己去转悠，你说这是胡思乱想么，是啊我胡思乱想，这样就不需要理由……有时我把自己想成一个美式橄榄球员，一个靠自己的速度和不可的捉摸的跑动线路直达底线的家伙，我要做的就是如何像猫一样灵活地避开周围的人，把那个不规则的球体稳稳放在代表得分的白色底线上，与正式比赛唯一区别是：我没有伙伴，我的进攻或防守以及他们对我的阻拦都很偶然，时常在不可预料的情形下发生，这使我获得了某种莫名其妙的乐趣。

我喜欢喝白开水，是以前牙痛时思考问题留下的习惯。白开水没有什么味道，有利于内心的平和，有个俄罗斯学者认为三十度左右的白开水有益于身体健康，有利于止痛。我一个人时总在喝水。有时会因为过多的饮水而有种无法解释的虚弱的感觉，不过幸好这样的时候还不是很多，也很容易会被别的方面的虚弱感所掩盖或混合，不足为虑了。

找到他们三个之后，我继续不断地在别的同事那里停留着，消磨时间。有时候很累了，不想回家，就回到她的对面，默默地坐下，看着她，什么都不说。她呢，也很习惯我这样。她的面前放着一只精美的化妆盒。蓝宝石的颜色里闪闪烁烁地点缀色调略深些的却又时常发光的碎片，里面放着各式各样的化妆用具，如同一个微型的画家工具箱，可是让我不懂的是她几乎从来不化妆。这些东西不错，我说，口气里仍然留着疲倦的意思。是不错，她说，有什么用呢？我真不知道怎么用它们，这么漂亮的东西。我昨天夜里做了个梦，替我解一解，我又梦到了那条大蛇了，蓝色的湖水……

III

"马戈，"他问了我第三个问题，"你告诉我们，在你的经历里，印象最深的地方是在哪里？"酒店里的所有人都在看着我，从不同的方向，把目光投射到我的脸上。我按照事先准备好的台词，说出了那个与我们的恋爱有关的地方的名字。然后是下一个问题，他在问她。从走廊的东侧一直走到西侧，一共五十四步，你曾经认真量过很多次，都是这个数字。这一侧没有门，只有一面亮灰色金属框的窗户。你靠着窗台，透过厚厚的暗青色玻璃看外面。昨天这个窗台上还有一盆冷绿的植物，今天却消失了，此前你看了很多房间，都没见它的影子，也没人提到它。这一层楼里现在已经没有人了，人们都有离开的合适理由，你没有，不过你已经习惯于放弃寻找离开这里的理由了，现在你反而并不太想离开这里，尤其是在没有人的时候。

这时你听到一种声音，是细小精致的金属尖端与密实的狭窄的黑色呢绒面不断反复摩擦时发出的响声，那是一台针式打字机在继续工作。因为走神，你几乎忘了，这声音来自你的屋内，一张浅黄发白的打印纸正从卷纸轴的后面伸展上来，带着密麻麻的黑色字迹，散发着潮湿的气息。夜海国。你准备在下午用这种平淡的语调向她叙述这个虚构的故事。不知何年月，在大地的东南靠近天边的地方，有个夜海国，民众不多，但富足自乐。这是一位朋友讲的故事，也可以算是个谜语，打一个自然现象。

　　你把写完的部分拿给隔壁女人看。然而那天你走过去的时候，她却不在屋里。此前她在那修剪指甲。你坐在她对面的转椅里，看着她的空位子，她的杯子，那只奇怪的眼睛。你散漫地想着，后来想起一件事。她的手很漂亮，指甲也很漂亮，什么都没有涂抹，单纯的，白里透红，光泽润洁。那是一座石头城，城外是无边无际的在阳光下闪闪发白的沙漠。没有海，为什么叫夜海国？你遇到的第一个人会告诉你：午夜到城上去看一看。你傍晚时就去了，你想看看沙漠里的落日。沙漠里落日很快消失了，只是一个瞬间就沉没到无边的沙子里。在城楼上你靠着有些湿湿的石头城垛，望着远处一切在变暗。这里的人很善良，为你拿来椅子、食物和酒。明月把银色的光华洒落寂静的沙粒中，你沉沉睡去。

　　你的故事还有多少？她忽然问你。还有很多呢，你说。她想起了什么，抬起头，此前她一直伏面桌子上。她抓起电话，慢慢拨着数字，七位数字，你很熟悉。她的声音有些懒散。你的目光顺着她的纤柔的指尖走下去了，尽管有容易使身体显得臃肿的棉工作服遮盖着，但仍旧不能掩饰她的身材修长与适度的丰满。你的眼光重新回到她有些茫然的脸上。你忽然间感到前所未有的空虚。屋子里的灰总是打扫不干净，为什么呢？她自言自语，看着你桌面上的硬皮红本子。你不清楚她谈的是自己的家还是这里。

那个夜海国的公主有只偶尔会说话的白嘴乌鸦，是一个道士送给她的。所有人都想阻止她接受这个不祥之鸟，然而她还是留下了这只奇怪的乌鸦。道士说：我并没让你一定留下它。它有灵性，可能会乱说话，好事不灵坏事灵。如果你把握了它，那么它就是无所不能的神鸟，会告诉你一切秘密和所有人的命运，说到底，你与它有缘。公主并没有听他说什么，带着乌鸦进内宫睡觉。乌鸦蹲在了她的锦帐外面的一根短小的紫竹横杆上。它的嘴巴的确是乳白色的。她还梦到一只鸟，落在她的肩上，眼光冷清地看着空中。此后，过了多久呢？我忘了。在一个寂静的下午，我注视着她，从侧面，很无聊。她不知从谁那里弄了只手机，漫不经心地摆弄着，偶尔会发出令人不舒服的叫声，而且是不同方式的叫声。声音真的很像一种鸟。这是她么？当然是了，不过已经不是我虚构的那个她。当她有些事情可做的时候，她就能轻易走出我虚构的情境。假如现在是冬天，那我可能就不会这样感到这种不可排解的无聊，不会胡思乱想或忽发奇想去编最后一期小报，而是安静地坐在自己的办公室里，在窗前，靠着暖气，随意翻动着某部介于有趣无趣之间的书，漫无目的注视着窗玻璃上霜冰造就的变幻莫测的图案。

这层楼里可以任由我进出的房间有四处，每个房间里都有两扇窗户，这样我就等于拥有八扇窗户可以随意地观看了。玻璃上的霜花图案永远不会重复，只要寒冷的气息还在对玻璃起作用，它们每一天都会不同。我为之着迷。我可以每天描述它们的样式而不会有丝毫的厌倦。那些文字被我写在一部部仍旧很新的马列著作里的空白衬页上，和那些类似于素描或线描的画在一起。这些典籍的纸张是我所见过的书籍中质地最为上乘的，笔尖接触时感觉非常舒服，再说那些书都是被当做废纸丢弃在一些空了的办公室里的。只有一套保存最为完好的《马恩全集》被我藏在家中，永远也不会被写上我的字迹。

很久以后，我仍然能想起冬天里窗玻璃上结的许多不同样式的霜花图案，很多，让我惊异，忍不住要感慨那种无所不在的细致入微的力量。我对她描述过其中的一些景致。那时她喜欢伏案而眠。她醒来时，雾气浸入早晨的山岭中无边无际的树木，天光充分明亮之前，鸟群悄无声息地从繁茂的树顶浮现。飞舞时羽毛细腻清晰展开的鸟姿态是全然不同的，我仔细看过了每一只浮现的飞鸟，的确没有姿态相同的。有一只鸟我看得十分清晰，从它飞翔的姿态我断定它是一只乌鸦，出乎我的想象，它是一只白嘴乌鸦。她想到的却是蝴蝶。很多蝴蝶，白色的，不断地从森林里三五成群地飞舞而出。

　　"我发现，我真是老了，"她自言自语道。她无可奈何地说，"连想说句自己心里的话都这样难。"大家都在变老，不只你一个人，我也是，他们也是。"别人我不知道，和我有什么关系呢？"那只白嘴乌鸦离开鸟的森林，四处飘荡，无家可归，因为它依然知道自己说的话鸟们已经无法听懂了，而且它做不到一句话不说。她经常向我讲起她的一些梦。她总是梦见各种各样的水，海水，湖水，河水，池水，水洼，蓝色的澄净的水。夏天我们去游泳吧，我说。她有些茫然地看了看我，摇摇头，没说什么。如果现在是冬天，可能什么事都不会发生。天寒地冻的时候，思维往往也随之静止单一。自欺欺人吧。我是在说自己。

　　有人在我耳边低声提示我：听说领导准备让你下去锻炼两年，去领导那群傻子。是么？我不想多说什么。我准备好了，半个小时之后，我就会出现在他们面前，以一种合适的方式开始我的论证过程。那三个人所共知的家伙，有名有姓，不过人们提到他们时，都用那三个傻瓜或精神病来指代其名，真实名姓已被忽略了。傻瓜一般情况下是民间叫法，而精神病则多是官方称谓，一般仅限于各种讨论人事问题的场合。

"他们三个怎么办呢？"总有人发出这样的疑问。"下次吧，我们再研究。"又总是这样结束疑问。

以前，我常悠闲地站在办公室的窗前，看着他们待着或者像蜂巢里的工蜂在那里忙忙碌碌。那时还是夏天，看上去好像永远不会结束的、缺乏克制、肆无忌惮，所有事物都在繁荣，同时又相互抵消着影响力，互相掩盖着真相的夏天。而现在已是秋天了。我来到他们中间。

多么熟悉的一幢楼，每一个细部、外面的树，走廊里的脚步声，都很熟悉。门开的时候，含有温暖意味的橘黄色灯光从桌面玻璃上、从一家人的脸庞上、从他们的眼睛里交织着折射过来。她抬起头很陌生地看着门口的马戈。这时候，她的姐姐开始向所有人介绍马戈。他尽可能不动声色地回身关上门，在门关闭时发出声响的那一瞬间，他隐隐感觉到一种无人能察觉的快感。他目光平和地用简短的语句问候她们的父母，然后与她的目光相遇了，他只是点点头，"你好么？"她犹疑了几秒钟，还好。

半个小时后，走在外面狭窄的有很多蓬头垢面的粗矮柳树的街道上，她问马戈，我妹妹是不是很漂亮？"是，"他说。其实对此他并不关心，他想知道她以前是不是很爱唱歌。"她不爱说话，更不用说唱歌了，她是我们家的宝贝古董，她小时候不这样，后来不知怎的就变了。你有点像认识她哦。"说完她忽然就笑了起来。"其实很正常，她漂亮，很多男的会说与她都有种似曾相识的感觉。没人会例外。包括你。"

　　这个姐姐是那个年经人介绍马戈认识的。他没有多想什么，对那位十分关心他生活的介绍人保证，他会与这姑娘保持接触。他们每周见一次面，看电影，吃饭。购物时他等候在商场外面。就在他考虑是要结束还是进行下去的时候，出现了这个意外的转折，她把他带到了家里，介绍给自己的家人。事情就这样转向了。

　　第二天他没有去单位，待在家里认真地想些问题。下午物业管理部门来了几个人更换暖气管线。他把东西挪到一起，让暖气片和管线完全露出来。他们处理了一个多小时，留下一些麻、破布片、没有油漆的白铁罐，还有些暖气管里流出来的少量污水。为了连接管线，他们在管线穿过墙壁的地方凿了一个不小的洞。这意味着最近一段时间里，他不得不听隔壁的男人与女人说话、做那种事了。

　　一天，两天，三天，四天，五天，牺牲了大量睡眠时间之后，马戈终于适应了这种不隔音的空间状态。他甚至开始研究他与他的女人之间那种微妙的关系，那个男人似乎有无穷尽的精力用在床上，而女人则像在等着什么时刻的到来，也许是男人精力耗尽的时候，然而，这个时候却始终没有到来。每到午夜之后，她几乎总是醒着的，缓慢地翻动身体，偶尔用很低微的嗓音对睡熟的男人说几句话。马戈不知道她是什么时候以什么方式来到这个男人身边的。他注意到她在迅速地衰老，声音越来越低哑，面目越来越模糊。

　　在我看来最不可理解的现实存在就是工厂。我经常在生产装置中间漫无目的地穿行，当我的目光透过那些密布交织的管线或烟囱、塔楼、满是空洞的厂房之间，接触到稀薄的阳光和深远的天空的时候，我总是有种身处梦境的感觉，这是现实么？这些东西是必然的么？这些寂静所在的后面，背面，里面，隐藏着大量的人和成群的鸟雀、野鸽子，还有数不清的老鼠和工业垃圾。对于我而言，这些就是一个巨大的无法猜透的容易迷失自己的金属罗网。似乎每一条管线最终都会结束在一个有着几重门的安静的办公室里，还有另外的网，更为秘密的容易分不清方向的网。有时你能轻易看清这网的一些细部的结是如何结成的，但更多的时候你只能在那些线索留下的空格里穿行来去，一无所获，没有可以停留的地方。

他们三个在那个路口等着我。我比预约的时间迟到了近一个小时，除了以不熟悉厂区情况走迷了路为借口之外，我不知道如何为自己开脱。我看见他们的时候，他们三个正一起看着我出现。其中那个精瘦的家伙抢先说话了："你好啊。"我有些不好意思地笑笑，找你们真不容易。"可我们看到你几次了，"这是那个一脸严肃的人。"你在前面的装置下面出来又进去，像找什么东西。你丢了什么？"我只能继续把谎言说下去才能摆脱目前的尴尬境地。我的一本书丢了，我说。几天前的事，估计是找不到了。"我们帮你找找。"他说。我点点头。这是三个傻瓜么？为了给自己带来点信心，我故作神秘地告诉他们，我发现，我们的厂子很像一座被大火烧毁的古代的宫殿。他们没有表情地彼此看了看，然后一起看着我。他严肃地说："还有更多的秘密。"

灰白色的桌面上实际上布满了细微的裂纹，密如蛛网，很多蛛网。靠着打字机的地方，在灰尘上面，放着一只制作粗糙的电源插头。这个塑料做的小东西上有两种颜色：橙色和明黄，上下两片外壳被螺丝紧密接合在一起，两个结实的暗黄铜插片伸在外面。你低下头，打开那扇空柜子的门，取出了无用的小盒子，把它放了回去，这个无用的插头，最后，将它装入衣兜里，不去看对面的人，一直带回家中。第二天你又将它带了回来。把它留在你的案头，作为欲望的某种形式。你看着它。

雾来自很远的地方，弥漫了工厂里的那个广场的上空。黏稠的雾气缓缓地降落，冷绿的草叶，灰白的石头路面，没有光亮也没有锈蚀痕迹的金属灯柱，一些黑暗的车辆。她站在雾的边缘。她一直站在那里。她那天穿着深灰色的很贴身的薄绒衣，手里有一串钥匙，偶尔发出金属微微碰撞的轻响。后来，十几辆大客车出现在广场上，放出了一些刚睡醒的人。人们朝着她的方向走过去，淹没了她，然后四散而去，消失在那些庞大的高耸入云的车间厂房里。只有少数人注意到了她的存在。她静止不动。那个男人停在了她的旁边，仔细看了她一眼，说了句什么。她像在梦境中一样，不闻不问地看着别的地方。他走了，不动声色地看了她一眼。显然，她注意到了他的手表指针的位置。当然，她也没有看到你有意放慢脚步走过她的身边。涨潮了。好像有人在提醒你似的，一个声音从远处传过来。其实那说话的人就在附近，是四周太过空旷了，才会有远的感觉。海潮声正由远及近传入耳中。

你此前还在一个梦中，一个精灵在虚无中告诉你一句咒语，你正在复述的时候，海开始涨潮。有人对你说话，在不远处，像自言自语。然后你醒来。银色的沙漠。你发现沙漠正在变小，正被什么吞没着，被黑暗，流动的无边的黑暗，然后只过了几秒钟的时间，月光重新浮现了。一切都在荡动着，摇晃，整合，破碎，变幻莫测。风已经吹过你的头发，潮湿的有着盐腥气味的海风。沙漠已不复存在，海一直漫延到距城几十米的地方。白天曾看到一些奇怪的散乱的石头，现在是海边的礁石，浪花正在不断地猛烈撞击着它们，到处是破碎的浪花的气息，盐的气息，冷涩而黏稠。有人在你的耳边对你低声坦然地说道：这就是夜海。你回头时，那人已经走下城去了，轻快得让你不安。顺着城头的有些不平坦的大块青石铺就的信道，你往另一边走着。这样的经历对于你这个异乡人而言已是非同寻常了，白天的荒漠在夜里会变成大海。你甚至怀疑自己目前仍在梦境中，只是换了一个梦而已。你继续往前走去。然后，你看到了一个人的侧影，暗淡的身影。风吹着她的头发，*丝丝缕缕地飘动着*，偶尔染上银亮的光芒。她是你从未见过的人，夜海公主。你坐在黑暗的屋子里，你打开窗户，空气湿润，对面楼的顶部露出了银色的光泽。你注意到对面墙壁上那个相框里有着更深的黑暗，看不到他的脸庞了。你起身下地，坐在那把竹躺椅里，椅子的结合部发出吱呀的响声。过了一会儿，你看到一个用被子紧紧裹住自己的身体，躬身面对着墙昏睡着，他把被子盖住了耳朵，身子绷得紧紧的，偶尔发出些许的呻吟。你看清楚了，他就是你自己。你忽然想了起来，你一直在感冒，在发热。

IV

我谈到了天气，众多的来宾对我的影响，谈到在生命中感情的位置。然后我面向我的母亲，承认自己在过去的一些时间里曾经违背了她的意愿，并为此表示对不住她。她落了泪。主持人看着我，示意时间不多了。我说了最后一段常用的话，然后把麦克风交还给他。他又说了很多让我肉麻的话。他说得很快，所以大家并没有感到如何肉麻，都在专注地看着他和我。乐队再次兴奋起来的时候，服务员开始上菜了。有人把备好的中华香烟递给我，还有一盒长枝的火柴。

十月早晨的阳光清晰地照亮了人们的脸。他们正对着花池边的一堆废弃的锈迹斑斑的铁架子出神，花池里只有越来越僵硬的泥土和几块残破的砖头。我有些厌倦地来到了他们面前，他们几乎是同时看到了我。"你好么？"又是他抢先问候我了，那个总是爱兴奋的瘦得要死的家伙。而那个一脸严肃的家伙则继续不动声色地看着我。直到另外一个时常莫名紧张却很少说话的家伙避开我的目光，他才慢条斯理地说："你是我们新来的头儿？"我摇摇头，有这事？"不知道，"他说，"好像是有人说起过。"我来是听你们说故事的。他们没有听懂我的话。我解释，我想听你们讲你们想到的、看到的、听到的事，什么事都可以。说吧。

"你把我们当成犯人了？"他不满地看着我。"你骗不了我的。"他从上衣口袋里摸出一个小红本，在我面前晃了晃，"这是我的技师证书。第一任厂长亲手发给我的。"我知道，我表情平静。"你怎么知道？"很多人都知道。"他们要是知道，就不会有今天了。我是技师，七二年的。"他的小红本的扉页上印有毛主席语录，被水浸过后褪色的红印章。"那年，我是获得证书的人里最年轻的。""这是真的，"另外两位在我的脑后认真补充道，"我们都信，你看这照片，他那时多年轻,那是他的字。我们都服他,真正的技师,现在很难找这样的人了。"

我看了看证书,又看看他,那张严肃的面孔。厂内人影稀少,空旷得似乎连灰尘都看不到。我们坐在废弃不用的四方形花坛边上。另外两人走在不远处看着我们。花坛里什么都没有,只有几块不大的不知从何处来的碎砖。

"你认识我么?"见过你,也听说过你,我说。"其实你应该认识我的。"是,我点点头。我觉得也是。他还是那样,像有什么重大秘密藏在了心里,很有压力,同时又为此感到某种神秘的骄傲。"他拉我的手,"他继续说道,"亲切地看着我,拍我的肩头,我知道你,不错,继续努力。你看,那时的人。他知道我是技师。我说我有情况汇报,重要情况。那时我们三个帮领导家晾新买的大白菜,他很忙。他侧着耳朵听。最近一阵子,我发现这块地方非常危险。他说你注意力很特别么,别人知道这事么?我告诉他就我知道,别人不可能知道,他们知道了就会去骗你,我不会。实话说了吧,在我们厂子下面,一百多米的地方,有一座古代地下宫殿,地下城,那里有过一次大火,烧了一个多月,是一个叫凶猛的家伙干的。他听懂了,看着我,点点头。他是领导,不想什么都说出来。这是对的。他说他会认真想想我的问题。你不要对别人说这件事，他嘱咐我，这很重要，目前形势仍然复杂。我懂了。我一定记住你的话。在这个本子里记着。他说：不要记本子里，记心里。我说那里有个入口，还有一个人进去过。也是一位领导，带着一个女人。他很认真地和我道别，最后问我，你姓什么？严，严肃的严。严肃就好，严肃，就是不乱说乱讲的意思。那年大白菜真不错，再没吃过那么好的东西，没有可以扔掉的，根是甜的。那年吃了一冬天的白菜。没吃够。房子不冷，煤很多，屋子很暖。我画了一张很大的地下宝藏图，交给了领导，可三天后他就死了。真可惜。图也没了。那年我们三个同往年一样站在外面等着晾大白菜，等了一天，没人来叫我们。他死了，他们家不吃大白菜了。我们吃了一冬天的青萝卜，心情被吃坏了，脑子也吃坏了。"

她没有他想象的那么惊讶。她若有所思地看着他。他坐在她的对面，春天下午的阳光透过狭长的窗子热烈地照在他的脸上，相反，她在暗淡的影子里。为什么要找我呢，十年，怎么会呢？那时候我已经认得你了，十年前的夏天，在公共汽车上，你和你的一个同学，总是在我的前一站下车，你总是能想出有意思的游戏。那时，你不认得我。我记得你会唱歌，一首儿歌……

　　她有些茫然地看着马戈。我上小学时从不坐公共汽车，学校就在我们家的南面，只要走五分钟。她的声音使时间突然改变了方向，改变了流动的速度，变得异常的锋利，他有种无法停下来想些什么的感觉。他的脸上有种奇怪的表情，似乎有些地方僵死了，而另一些地方则又想从中挣脱出来。此前刚刚粘合在一起的时间转眼就碎裂成泡沫，在阳光下面不断发出极为细微的碎裂声。一分钟，五分钟，十分钟。她的目光里头似乎隐约有把平放着的刀子，光线柔和，但是仍旧锋利。哦，我好像想起来了，她恍然道。你说的是夏天，暑假，那时我是坐车的，常去我姨家玩，和我的表姐一起去，你说的那个小女孩就是我的表姐。你想起来了？差不多都想起来了，她看着他的眼睛，像看一个谜。刀子没了。因为一直注视着阳光，马戈的眼睛里只有空空荡荡的亮白色。

　　坐在你办公桌对面，她似乎开始认真地听你说这个故事了。走廊里只有你的门前灯亮着。你听着脚步声逐渐消失在楼内。她的脚步声是最后消失的，大楼底层的那道侧门关上的响声传了上来，像似地下室里发出的枪声。这就完了么？没有，还在写。我梦见过沙漠，没梦到过海，这是你梦到的么？其实这是朋友讲的一个谜语，你见过他的。楼内已经没有别的人了，你拉开窗户，听到远处马路上拥挤不堪时发出的嘈杂声，时间一分钟一分钟地过去，直到寂静时刻降临，满天星辰，无论如何都是遥远的，它们的光芒所表达的不过是宇宙的漫无边际的黑暗。借着发暗的灯光，你发现你的名字被用粉笔写在走廊中间的一块黑板上。你下到底层，找到那只很大的铁锁将那扇侧门稳妥地锁上，然后重新穿过曲折的楼梯，走廊，关掉一盏盏的灯，回到自己的房间里。

白色的灯光铺展在门外光滑的水磨石地面上，留下一片梯形的光影，在那里有青绿斑点与浅灰的碎片交织着，让你想起早春时那种透过玻璃窗看到的傍晚时分潮湿混浊的雪天。她从一辆暗红色出租车里出来，迅速暗淡的雪花在灯光边缘是灰亮的，飞蛾般飞舞。酒店的玻璃门开了，她闪身进去，里面金色的灯光在她的面颊上闪了闪，然后把她镀亮了，她上楼，头发上的雪被手拂去，有些融化的湿润了头顶的发丝。外面的雪恢复了灰白色调，平稳地坠落，刚才的那阵风已然消失。

对面的楼里散发着白亮的灯光，从不同的角度在这办公室里留下一些影子，平滑的桌面，寂静的地面，空无一物的墙上，都有影子，夜海国城西的铁饰铺里的那个叫蒙的工匠所打制的铁饰比这些影子更耐人寻味，幽美得出神入化。后来，她从那家宫殿般的酒楼里下来，冒着雪朝与来时相反的方向走去，雪因为有了些风而像蝴蝶般飞舞起来。怎么是你呢？她很惊讶竟是你出现在她的面前。怎么不能是我呢？没什么，我没想到能遇到你。是啊。对了，明天，她说，我不能去了。好，我告诉主任一声。

　　夜海公主是国王的独生女儿，名字叫若。国王常用语就是"我的阿若总是对的"。如果有大人批评孩子什么是不对的，那孩子会在最后反驳说：只有阿若公主才总是对的。阿若公主喜欢午夜看海，这是城里人都知道的事，所以这时候没有人会跑到城头来。她是大家和国王都疼爱的善良的公主，从不以公主身份自居乱发号命令，她顶多会用很轻的声音制止你：不许叹气。她不喜欢别人叹气，为什么要叹气呢？生活是要快乐的。阿若公主十六岁时，按夜海国风俗，是出嫁的年龄。可是没有人，包括她的父王，知道她的心思所属。很多人用这件事来打赌，投的赌注很大，没人知道什么时候会有结果。夜海城中的那条主要街道是用青石板铺就的。王宫和贵族宅第在路北，平民百姓的白墙乌顶瓦房在路南。夜海国的门墙装饰都是铁制的，这是传统，因为夜海国的创始者在遗书中声明铁是国之吉祥物，要用以饰家国。打造铁饰的铁匠是钦定的，一直是那家城西的铁匠铺来负责制作。现在当职的铁匠叫蒙，黑脸枯瘦的中年人。他的铁饰，据你这个外来人看，是非常好的东西，可以留传后世。你向他定做了几件，他答应了。别人很奇怪地看着你，因为只有国王同意才可以为外来人制作铁饰，而你并没有得到国王的允许。有人举报了这件事。卫队将蒙和你带到了王宫。国王午睡才醒，有些懒散。他摆摆手，侍臣上前宣读法律。外来人未经允许，不准在本国打造铁饰。然后对铁匠问道，有没有话要说。蒙是沉默的。这时，国王点点头，可以结束了。两边走出卫士，要将你和蒙带出去处决。有人说话了，为你们说话。那个女子的声音来自帘笼后面，是公主阿若。国王用那句常用语结束了那天的事：阿若总是对的。你和蒙离开了王宫。蒙把做好的铁饰为你装好，因为你说你明天就要走了，他为你找来的马车就在后院门外停着。这天外面十分热闹，所有人都拥到王宫那边去了，那个宫门外的空场上至少挤了几千人。因为有人传出消息，今天公主要说出择亲的条件了。午时，国王取消了午睡，在侧殿里与公主对坐，谈这件事。公主沉默了半晌，最后说：我要找的，是能让我在白天看到海的人。国王没说话。午时过去了。太阳照得宫外所有人觉得脑子发沉，眼睛里乱花纷纷。内侍总管将结果传到宫外，谁能让阿若公主在白天看到海，就可以成为她的意中人。阿若公主总是对的。

我从仓库里找到的那部旧版厂志里知道，那位爱吃白菜的与傻瓜老严交谈的领导，是在视察工地时心脏病发作不治身亡的。我注意到他的照片，黑白的，目光冷清，略带一丝莫名其妙不易察觉的笑意，像把别人的什么把戏看穿了，却不想明说出来，同时认为自己也在一个把戏里，正被什么人所看穿而在他又已经不重要了。恍然间，我抬起头，另外那两个家伙已不知去向，天色正暗下去，一群灰色的野鸽子被落日的余火偶尔染亮一下羽翼，转眼间就消失在远处那堆伸向天空的锈透了的铁架子后面。他看着对面的墙发呆。我说我们明天再聊吧。他不出声。

过了一会儿，他自言自语道："我忘了一件事，很不好。"他很不舒服地低下头，苦思冥想。一些人，从远处的某些个角落里冒了出来，更多的人，随后也出现了，慢慢地向厂区正门的广场周边靠拢，这意味着下班的时间到了。而我仍旧等着，等他想起那件事。"我不爱激动，"那个爱激动的家伙忽然又从我们身后冒了出来。"怎么能这么说我呢？我认识的人很多，不能不打招呼，只能这样打招呼，能不热情么？那怎么叫爱激动呢？"那是另外一回事，我说。直视着他的眼睛。"你是领导，你是领导身边的人，我当然管不着你了。"他看着别的地方，似笑非笑，有些害羞。

　　你当我是朋友不就得了？我说。他想了想，很快地就答复了我："好，你是我的朋友了，以后，我要与你打招呼了。你像我弟弟，有三十多岁了吧。"他笑了。我对他说：你以后打招呼时要保持冷静，这样才会引起别人的注意，明白么？他又与一个陌生人打招呼了。那人没有任何反应，转眼消失在附近一座办公楼的门洞里。后来，走过一个女人，妖冶的女人，她听他大声打招呼，妩媚地笑了笑。再后来，是一个技校新分来的实习女生，瘦瘦的身材，白净的面孔，面无表情。在那一大片工厂区中间的一幢被人们遗弃的老楼周围，至少有四家工厂，实际上过去是一家的，如今变成了四家，好像还在裂变着，就像细胞分裂，也许明天一早起来就是十家也说不定。人还是那些人，只是一堆一堆分下去，衣服不同了，表情也不同了，这说明衣服与表情是一种东西。

今天礼拜二，我竟然忘了。还有很漫长的时间，在后面，等着。这确实是个问题，当然并不会总是，有时是，有时被别的事情覆盖了。这段话写在采访这三个家伙的那些记录的前面，看起来很无聊。我发现，最初的笔迹轻松自如，透露出当时不错的心境，没什么负担，什么都不去想，只是听他们说，随手记下。不过有一点我很得意，我的记录具有别人无法比拟的真实性和趣味性，你永远无法想象一个傻瓜会说出什么。

有些时候，找不到他们，也不知道他们在哪。这种时间就有些难以度过了。中午，他们三个蹲在北墙根下不声不响地抽烟。又是他先和我打招呼，还是那么一如既往地激动。我因为在食堂里遇到了一位以前在我们公司任职的老领导，他手里也有一些马克思、恩格斯、列宁的选集，听说我要收集，就让我抽时间去拿，反正当废纸卖了也确实可惜了，是纸面平装本。我把它们送给那位很严肃的家伙，以打消他的顾虑。怎么样，要么？我直截了当地问道。他严肃地思考这个问题。我看了看手表，他想了五分钟还多。他犹豫道："我的那张图真的丢了，我也画不出来了。"我摇摇头，我要的是你们把看到的、想到的、听到的，说出来，就行了。"你是记者？"他倒是镇定。我说曾经是。"是领导叫你来的？"我看了看他的脸，他的眼睛，鼻子，嘴，头发。他退让了，但有些不安和激动。"我做什么了？"他含糊说道。"我的背景没问题的。你可以查的。"

机关里很多人都开始谈论我正做的事。听他们的口气，只有我还在故作神秘。他们开始有意无意地打断我的采访，也可能没有故意打断，是我多心，是我经不住诱惑跟着他们的思路走了，甚至是我喜欢随着他们的想法往偏了走的。过于强烈的好奇心当然可能会使我误入歧途，不过也会为我制造一种十分需要的假象。很多次我不知不觉中随着他们的话题走出很远，剩下自己一个人的时候还在想。

V

那个键盘手从洗手间里出来时，我正站在过道里抽烟。我递给他一支烟，他摆手说不会，我问他会不会巴赫的曲子，他没明白我在说什么。我随口哼了一段巴赫的管风琴曲子。他笑了。我又问他能不能弹一下那首《花房姑娘》。哦，这歌太老了，然后他告诉我，有人在叫他，车在外面等着呢。我说可惜我不懂五线谱，也不会弹琴。他说是啊，大家都这样，你喜欢却不会弹，我不喜欢，却天天要弹，总是这样，都不容易，相互理解吧。他走了。音乐，这回是从那种光盘里播放出来的，那种乐器叫排箫，像走在空旷的山谷，你顺着楼梯一直上到楼的顶层，外面下着雪，正对着楼梯口的那个可以登上楼顶的出口处不断有雪花坠落下来，有些已经落在了你的脸上，凉丝丝的融化了。这一层楼里只有一间宽敞的冷冷清清的会议室，你透过门上的小窗口向里面看去，很多椅子，一直到最前面的几行才有桌子，散发着幽静的暗光。

她正伏案睡着，侧着脸伏在第二行桌子的左侧靠边的那张桌子上。你已经找了很多个房间。你走过去的时候，身子刮到了一张桌子的边缘，发出有些迟钝的响动。

"有我的电话么？"她抬起头，声音仿佛从挺远的地方飘过来。不是，你说，声音很低，看看你在做什么。她松弛下来，闭上眼睛，重新恢复伏案而眠的姿态，"我刚刚做了个梦，被你打断了。"梦到什么了？"我梦见我在摘果子，红透了的山楂似的果子，踩着土丘刚好够得着它们。可我忽然看见他们很多人在往山谷里走去。"你的梦里有鹰么？你说，你认为应该有，鹰在空中注视着他们。"不知道，我忘了，"她说，"后来的事我记不清了。"你以前说过常有的？"我忘了。"

"他们都走了？"你对她说你是来讲那个故事的。她头也不抬，"那你讲吧，我听着。"她似乎微笑了。是的，疲倦。所有人都走了，你说。除了我们。没有地方可以去。夜海国白天的沙漠晚间就会变成海，可是谁能在白天让海出现呢？时间是一个月。这期间人们将看不到阿若公主。反倒是城里的人们在夜间常常聚到城头，边看夜海涨潮边谈论公主为什么要出这个难题。时间一天天过去，没有人去王宫应公主之约。蒙这些天一直在忙碌着，夜以继日，他在打造的是让你无法猜测究竟是什么的一件极其庞大的饰物，其花纹的复杂美妙是你从未见过想过的，你也无法判断那究竟是什么样的图案，尽管你每天都去看他工作，然而当你的目光似乎发现些什么的时候那图案本身的变化总会将你重新引入迷宫之中。他瘦了，可是精力却更加旺盛。每天结束时，因为无话可说，你就总是对他说同样的话，公主不可能找到她要找的人了。一个月就要过去了。最后一天早晨，你醒得很早，你问蒙，你在打造的究竟是什么东西呢？我今天就走了。他很累了，但是心情平静，目光闪动着无限的力量。我要用你的车了，蒙说。你在城外等我好么？你点点头。蒙到王宫去了。他对国王说，他能让公主在白天看到海，正在涨潮的海。国王和公主站在城楼上。按照蒙说的时间还有半个时辰。蒙说是在下午太阳光照不到城楼正前面时。夜海国人倾城而出，在城外站着等看奇迹。这时候，很多士兵抬着做好的铁饰到城外，一段段铺展开去，铺出一条极薄的铁饰的道路，伸向远方。尽处，你和那辆马车停在那里。人们被铁饰上的花纹图案所迷惑着，阳光耀眼，一切在蒸发着，沙漠都要汽化了。时辰到了。如你所知，海在远处出现了，只是一个瞬间，海水就开始涨潮了，青色的潮水奔涌而来，在不远处，海，很大的海，挨近马车和你停留的地方，你在海滩上。灰白的海鸟迅速被阳光照亮着，纷纷飞上半空又迅速投向大海溅起的清凉的泡沫中。

　　我们在火葬场过了一天。正如大家预料的，领导的母亲去世了。那天死人似乎比往常要多一些，原因并不清楚，也许跟天气闷热有关系。不论是谁死了，找熟人也不行，只能排队等着。我正调查的那三位也来了，而且是与我一起来的，坐一辆银灰色旧面包车。他们被安排抬死者，帮着家属干些杂活。在大伙默哀完毕之际，一向严肃的他忽然不安地开始走来走去。他慢慢地走过每个人身边，就挨个问那些来参加告别仪式的同事们："你看没看到我的技师证？红皮的小本证件？证明我的身份的东西？没看到？没有证件，我就和死人一样了。"没人回答他。他一脸严肃同时也很沉痛地走过来，打量了我一会儿，告诉我这件很不幸的事，"你有没有看到？"我摇摇头，你可以问问别人。他十分沮丧。最后一个问到的是披麻戴孝的面沉似水的领导。他仔细看着这个傻瓜，很清楚地告诉他：没有。"为我补办一个吧？"他恳切地说道。领导的目光在找傻瓜的科长，却首先找到了我。我做出一副十分镇定的样子，嘴唇动了动，然后朝他点点头。

很多车辆把我们运到一家远离市区的饭店里，初秋的天气闷得人只能走来走去。只有那三个傻瓜一动不动，自得其乐地看着大家。那张严肃的脸也恢复了平静本色。你的证找到了？走过他身边时我顺口问道。他神秘地点点头，过了一会儿才说："是我忘了，其实家里的那个证件才是真的，丢的这个是假的，专门用来蒙人的。"他得意地笑了。另外的两个人也笑了。"还有件事，你想知道么？"他盯着我看了一会儿。他认为厂区地下埋着大量的宝藏，当然包括死者，古代的死者。他认为这些死者会在夜里出现，这是他晚上值班时不敢出门的原因；有一些死者会混入人们之间，替那些无力气的人说些莫名其妙的话，做莫名其妙的事。他证明这些的方式是描述一些不连贯的场景，自相矛盾的事件像金属碎片一般紧密镶嵌在一起。他有时总是忍不住发出一声冷笑，以示对那些混入人群的死者之魂灵的嘲弄和揭示。"你算了吧，"他忽然对某个人说，"你这样做没有结果的。"而那个人也许正在与别的人说话，并没有看到他。

这幢三层的日式老楼几经加固。在楼体表面关键的地方，用于加固的水泥层已基本形成了方形的柱子，造成了稳定的印象。然而只有在楼内的屋子里你才会知道这幢楼有多么空虚和脆弱，几乎每个人走动都会造成一定的影响，墙壁几乎是中空的，在你的身体不经意间碰到上面的时候会发出让人不安的空洞的声音。天气晴和时，这里并不那么让人厌恶，甚至会意外地给你一种温馨的味道，也就是霉味被饭菜味充分掩盖了以后的那种味道。早晨的光漫入窗内，你常常是茫然地醒来，隐约地感觉到没有任何不安和冲突的自在，那些不耀眼的光线淡淡地洒落在窗前的地面上，那些随处起层的深红地板漆像沙土地上的植物，在你看不到的地方，短小的根连着短小的根，深红的边缘有不规则锯齿的叶子薄薄地翘着，因为缺少水分变得很脆，你总是能发现一些碎落的叶片，在床的周围。

对面的墙上那个不大的暗红色方形木框里的那个中年男人就是你的爷爷，他年轻时的样子确实很像一位旧时代的军人，光头，在头的顶部有一个圆形的突起，目光平和中隐含着一丝普通人少有的冷静，事实上他并不是军人，从未是过，解放战争时期他一直在逃亡的路上。他坐在通往北方的火车上，那种老式的总在喷云吐雾的货运火车，他个子高，所以尽管人挤着人他的光头仍旧自如地露在众人之上，他的一只手里捏着果实饱满的向日葵盘，看着外面流动的景物。在你觉得自己脆弱的时候，你总是无法不去想念他，这个给你留下最少的记忆和最深的印象的人。

　　令人惊讶的人并不是你常能看到的那些人，而是你感觉到了却总是看不到的人，他们在你的生活之外存在着。我至今不知道楼门外水泥柱面上的那只深红底色上的黑眼睛出自谁的手笔。那显然是在一次刷油过程中顺手留下的杰作，很随意地用那种刷窗户时用的小刷子轻松自如地在水泥面上涂上深红的油漆，这时候他并不知道自己要画出什么，然而当他的目光遇到那所剩无几的黑油漆的时候，他想到了，他安静地在正在迅速风干的深红色油漆上面画出一只眼睛，没有瞳孔的黑眼睛。你真想弄清楚这人来自何处，是什么样的一个人，可是又知道这根本是不可能的了。他肯定不是来自这幢楼里，他可能只是个油漆工，四处打工，没有居所。他应该很年轻。凝视，这就是他通过一只眼睛告诉你的，这凝视着街道西侧的眼睛时常可以排解你的孤独感，而后又会进一步加深孤独的感觉。它总是在那里注视着一切，每天早晨你从门里出转向右侧的时候第一眼看到的都是这只红底黑色的眼睛。

这个发现令她惊讶。她对马戈说，你都记得么，那时的事？那你讲给我听。她的眼睛里流露的温柔的光泽使马戈心醉不已。他为她讲那时的事，在车上留下的有趣的话，瞬间的表情，还有一些游戏。他想他都记得。他想到的甚至比记得的还要多出很多。他用来埋藏记忆的地方在一束温暖的光线的照射下迅速膨胀着，所有的只言词组都在转瞬之间联系在一起并不断茂盛起来，那些繁茂的枝条不断伸展，穿过整个秋天，上面缀满丰润的叶子。

她听着。世界上恐怕没有比她更适合当听者的了。她看着外面，从不打断他的叙述。你能给我写信么？她忽然想到似的凝视着马戈，我想要你的信，想要你在信里为我讲那些事。马戈试图从她的眼神里找到些什么，却一无所获，无法知道她在想的是什么，她的眼睛是黑暗的中心，在那里他什么都找不到。我会写的，每天都会写给你看，用邮票寄的，是不是？她点点头。他给她写了三十封信，每封六页蓝色有暗花的稿纸。写最后一封信的时候，他觉得她已经不存在了，第一次感觉到不知她身在何处。他在天黑时发出那封信。

她坐车走出很远，到一个夜总会里去。他同以往一样跟随在后面，在那个暗蓝色调的地方，他找了个处在边上的视野清晰的位置。她坐在一些人中间。其中一个人在摆弄一把刀子，用手指尖试试刀子的锋利程度。她的眼睛很明亮地闪着光，掠过那人时他放下了刀子，微笑着看着她，说了些什么。她拿起那把刀子，仔细看着，慢慢地吸着烟。她看着他们。那个摆弄刀子的人问她是不是要喝啤酒。她拿起那只笨重的玻璃杯，默默地低头喝了一口。另外几个女孩都在看着她。后来人们起来去跳舞。她坐那里，吸烟。他们似乎都很尊重她。其间只有一个人开玩笑似的摸了摸她的头发。后来她问那个玩刀子的家伙，昨天和你们打起来的那人是谁？他想了想，不认识，像个疯子，也挺像个老大似的，手黑心狠，而且不慌。你认识？她摇摇头，面熟，可是忘了在哪儿见过了。她认识他们的时间并不长。她每次待的时间都不长。离开时，他们为她要了辆出租车，她谢绝了，走了十多分钟，去坐公共汽车。马戈坐在车的尾部，她在前面。

在那个路口，有人在等着她。一个与她年龄相仿的大男孩。她吻了他一下。她摸了摸他的脸，说了句什么。马戈坐在一辆出租车里，让车慢些开，经过她的身边。她在哭。那个大男孩木然地站在一边。她的眼泪很多，不断地涌出，眼睛成了两片模糊的水。最后她是自己离开的。

为什么要哭呢？马戈坐在出租车里，看着被车灯分开的黑暗夜色。司机是个四十多岁的人，像自言自语，又像是对马戈说，我有个女儿，也这么大了，说哭就哭，说笑就笑的。马戈递给他一支烟，自己也点燃一支。车开出十多分钟之后，停了下来。司机下去看了看，告诉马戈，走不了了，你得换车了，实在对不住。马戈给了他钱，他不要，可马戈坚持要给，他就只好收下了，说以后再让他免费坐车。他问马戈，你还有多远？马戈说："不远了。"

他回到自己的房间里时，已是午夜时分，外面似乎比屋内要亮一些，没有灯光，是夜色比室内的黑暗明亮。他没有开灯。过了一会儿，屋内的亮度才与夜色逐渐调和变得一致了，他没有脱掉外衣就躺在阴影里的木板床上，没有脱掉鞋子。他睡着了。后来，他听到外面有人压低嗓音叫着他的名字：马戈，马戈。

他没有回答，继续睡着，睡得很沉。后来，有人从楼上丢下来一个空了的易拉罐，撞到外面平顶仓房，最后掉到过道上，声音很清晰，一个空空的易拉罐。马戈想着，可是睁不开眼睛，心里空空如也。

他们三个人，站在楼外的过道上左右顾盼，他们找的是我，这出乎我意料，因为很少有单位的人来家里找我，更不用说他们了。他们前面那辆手推车上放着一个很大的装满东西的塑料编织袋，里面的东西撑出很多棱角。这是他们在厂里某个办公室里为我收集的没人要的书籍。我看着他们。他们也看着我。我想说些什么，以便使我们摆脱这种尴尬的局面。然而那个人说话了，严肃的人，他的话制止了我的念头。"我们一直在找你，真不容易啊，他们都不知道你在哪待着。你为什么不来找我们了？"他这样说道。"那位领导也这么问我们，问你是不是找过我们，你猜我们怎么回答他？"不知道。

"我说你没有来过，从没来过，因为你很忙，我们看到你了，你总是很忙。我们认为这样说对你有好处。他们两个可以证明我说的是真的。你不相信么？"我说我信。"这些书，我想你能喜欢，就特意给你送过来了，它们很重的，好书都是很重的。"你们在哪见到他的？"在他那里，他在找东西，我们找你，他站起来就看到了我们，手里拿着一个小盒子，里面装着小刀小剪子指甲刀，我们都盯着那些东西看，因为那个挺年轻的女人也在看着，女人总是比我们喜欢那些小东西。他问我们你们找谁来了？我说找你，是你，不是他，他笑了。其实领导笑的时候都挺像的。"

他们走了。你无话可说。你坐在屋里吃橘子。那种很大很甜的橘子，你总是很贪婪地吃着，用牙齿充分榨取那些月牙状的柔软丰润的果肉瓣中的汁，让那种很甜的汁液源源不绝地流入体内让很甜的感觉不断地延续下去，直到胃里没有地方为止。每回你都能吃下很多，留下一堆色泽鲜艳手感软滑的在挤压下会喷出令人眼睛发酸的水气的皮，然后注视着它们，仿佛要等它们风干似的，只有这样才会使心情恢复某种短暂的平衡。

那些书其实是一种书，都是旧版的厂志。因为现在工厂已经四分五裂了，没人想留着它们，尽管印刷得十分精致，像那种硬皮的大辞典。把它们放在哪里呢？你数了数，一共是三十本，有意思的数字。随后你有了主意。可以把它们像地砖一样铺在地上，它们的深青色的封面放在地上时显得是那么有质感。这工作容易多了。当床前的地面变成了深青色的时候，你坐在上面，点支烟，倒杯水，随手翻起其中的一部，像掀开一块砖，下面是安静的散发着潮湿气息的黑蚂蚁般的文字。你很容易就找到了那一页，那张两寸的免冠黑白照片下面的文字你几乎可以背下来了。不过你一直认为可以重新写一下，给大家一个更为真实的文本。你会详细地描述他巡视工厂的情形，尤其是一个人走入那个所谓秘密的洞里时的状态，当然还会细致地描写他的追悼会的全过程。大多数人认为他是死于心脏病的突然发作，然而你不这样想，因为他是走到洞的很深处死去的，鼻子里有泥沙，气管里有水，几乎没有人注意到这些，可是那个被称为"老严肃"的傻瓜在抬着他走到外面的时候却发现了这一点。他的裤带是后来才系上的，"老严肃"很不好意思地承认自己在看到他竟然穿着和自己差不多的大花裤头的时候确实很想发笑。也可能他是到那地方小便去了。只不过他走得太深了。

深青色的砖连接得十分紧密，几乎没有留下缝隙，光滑的表面散发着幽静凉森森的不引人注意的光泽，可能古时的宫殿里的琉璃瓦或者彩釉的砖就是这样的感觉吧，颜色或许要浅一些，温暖一些，更有质感，更为沉实。那样的砖铺就的道路总是在有些僻静的地方，通往书籍重叠交错的书房，而当你走到那里的时候一切已变得十分荒凉，你必须越过高高的杂草才能到那里，面对高大的表面的深色漆层开始剥落的书架，这里通风良好，书籍的纸页始终是干爽的，没有任何潮湿的气息，当一只猫从过道中走出来注视着你的时候，你正拉开下面的编号为一千九百九十九的抽屉，里面露出封面斑驳的一部医书。莫名其妙的印象就这样留下来了。这时候他们三个从窗户外面往里面看着你，说："你的篱笆坏了，别说猫狗了，连人都能进来，我们帮你修修吧。"他们在外面快乐地修你的篱笆。"这是什么树啊？"你也不知道。你只是看着他们。"我敢肯定它不是结果的树，"他严肃地说道。

他怕我，我不喜欢他，爷爷边说话边卷着旱烟，他的大手把干干的烟叶搓成碎末。他太软弱。他太爱掉眼泪了。我说其实他是个很聪明的人。爷爷摇摇头，那有什么用呢？我也一直在找他，可他躲着我，不想见我，这个呆子，还是那么胆小。我都快要忘了他是什么样的了。他现在还喝酒么？他的手艺不如以前了，就是喝酒喝的，他的手不能做很精细的活儿了。你应该去看看他。我是找不到他了。再说都过去了。他不像我，他有时也想你，我从来都不想他。他小的时候那时那些水坑都还在吧？他会游泳，有人告诉我他能

257

游一上午不用歇息，我没看见过，他也不说。他爱哭，不声不响地哭。不过我死了以后，他来南方办理后事时就没哭。

那天下午她不出声地哭了。你很不习惯这种哭的方式，没有声音，没有表情，眼睛注视着前面，眼泪缓慢地流动。没人知道为什么。刚进办公室的你在一旁有些不知所措，默默注视着这一切。蒙在城下望着你，然后回头仰望城上的阿若公主。他向远处走去。阿若向国王微微下拜。国王默默抚摸了她头顶。她下了城楼，踏着那些美妙无比的铁制的精灵花饰，飘然走到了蒙的身边。他们走到你那里，到海边，坐上蓝色马车，向海里奔去。国王若有所思看着远处，说：阿若，你总是对的。那些在一瞬间脑子空白了的人们认为，这是上天创造的奇迹。他们说的并没有错。这是奇迹么？当然是。但不是上天一个人创造的。后来你知道，蒙不仅仅会打造铁饰，还了解天象背后的秘密。他知道海能在白天出现。在他的一个并不完整但清晰的梦中，精灵告诉了他具体的时间。他们的马车并没有被大海淹没，因为那天的海，只是海市蜃楼，而夜海国的人又从未见过这一自然奇景。最后，你得承认，这当然是奇迹。

女人哭的时候并不比她笑的时候更容易理解。她哭过之后，讲起的却是很久以前的事。她的记忆力令你惊讶，尤其是对细节的描述。她一直讲下去，直到天色变暗，人们纷纷离开办公室出现在楼外空场上的时候，她还在讲着，都是小时候的事。你忽然问她，这些年你都在做些什么呢？她摇摇头，"没做什么。"看来我们在这一点上一致了，可在记忆上却完全相反，你坦然道，我记得的都是这几年的事，以前的事都忘了。她接电话，没说话，只是默默地听着，面无表情，听了很长时间。最后她准备继续讲的时候，你打断了她的话头，让我试试看，能不能把你没讲的那些虚构出来。她看着你，实际上也等于没看。

他的面孔时常是那种有些鲜艳的红色调，这给我一种错觉，以为他的精力越来越充沛了。实际上那是酒精的作用留下的表象。我一直觉得这个前任与我有着某种联系。后来，他的事业进入了低谷，先是因酒误了一件表面看不重要其实却非常重要的事，然后是与一个女人的暧昧关系被人揭发出来，成了一时的新闻和笑谈，最后他成了一个闲人，无家可归。

"马戈？你在么？"

马戈恍然醒来，坐起身子，等了一会，那人又在喊他的名字了。是他，那位很久不见的朋友。马戈答应了一声，我在。过了一会，听到走廊里传来空洞的脚步声，马戈开了门。他从黑暗里来到了马戈的这一簇橙色的灯光里。他的脸受了伤，眼角隐约的还在流着血，不是很浓的那种血液，被汗水稀释了。

"怎么了？出事了？"马戈边找药布边问他。"是啊，他们来找我，"他坐在竹椅子里，若无其事地微笑着说。"他们三个人。"

"为什么？"

"我要走了。"他沉默了一会儿，"这里没有我的地方了。他们算是来送我吧，让我安心地走。我这回真的有种被抽空的感觉了。"

这些天，马戈被一些杂事牵着走，不能自拔，不能休息片刻。其实只是参加一位朋友儿子满月宴会，一位同事结婚，一位老同学的葬礼。但是很累。那个隔壁的女人一大早就来敲门把他吵醒了。她蓬头垢面地出现在门口，马戈不知道她要干什么。她怔怔地看了他一会儿，才问他，你家有水么？马戈想了想才知道她问的是什么，就转身到厨房里扭开水龙头，没水。她说我家也没水了，怎么办呢？暖瓶，水桶，水壶，都空了。

马戈看到她的从拖鞋里露出来的很白的脚趾。她不安地回去了。想着自己的暖瓶水壶也是空的，马戈继续睡觉。有个女人躺在他的身旁。这是他的感觉。

他感觉有这么个女人在身旁睡着。他没有睁开眼睛来确认一下是不是事实。不需要确认的。他呼吸均匀，睡得很好。她的气息弥漫在他的周围。是那种来自洗过的头发里的奇怪香味，让你想起碎石很多的湿漉漉的海滩，天蒙蒙亮的时候赶海的人走过你身边⋯⋯她抚摸你的身体，他伸出手去，轻轻地碰到了她的光滑的腰部，试探着触摸着那里。你喜欢我什么呢？你喜欢我什么呢？他没有出声。他不想出声。他只想这样沉下去，再也不浮上来，不需要任何光亮和空气。什么也看不到的安稳的触摸也是一种幸福。她轻轻地咬他的嘴唇。她咬他的脸庞。她的头发湿漉漉的，落到了他的脸上，他呼吸有些困难，在那种无边无际的柔软的充满香水气息的身体下面，在她的身体里面，融化了。他很想看看她的眼睛。现在。可是他睁不开眼睛了。

不知道过了多久，她来了。她一脸倦意。语气陌生而急促，"我妹妹上哪去了？"马戈莫名其妙地看了看她，你在说什么？那个女孩失踪了。没留下只言片语。没有线索。

"你都跟她说了些什么？"

马戈面无表情地穿起衣服，"没说什么。"

她让马戈陪她出去找妹妹。马戈想了想，答应了她，一声不响地跟着她来到街上。

这个晴朗的天气里会发生什么不愉快的事么？真让人怀疑。九月上午的阳光均匀地洒落在湿润的地面上，一切都是那样的清楚可见，点线面完全是清晰的。他们默默地走了很多街道，没有目的，没有方向地寻找着。实际上所有能去的地方已经都找过了。他们站在她家楼门口。她看着他，眼光里流露出不安和疑惑。"为什么我总是感觉你能知道她去哪里了呢？"

马戈皱了皱眉头，"你让我怎么解释呢？我得回去了。她不会丢的。她不会走太远。她不是小女孩儿了，已经长大了。"

隔壁的女人在楼门口对他说，有个女孩来找过他，在门外待了一会儿就走了，没说什么。又是一个冷美人，她冷笑道。

天黑时，马戈漫无目的地来到了灯光、车影、行人、噪音造就的马路上。抽了支烟之后，他上了一辆出租车。他去的地方是火车站。他对售票口里面的那个表情木讷的女人有些含糊地说出了去向，然后递过钱，拿到车票，通过了空寂的检票口。

我的时间实际上分成了两部分。办公室里的，那幢旧楼里的，对于前者我是无能为力了，因为它根本就不在我的把握之内，洪水一样漫延，急速流动，我只是浮在表面的一介草茎，不能做什么，也不能不做什么，最后等于是什么都没做；而后者则更像从一个点滴落到布面上的水滴，缓慢均匀地滴落着，向四周洇润开去，逐渐把布的表面每一丝纤维都变成了深色调，不断地展开着，那种湿润的深色很快地让你忘记了时间的存在，因为时间在此是没有方向的，它不会流逝，只会向四处漫展开去越来越远，而你却可以保持着松弛状态对此毫无知觉，当一切水分挥发殆尽的时候属于你的寂静时刻就会悠然降临，对此你是知道的，这也是你在这幢旧楼里坦然地活着的原因。有时会出现让你目瞪口呆的现象，会有东西穿越两个时间，比如说一罐咖啡，那种颗粒均匀的可以快速溶解的咖啡，一个小时之前它被你从商场里带到办公室里放在窗台上，而一小时后你却在自己那间光线暗淡的小屋里的床下发现了它，已经彻底变成坚硬的固体的再也不能变成香浓咖啡的不知如何命名的东西。在你迅速回到办公室去验证的时候，事实证明你的记忆力是正常的，那罐咖啡确实不在了，窗台上空空荡荡。你还能说什么呢？事实如此。

　　你来到领导的面前。出于习惯，你的目光停留在玻璃板下面的墨绿的台呢上，那种色调对于你的眼睛来说总是一种莫名其妙的诱惑。他在说什么？没有。
他在收拾东西。过了一会儿站了起来，过了一会儿又
蹲下去。几个卷柜的门半开着。他忽然拿起一件东西，
莫名其妙地看着，这是什么，谁的？你当然也不会知
道那是谁的东西。你只知道那是一件女人用的东西。
他似乎一直喜欢收藏各种各样女人用的东西，是别人
送给他的女人的，他总是这样不以为然地说道，然后
把那东西丢到某只柜子里，再不会拿出来。奇怪的是
这种情况总是让你碰上。

　　他要调走了。此前你并不知道。你把写好的报告
放在了他的桌面上。正好六千字，你说。

　　为什么正好是六千字？他有些惊讶地看着你。眼
睛里又开始饱含深情了，还有一缕莫名的笑意。你真
是受不了他这种眼光，不过好在一切已经过去了。不
为什么，你只好坦然地说。您能把这块玻璃板和下面
的台呢给我么？没问题。他爽快地说道。就是玻璃大
了些，比你的桌子要大一圈，不太合适，我再为你要
一块吧。

　　其实是一样的，你说你想做的事与玻璃的大小没
什么关系，你只是想证实一个物理学上的现象，共振。
他一时没有听懂。你顺手从他的笔筒里拿出一支很尖
的锥子，然后任意选择玻璃上的一个点，用锥子的尖

儿不断地点击那里，那个点逐渐成为一个白色的小点，随后你的力度加大了，看上去像是要把锥子插入厚玻璃里，就在此刻，你所说的共振现象出现了，随着一声沉闷的响声，一块完整无缺的厚玻璃变成了无数的多边形碎块，破裂的过程持续了几秒钟。这就是共振，你说。好了，我叫马戈。现在这是我唯一的名字。

我父亲是个做仿古兵器的手艺人，他在外很多年了，我不太清楚他究竟在哪个城市里谋生。母亲从不对我们提起他。

我母亲是个退休的心理医生。我还有个弟弟，是个早熟的家伙，一个半吊子生意人，他是母亲的希望所在。

奶奶就要过一百岁的生日了，这出乎所有人的意料，但是所有人又都感到这确实很不容易，活着，并且活到这个年岁，比早早地去死总要难得多，何况她是个瞎子呢？她能听出我的声音，因为我的喘气声与爷爷的非常相似，这一点我没法去验证，不过还是有些信的。谁知道呢？

大约在五六年前，她告诉我，你爷爷是个赌徒，一个游手好闲的家伙，一个酒鬼，一个傻到可以把自己家送给别人的混蛋，一个脾气坏得要命的倔种。她的每一句评论都有一段故事作证据，有趣极了。

这些都是真的。还有一件事，我结婚了，这也是真的。然后我会有个儿子。谁知道呢?

吸烟者

列车还没有开动呢。孩子有些犯困，身子软软的，倚入他的怀里，把头自然地靠于他的臂弯上，轻轻转动了几下，找到了舒服的姿势就不再动了。这是个男孩子，戴着近视眼镜，五六岁左右，脸圆圆的，喜欢说话，问各种各样的问题，现在没有声音了。他注视着窗外，越过空着的那些铁轨，望着雾气笼罩的远处。那里，是望不出什么明显层次的，也不可能像在湖边望对岸的山那样，若有若无的可是仍旧保留着层次感，甚至还有另外的意想不到的明与暗的交融，远处与近处之间的白堤上面，湿漉漉的柏油路上走动的人们，走着走着就变成了不远亦不近的移动的淡墨色斑点。也就是在那些景物的外面，不远的地方，隔着玻璃，他们一家人吃了晚饭。鱼与肉的味道都有些偏甜了，所以吃的兴致始终都没提起来。外面断断续续地下着细雨，冷森森的空气弥漫在他们的周围。餐馆里空荡荡的，有个服务员开着正门清扫地面，他忍不住冷冷地高声责问那个年轻人，是不是一点都不觉得冷呢？

　　这个世界上最不好的感觉之一就是冷了，他把双手揣到裤子口袋里，慢慢地感觉到它们挨着腿部变得温暖起来。如果腹式呼吸可以让肺部更为充分地进行空气的置换，他想，那么此时此地则只能保持胸式呼吸了。他还想起心理辅导师平静地详细解释腹式呼吸的好处，她告诉他，这种方式其实跟孩子的呼吸是一样的，他喜欢这种解释，像孩子那样呼吸？能这样就好了。他侧着头，靠近孩子的脸，听到了孩子的呼吸声，并且能感觉得到孩子腹部的起伏，他自己也能如此。车厢里不知不觉间就塞满了人，像吸气一样，或者说跟吸烟一样。然而列车仍旧是静止的。什么都没有呼出。一些雾气浮现在窗玻璃上面。看上去像是有什么你看不到的史前生物正对着玻璃执著地呵着气。史前的？闭上眼睛，待了一会儿，他喜欢这种感觉，或者说他喜欢这样去比喻。他缓慢地吐气，尽可能地慢一些，直到感觉体内彻底地倾空了才停下来。过了几秒钟，他才开始重新吸入空气，在那种窒息的感觉降临的一瞬间里，感觉自己就跟个布囊似的，并没有太多的弹性。

有些气体可能升到了头顶，紧贴着脑盖骨的下面，软乎乎的，有些发粘，他有点头疼。他试着用空气来置换它们，但是不成。它们还在那儿，仿佛一团潮湿的半新不旧的棉花，他真希望它里面含着的是酒精之类的东西，那样的话他晃动脑袋时就会有些清凉的感觉，因为酒精棉会轻轻地擦拭脑盖骨的内侧，那里会变得光滑干净，散发出有安全感的气味。可是它们只是晃动而已，并不怎么接触骨头，偶尔还会压抑一下脑海里的肌体。他俯下头去，然后再侧过来一些，他发现，它们并不随之变换姿态，实在是没有什么办法了。有几个人在人群里艰难地移动，下了楼梯，挪向厕所旁边的那块空地，挨着洗手池，停在了那里。是几个中年的男人。他眯着眼睛，瞟了瞟他们的背影。没有人注意到他的眼神此前在移动，以及此刻在继续关注前面的那几个举止可疑的陌生人。

当周围的一切都是灰色调的、潮湿而冷清的感觉时隐时现的时候，他发觉自己哪怕只是看到烟盒上那样小小的两块有点俗气的大红色也会喜欢。没错，实在是俗气的，那种革命时代才会有的红色配上字体拙劣的金字真是相映成趣了，而上边那块红色的下沿图案，则是二十年前的舞台上经常能看到的波浪状有红灯笼点缀的幕。舞台是银色的，上面开出了蛋圆形窗口，里面是水库放水的场景，颜色也是俗得可爱，就像更老一些的民俗画那样。他打开烟盒，看到了里面的黄色塑料打火机夹在十几支过滤嘴香烟之间，心里觉得安稳。现在，列车稍微晃动了一下。他抬起头，发现牵引车头已经出现在本是车尾的窗外，并且显然已经完成了连接，刚才的晃动就是它造成的。对面的那个圆脸微胖而又白净的姑娘吃着那种细长的奶油饼干条，时不时地看他一眼。她的右膝不知何时挨着他的左膝，他不知道她是不是也意识到了这个细节。她穿着比较厚的衣服，白色有些偏灰的裤子紧绷绷地裹着丰满的腿。她接听手机，声音柔嫩而轻软，江南姑娘么，似乎也就是这个样子了。

那三个男人中的一个回到二层第一排的座位上，从那个有些发胖的性感女人手中接过三个很大的表皮粗糙的梨。就在这个空当上，他也离开了座位，从楼梯上的那些乘客中小心地挤过去，经过他们身旁，来到对着牵引车头后面的窗户前。一股混浊的尿味从旁边的厕所里散发出来。那个男人把梨分给了另外两个男人。他们年纪差不多，都有四十五六岁左右，身量也近似，估计年轻的时候都很结实，抗打击能力也很强。那个西服板寸头的、戴着一条很粗的金链子的，显然是他们的核心人物。想到这里，他动作平稳地打开烟盒，从中抽出一支烟，然后再拿出那个打火机，点燃了香烟。那人用左手拿着梨，中指和拇指从上下两端捏住了梨体，右手打开折刀，干净利落地开始削皮，粗糙的梨皮下面带的梨肉比较厚，但这样的好处是削起来会比较快，几下转动，白生生的水灵灵的梨就裸露出来了。这场景让他不由得想起昨晚电视里播放的电影中的几个镜头，一个男的把一个女的按在墙上，几下就剥光了她的衣裙，然后把刀子慢慢地在她背上划动，从上到下，白亮的皮肤被刀尖压出一道转瞬即逝的痕迹。那人把折刀在水龙头下面冲了冲，然后塞入口袋里，痛快地咬了一口水分很足的梨，同时看了看正吸烟的他。他们的目光碰到了一起。他没有任何表情变化。那人也没有。他注意到那人的脸上有些横肉，随着咀嚼梨肉的动作时不时地抽搐着蠕动着。这种眼光的接触只持续了六七秒钟左右，以他把眼光慢慢地转到窗外为结束。在转动的过程中，他看到另外两个人吃梨的样子很是贪婪，每一口都有着明显的前冲感，咬下去之后又紧接着撕扯……

列车启动了。他重新转过眼光来，越过他们，去看那些拥挤在一起的乘客们。坐在了楼梯台阶上的那些人此时都已不再挪动身体，头也不那么左右转动了。

273

他们三个在吸烟。那个人在看他。这一次他们的眼光没有遇上，因为他有意避开了。后来，他把视线停留在最上面一级台阶上的那个女人的腿上。它们的上半部并在了一起，而下半部从膝盖开始向两侧分开，呈八字形，她穿得不多，裤子紧绷在腿上，线条流畅。实际上这样观察的同时他是在听那三个人聊天，主要是那个人的声音。最初几句当然要谈到刚吃过的梨，水分很大，吃起来也清爽痛快。表面虽然很粗，梨肉也不细腻，可是脆甜爽口，味道很不错。她手里还有，那人对另外一个人说，要是想吃的话，就上去拿来。那人就去了。那人在看他，他能感觉得到，可是并没有把眼光对过去。他镇定自若，因为他此时正在脑海里把那个坐在台阶上的着装女人体变成简明的人体线描，就像罗丹或者毕加索做过的那样，多少有些色情的成分。点燃第三支烟的时候，他开始注意那个人，用眼角的余光耐心地反复扫描着这个危险的人物。此时，那人已不再留意他的存在了。让他有些奇怪的是，自己竟然有些失落感，他低着头看手机的屏幕，大拇指迅速地按着键子。

那人的左手无名指上戴的是一枚粗大的金戒指，他这样在手机短信里描述道。白色有条纹的西服，看上去是多时未洗了。左眼外角有个不起眼的伤疤，应该是多年以前的。他们要去的地方。没有听清楚。他只听到他们谈论的另外一个地方。让他觉得有意思的是，那地方跟他手中的这盒烟是同名的。绝对不能超过五分钟，整个过程，那个板寸头漫不经心地把烟灰掸到水池里说道，这个时间是我反复算出来的。他把这段话也随手打入短信。这时候，他发现那个孩子不知什么时候站了起来，正扬着脑袋望着他。他摆摆手，示意我在这里，不要急，他微笑，意思是我这就回去了。那个孩子仍旧站在那里向他望着。那三个人吸的烟并不是本地的，而是上海的那种墨绿盒子的。他们说的是普通话，只有一个人带有南方口音，另外两个都是北方的。这时他看见孩子已经出现在楼梯上，晃晃悠悠地从人丛里挤下来。那三个人停止了讲话，用一种奇怪的眼光看着那个孩子走过来，经过他们面前，过来依靠在他身旁，拥抱着他。他的右手拇指摁了发送键，然后顺势看了一眼那三个人，他们表情松弛，平和地看着这个父子相拥的场景。列车停了下来。孩子问他为什么从车头跑到了这边，他解释说因为要开往另一个相反的方向。孩子要小便。厕所里面的人迟迟不出来。他注意到列车员在楼梯上往烟雾中的这里看了几眼，似乎想要阻止他们吸烟，可是后来又犹豫了，没有过来。

微胖的性感女人忽然出现在他的面前。她先是背对着他。过了一会儿，才半转过身来，眼神好奇地注视着那个孩子。厕所里的人出来了，是个眼神迷离的男人，那个女人往里瞟了一眼，用手指作出一个吸烟的动作，同时撇了撇嘴。那三个人笑了笑。他领着孩子进去撒了尿。把孩子的裤子提起来之后，他发出了另一条短信，那个女人的脖子左侧有个黑痣。她俯下身子，表情和善地跟小孩子说话。他看见她的本来就不高的领口内浮动着两湾肥白的肉。那个人点燃了一支烟，注视着这个场景，但并不看具体的人，像在想着什么事。孩子要玩他的手机。他拒绝了，这可不行，老虎（显然是小孩子的爱称），我还有用呢。孩子失望地绷起了脸，看着别处，嘴里嘟囔着什么。那个人的眼光与这个女人的碰了一下。她面无表情地耸了耸纹过的眉毛，然后转身回去了。列车飞快地行驶，外面的景物随即模糊起来了。他们的声音重新浮现在他的耳边。他已经把孩子送回到上面，让孩子的母亲搂着他睡下，然后自己又回到了原来的地方，继续吸烟。他并没有看他们，只是静静地听着。他们谈到过去的生意。做这种买卖要干净利落，不留痕迹，见好就收手，那个领头的男人有意压低了声音说道，这回也是要这样，别见着眼亮的就挪不动步，啰里吧嗦的找麻烦……别说我没提醒你们。那人看着外面，沉默了一会儿，然后掏出烟来，抽出一支点上，向他走了过来。

"他们对于我来说是一样的。"回复过来的短信只有这么一句。那人在他旁边停了下来，然后很随意地看了看他手里的烟盒，就问他是什么牌子的，哪里的。他把手机揣回衣兜里，让那人看那盒烟的正面。味道怎么样？还行吧，烟纸好像不大好，有一点怪味，不过还说得过去。那人要了一支，用自己手里的半支烟对燃了，表示从没听说过这种烟。做什么买卖呢？那人忽然问道。老师，他微微一笑道。教什么呢？哲学。哦，那人重新打量了他一眼，那不大容易，哲学。也没什么不容易的，他耐心地答道，跟别的一样，也就是教课了。总归是比我们这些人强啊，那人接着道，我们是自己教自己。他笑了笑。家就在上海么？那人看了看手里的烟，轻轻地吹出一口烟，烟头的灰就脱落了下去。有房子了吧？怎么会没有呢，老师一般待遇都不错的，哦，私立学校，私人老板看来总归是小气了，不过也不都是吧，嗯，没有房子，可是不安稳了。是啊，总是有种漂浮不定的感觉，每天都有，他笑了笑，看着那个人的几乎没什么表情的脸庞和冷漠的眼睛。烟吸到烟蒂附近，那人就抬手把它丢到了水池里，他听到哧的一声，烟头熄灭了。那你看我们像干什么的呢？那人忽然又问道。他侧着头想了想，看不出来。那人咧嘴笑了笑，回头看了一眼同伙的两个人，然后对他说，你是教书育人，我们是找人送人然后走人。他没明白。我们的哲学，那人故作严肃地看着他道，就是，永远也不会有熟人。他觉得这是挺深刻的一句话。他说我们深刻，那人回头笑道，说完就懒洋洋地转身回到了原来的地方，拿起一个梨，稳稳地削了皮，然后把刀子在嘴唇间吸抹了一下，开始大口地吃梨，没有一点汁液流到外面，嘴唇湿津津的，闪着时隐时现的微光。

要是能跟这人走一遭，也不失为一种有意思的选择，他想。这是些目的明确的家伙，对于他们，没什么是不清不楚的。他发现自己这么一会儿已经吸掉八支烟了，再来一支吧，他还是喜欢"九"这个数字。

回到座位的过程中，他把很长的一个短信发了出去。他闻了闻手指头上的烟味。你得让手上有点东西，这样就可以去看其他的事物了，这个东西，不管是什么，它都会慢慢消失，或者是很快地消失，它会留下它的味道，而这味道会让你忘了它已不在了，也不会轻易就注意自己的手，虽然它们空着，可是能随意地放在一旁，不会影响身体的自如行动，这样你就可以自在地走在路上了，无论是哪种路，都可以持续下去。

"这有什么意义呢？我在下坠。停不下了。"他看完了这句话，就删掉了，包括此前的那一些，现在里面就空空如也了，那朵向日葵重新绽放于屏幕上面。外面的阴天没有什么变化。坐回到自己的位置上之后，他看了看熟睡于女人旁边的孩子。对面的姑娘在那里发着短信，瞟了他一眼，然后接了个电话，轻声问对方现在到哪里了？这么早就到了，还有一个小时，这么长时间你怎么过呢？她眼睛看着窗外，嘴边带了几丝笑意。他发觉自己喜欢这种笑意，有些暧昧的，又是独特的，平庸的，也是奇妙的，就像块牛奶糖，可以含在口舌间，就算很快就酸掉，至少还有最初那点稍显做作的甜。那三个人，仍旧留在原来的位置上，也不说话，也不吸烟了，眼光向下垂着。

人潮涌过狭长的通道，连路面都看不到了，他领着睡眼惺忪的孩子，被这股人的潮流挟带着移向粗陋庞大的城郊车站外面。天桥两侧那一片片灰色的建筑物让他想起北山路两侧的树木在阴雨中缓慢地沉没到黑夜深处时的场景，还有灰蒙蒙的午后自己独自坐在湖边的潮湿椅子上吸烟的样子，而她也似乎在另外一个地方漫无边际地走着，实际上她并没有离开自己的房间半步，这两天里她始终都是待在那里，靠着窗户，看着一段段文字不断浮现出来，知道那个人坐在远去的火车里了。

在那些流动的陌生人中间，他感觉自己就跟一段树枝似的飘浮在混浊的水流中，而另一个人则仍旧在下坠的过程中。这种感觉令他沮丧。他向前后看了几眼，没有看到那三个男人以及那个身材性感的女人的影子。也没有看到那个对面的南方姑娘。几个巡警在路边站着，旁边是辆警车，他们漫不经心地留意着从天桥上下来的一阵阵人群。这些与他没有任何关系了。城市的一个巨大的侧面正向他扑面而来，几乎同时，他闻到了麦当劳的浓烈气味，孩子拉着他，朝那个亮堂堂的地方很快地走过去。

坐下以后，他下意识地看了看手机，屏幕上面的年月日和时分安静地呈现在那里。孩子开始吃东西了。他尽可能让身体松弛一些，她坐在孩子旁边，默默地注视着他吃东西，神情有些疲倦。他感受着这狭小的红色塑料椅子在变形中与身体表面的接触，同时把右侧的手臂抬起来搭在另一把空着的椅子靠背上沿，他向两侧伸直了双腿，感觉脚跟平稳地停靠在水磨石地面上，忽然间，他意识到自己跟这一切都有某种没办法说清的关系，千丝万缕的，既是具体的，也是理不清楚的，包括这里正在反复播放的近乎滥俗的轻松音乐，都在不断地与他产生关系，可能这些就是他没有产生下坠感觉的原因吧，而自己呢，似乎也在时不时地寻找着这种可能与自己产生关系的东西。看了看墙上的禁止吸烟的标志，他把已经掏出来的烟盒重新放回到衣兜里。这时候，裤子左侧兜里的手机颤动了一下，他没有动，继续看着孩子舒服而又努力地吃着那些很香脆的垃圾食品。

属于糖的年代

好多年我一直听人述说，
　这么多年总会看到点变化。
　　　　　　——狄兰·托马斯

　　我一直以为师傅跟他父亲一样，在四十来岁就死了。不是心脏的问题，就是那种怎么也治不好，却又能把心脏也弄坏的病。有时候我会想象他死后的一些场景，比如他临终时会说些什么，他的追悼会，一些熟悉的脸孔，一些陌生的，还有哪些人呢，我会站在什么位置上，在那里，我想象他的女人、女儿此后可能会过上怎样的生活……每次想的情形都不大相同，最后又好像都有些近似，多少都会与我的生活有些关系。这样的胡思乱想时常让我显得有些沉闷甚至是压抑，还有些自以为是的微妙伤感。

　　有些时候，这种思虑过度会带来紧张窒息的感觉，还有某种模糊斑驳的虚无感。不过话又说回来了，在这个不清不楚的世界上，最令人不能忍受的东西，与其说是虚无，不如说是具体的东西，比如时间，乱了套的没了方向的时间，有时脑子会像秒针一样转个不停，什么都指示不出，因为时针已经不在了。无论是沉默寡言，还是又喋喋不休，其实我所希望的只是大家都别再留意我，忽略我，以便将来我能顺利地脱离这里，像完成任务的间谍那样，然而我也知道这是妄想。后来脑子冷却了，就像忽然间到了南极或者北极，正是时候，我觉得自己变得宽容起来，一切都是无可无不可的了。后来我结了婚，然后又离开了工厂，离开了他们，自己在外面的世界里转悠，随后也离开了自己的女人。五年，也可能是六年，这不重要，我又回来了，出现在师傅的面前。我表情深沉，已不再妄想他死后的情景了，相反，倒是偶尔会想想自己有一天死了的时候会是什么样的场景，也经常能从那些日常的细节琐事中发现生与死的转化，比如吃饭、睡觉，甚至是走路，等等。

他觉得我并没有什么变化，只是有些发胖了。我的经历，他是不会想象得到的，不过这倒也不重要，就像我想不到他还能这样完好无损地活着，如此的健康，几乎是从一棵树变成了金属立柱，结实得就像新一代路灯那样，眼睛放光，体内有电，尽管多少也有些可笑。当然我不能笑。可能我的眼神还是有些随便了，他的眼神有些奇怪地打量过我几次，就像走忽然看到了一只陌生的动物，隔着厚玻璃，隐约有点缺乏安全感。他女儿在外地读大学，他的女人么，除了得了一次癌症之外也没什么变化。说到没什么变化的时候，他几乎没什么表情，我也没有，可是我想起她的表情，像在想着什么事，眼神能透过你，看到后面的什么东西，那些修长的手指是凉丝丝的，而脸庞总是笼罩着安宁微白的光泽。

我们说着闲话，或者说我有意地找着比较轻松一些的闲话来说。当然，有些事我根本就没提。我没提我的那段缺乏节制的生活，没有提曾经有过的精神困境，也没有提我给他（或者说他们）写信的事，每月都有一封，这事我没提，我隐约感觉到他并没看到它们。那些莫名其妙的信里，我写了自己的生活，有些地方不大真实，有些事也并没有发生过，我写了我对他们一家人的亲人般的感情，实际上有些闪烁而且简单了，毕竟我不能直截了当地告诉他，我想念你，想念你的女儿，更想念你的女人。说到底，它们不过是些反复出现的有些头脑发热的日常词句，混杂在那些跟虚构差不多的叙述里……一些散落的片断，断断续续的，闪动于我的耳朵里，一种声音，近乎自言自语，或是几行字，手写体的，黑蓝色的湿润微光，与其说是文字，倒不如说是些小小的昆虫，随你摆弄，却又各行其是。

去年五月里，沙尘暴期间，我走在青年大街上，看到一家人坐在公园附近的椅子上，很像你们，那个女孩会唱歌，她戴着风衣上的帽子，而风衣穿在了她母亲的身上，那个父亲则把报纸蒙在头顶（她并不好看，也不可爱，从她前面走过去的时候，我听着她唱道："像一阵细雨洒落我心底，那感觉如此神秘，我不禁抬起头看着你……"听得我心里忍不住就抽搐起来，我停了一会儿，看着她，就像同时也能拥抱你们，不是你，是你们，这些话我不可能说了，更不用说刹那间忽然浮现于鼻腔顶端的他女人的那种极为特殊的淡淡气息了，沙尘聚积在城市上空，与灰亮的云层慢慢纠缠着，后来在下午三点多钟时候达到了十三公里的厚度，以至于转眼间就变成了黑夜，奇怪的是此时的这里却没有风，只是时不时地有沙尘颗粒落下来，嘴里偶尔也会冒出几粒，脆生生地在牙齿开合间碎成了粉末）……在我的这种多少有些自说自话同时也有些煽情的叙述之后，师傅的表情仍旧没有多少变化，只是感觉表面的温度有些降低了，我不知道这跟外面的光线逐渐暗淡有没有关系。

他把开始弯曲的烟灰抖落在烟缸里，没有抬起眼睛，而是继续看着那簇烟灰，似乎它们跟以前的那一些完全不同。他可能不想再说什么了。我试着跟他提一下最近我遇到一个女人的事，以缓解这种奇怪的气氛，轻松一些。我把椅子向前挪动了那么一下，自然一些，我觉得自己的语气里还是有些做作。跟以前一样，我们是在工厂附近吃的晚饭，以前常去的朝鲜冷面馆，我们慢慢吃着那些涂满湿漉漉的辣椒调料的凉菜：土豆丝、腐竹、花生米、海带丝，还有新鲜的蚬子，沾着很多沙子似的干辣调料的烤肉，没过多久，我们就变成了这幕脏兮兮的拥挤而热闹的景象里的一部分，很多往事就像啤酒泡沫似的慢慢地浮涌上来，然后又因为并不能得到什么回应而缓慢地无精打采地纷纷碎裂。

人来人往，我们坐在那里始终都没怎么动。很多事情，它们并不怎么远，就像那层白色泡沫下面的古铜色冰冷液体，除了被漫不经心地喝下去以外，再也不能产生什么波动了。有段时间，我们又都不说话了，似乎各自都在想着什么事，而且也都能接受这样的局面，觉得还可以再延续一段时间，可能是因为距离感开始有些模糊了吧。不知是什么时候，他手里又出现了那两颗连在一起的陶瓷假牙，就跟在摆弄一只烧穿的三极管似的。还是那两颗。看着它们，我不由自主地想到以前，我们一群人，骑着自行车，到那个被称作"大盐境"的城郊，把酒言欢的，无聊透顶的，天真可笑的……那些近乎虚幻的场景，没什么可值得激动的了。如今，里面的人与物都在记忆的沉淀过程中微缩过了，抽离了水分与空气，在一种内心深处的负压中收缩得越来越小了，以至于再想起来时看上去它们不过是些小小的玩偶，被一些几乎看不到的丝线控制着、扯动着，陌生地表演了起来，了无声息地在那里，映衬着混浊的光，环境的声音越是吵闹，它们就越是寂静，看上去距离遥远，感觉上又是如此切近。当我的指头关节不由得下意识地弯曲然后轻轻翘动的时候，我发现他的眼神也是平和而寂静的了，他在看着它，我的一根微不足道的手指。是啊，他本来不是我师傅，只是我原来的师傅不大管我，我就跟了他，在那些仪表室里钻来钻去，或是在休息室里用一些废弃的电子元件组装充电器、冰箱保安器之类的小玩意。他没说过我是他徒弟，但也没说不是。我喜欢那种似是而非的状态，因为本来也说不清楚什么，否则的话我就会感觉整个人都变得干瘪僵硬。我的那点美好时光都存在一个似是而非的世界里了。

其实很多时候，他都喜欢长时间地沉湎于某件事里……一个看起来并不复杂、却又有些莫名其妙的人，有洁癖的孤僻的人，没人知道他在想些什么，实际上可能他根本就没有想什么，于是你靠近他，像他的影子似的跟着他，从休息室到机房里的电子元件线路板，从厂里到厂外，从城里到城郊，最后跟到了他的家里。他的女人把饭菜做好了放在了桌子上面，而他的女儿在自己的房间里不声不响地看电视，或者忽然跑到你的面前，眼光怪异地看着你，然后又悄然跑开了。那扇门开了又关上的瞬间里，放在他女儿房间里的电视机闪动着美妙的黑白光影，里面传来的音乐似乎都与众不同，那是他亲手组装的电视机，多么神奇的一个人。真正吸引你的，其实是他女人的眼神，那温和的光亮，就像很久以前动画片里的九色鹿的，举止轻悄，说话带些鼻音，难得一笑时那薄嘴唇也是抿得那么紧，她喜欢没事的时候摆弄自己的手（你是不是对她说过，手是人的缩影？）那时你觉得这世界上恐怕再也没有比她更少言寡语而又近乎完美的女人了，实际上她的脸庞看起来似乎偏长了一些（后来她也这样点评自己），而且不够饱满，缺少起伏和变化……

不过这些都不重要，重要的只是从他家里出来，你觉得自己正在离开的是一种幸福而甜蜜的生活，那里的各种气息都是淡淡的甜丝丝的，任何时候回想起来都会是美妙的，包括那被他擦得很亮的金属器皿和覆盖着镀锌铁皮的炉台的反光。他对自己的女人介绍你，"他也是会写东西的。"他打量了一番自己的家，就像很久没回来过似的，然后瞟了她一眼，她刚好结束了一个微笑的瞬间，然后就恢复了平静，只不过是平静而已，不是冷。

透过黑暗的街道，歌声从不远处的光影中断断续续地飘浮过来，能想象得出那些幽暗的闪烁着粉红蓝紫暖昧光线的房间里喝过酒的人们正兴奋地把持着发热的麦克风用尽全力地唱着喊着笑闹着，他们的声音长满了尖锐的毛刺透过空间里的那些各种样式的阻隔以及夜晚里黏稠而沉闷的空气，来到这里的时候，实际上已消耗了多数能量，因而显得柔软模糊了，尖叫也就变成了低语，尖刺变成了绒毛，噪音转成了朴素的旋律，时有时无地滑过耳朵边缘，而本已不得不进入结束状态的怀旧式谈话竟又因此而有些恢复兴趣的意思。

窗外黑暗，玻璃变成了镜子，里面的灯光慢慢温暖。几个服务员在漫不经心地收拾那些桌上的残局。

后来他恍然想起似的说起我写过的一个故事，说是住院期间看到的。我几乎忘了。写的是一个猎人设陷阱猎捕狐狸的事，他说，狐狸被网缠住了，那人自己被捕兽铁夹给夹住了……我记着我当时是把这个东西给他的女人看的。想不到随后他也看到了。我又想起当时的一个场景：我有意在门口停留了一下，等她说点什么，那是下午四点钟左右，屋子里的光线明亮地透射到门厅的底部，而靠近门边的地方则是暗无光亮的，看上去她就像个影子，她想了想，觉得这个故事有些近似于一种灰蒙蒙的、有些温暖的色调，还有一些……我想起那个最后的场景是月色笼罩下的雪地，背景是黑暗的松林，一张滚网使那只孤单的狐狸没能摆脱厄运（多么抒情的描述），年轻的猎人在欣喜中被生满锈的铁夹几乎夹断了腿（夸张了，也戏剧化了），倒在了那里（这种煽情的东西有什么可看的呢？想到这些，我的眼神也就暗淡了下去）。

你真是个敏感的人，那时她像在自言自语似的说道。然后她沉默了一会儿，接着道，有点像个寓言，你知道我是不大会看的，不过我觉得好。外面在下雪。我沉浸在逐渐蔓延开的沮丧情绪里，不声不响地离开了，带着她做好的饭菜，去医院陪护师傅。让她有些不解的，还有一个细节，就是那个猎捕狐狸的地方为什么叫"大盐境"。她不知道那是我们，也就是我跟师傅他们经常去买酒的地方，当然，那里既没有山，也没有河，更不用说松林和狐狸了。

而我师傅奇怪的是，你怎么把那地名写成"大盐境"了？他记得是"大眼镜"，因为那里的老板娘是个近视眼，经常会戴着一副黑边的大眼镜。其实理由并不复杂，只不过是我觉得酒坊外面的空旷野地，在正午的阳光下经常是灰亮发白的，就像撒了层盐。师傅的印象里显然没有这样的场景。估计也没有这样的：酒店老板总是喜欢很随意地把手搭在老板娘的屁股上，那只枯瘦的右手衬托着那个饱满的部位……这个重现很多次的场景有时令我感到莫名其妙的恼火。看着老板娘的背影凝固在那里，他们总是要发笑，觉得她那暗蓝色或者是深灰色的也可能是黑色的胸罩从白衬衫里透露出来时也很像一副大眼镜。这个时而无理傲慢时而沉默冷清的女人身材却是丰腴的，一双大而朦胧的眼睛直愣愣地看人，无论是看谁都像是在看陌生人。让我百思不得其解的是，后来每逢我非常想要梦到师傅的女人的时候，最后梦到的却偏偏是她，与之相伴的又都是一些没法说出来的场景。现在她一个人开那个酒坊了，我师傅告诉我，那个老板去了南方，带着另外一个女人。另外一个？另外一个。她现在是个彻

294

彻底底的胖女人了。也没有孩子。……她总是喜欢站在门槛上斜着眼睛看我们，有一回还说过这样的话，你们这些不用起早贪黑的拿工资的家伙，过的真是泡在蜜糖罐子里的日子啊，妈的真是舒服死了。听她如是说话，老师傅就会很一本正经地回应道，可我们不能随时随地把手放在女人的屁股上呢，糖罐里也会泡死人的。她打量了一下老师傅，不以为然地说道，我倒是想那样死一回呢。这些事，师傅倒是都还记着。他觉得其实她也挺可怜的，没什么心眼，脾气急，性情直爽，对人其实很好的，她现在么，据说是最近认识了一个老头子，跟她住在一起，不清不楚的。他把酒瓶里的最后那少半瓶啤酒分别倒入了彼此的杯子，然后把布满水珠的深褐色瓶子放在地上，问我跟现在的女人是怎么一回事。

　　现在看上去，他比以前黑瘦了一些。他习惯性地眯缝着眼睛，看着重新注满啤酒的带着水珠的玻璃杯子，用粗糙的方形手慢慢转动它，每隔几秒钟转动那么一下，很有规律，每次停下来的时候，就会有一个水珠凉丝丝的从玻璃壁上端向下端滑落下去，留下一道边缘曲曲弯弯的水印。可能是对我的回答不大有兴趣的缘故，他又想起那时候老师傅对女人话题很着迷的事，以一种漫不经心的口气告诉我，实际上，当时那老东西早就没那能力了。有一回我们在大盐境酒坊里喝酒，师傅的假牙掉了，旁边的几位不约而同地笑了。老师傅侧过头去，低声对他说了些什么。他多少有些诧异。老师傅指了指自己的门齿，这里，然后手指自然缓慢地下滑，是那条经脉的终点，连着根呢。老师傅的手指头停在了分开的两腿中间，就像指着他家里那只喜欢蹲在他两腿间的又老又丑的沙皮狗。老师傅经常被这条狗拉扯着在街上匆匆忙忙地走过去，人和狗都是慌慌张张神不守舍的样子。

　　其实在场的人都知道，老师傅指的自己的那地方，有的不过是一条疲软的灰黑色圆柱体，就像是他的缩写版，故作严肃而又没有什么活力，所不同的，是它的委顿模样多少还能引发别人的一点怜悯，而他则总是招人厌烦，尤其是在浴室里，他自以为是地说着下流笑话的时候。他们总是能轻易就诱使他讲起来，然后又毫不留情地嘲笑他。他没法改掉这个习惯。比如有一个单位里的老处女在某晚失足掉到地沟里变成了真正的女人这个段子，几乎每过一段时间他就会兴趣十足地重述一遍，一边讲着一边脸红脖子粗的，额头上还会绷起青筋。其实老家伙也不是没有可爱之处，秋天里，他会弄来几百斤白菜，放在大铁桶里渍成酸菜，冬天里我们就可以经常待在休息室内，用那种试验室里才会有的白瓷蒸馏釜放在电炉子上面吃酸菜火锅，过上那种悠闲舒服的好日子。那些好日子里还有几个年轻人，我还能想起他们和她们的样子，甚至是偶尔的一个瞬间即逝的表情，他们前前后后地都结了婚，然后又有了孩子，很快的，就都老了。

那些信都被放在了一堆旧杂志和报纸所在的柜子里。在等她做饭的时候，我不经意地发现了它们，毫无疑问的，它们都被打开看过了。封口处是用剪刀整齐地剪开的，这是她做事的风格。它们放在一起的顺序是按照前后时间排列的。犹豫了一下，我抑制住了要把它们拿走的想法，没有动任何一封，虽然我非常想知道那时候我都写了些什么，可最后我还是把它原封不动地放了回去。我知道师傅还在路上。他请我到他家里吃晚饭，是因为在这个城市里我几乎无处可去了。我来的时候不过四点多钟，冷清的阳光从西天的云层缝隙里斜射出来，转瞬间照亮了窗外三分之一烧荒后的灰黑色空地，过了没多久，就消失了。夏天里，她在那儿种蔬菜，秋天时就把蔬菜放在阳台上晒干了，然后储藏起来，等到冬天时再拿出来吃。跟过去一样，只要有时间，她就会下意识地开始打扫房间。每天至少都要有三四次。做完饭以后，她就开始擦地板。

她漫不经心地说起以前的事，一些我想都想不起来的琐碎的事。我站在一边，不知道该做些什么，只好看着她俯身在地板上，平稳仔细地擦拭暗红色的地板，后腰的部位因为衣衫有些拉上去，露出一抹发白的皮肤，她的胸前确实是平坦的了，我的心里不舒服地抽搐了一下。她说起以前领导总是对她不怀好意地暗示些什么，可她懒得去理他，其实她倒并讨厌他，男人么，不过就算是我真有些想法吧，也不可能找他，她不喜欢那样的。有时候，她也想离开这个房子，出去走走，坐一坐，喝点酒或者是茶什么的，或者是发个呆什么的也是好的……她喜欢电视塔顶层的那个餐厅，从那里可以看到整个城市，像一堆堆小小的积木似的，灰突突的，向四周散去，她喜欢从高处眺望那些高耸的建筑和树木，也喜欢那种仰视过程中的眩晕而又压抑的感觉，她说其实她喜欢的事并不多。

我注意着她擦地板的时候那些苍白而纤细的手指们时不时地起伏着，手指表面的皮肤看起来显得过于薄了，似乎再擦下去就会在某处破开似的。昨天晚上，她梦见自己去到一个野外的地方，那里有很多的水洼，都清净的。她站了起来。有些头晕。她叹了口气，说是有点累了。她的身后是向南的窗户，透过玻璃可以看到外面，那些没被烧掉的蒿丛粗糙干枯地歪斜在那里，露着灰黑的色调。早晨落过霜。中午阳光强烈。我在路上时，很多云朵正慢慢地聚集在西边的天空，然后逐渐向东边扩散，那些厚一些的地方已开始灰暗了。

我们坐着，偶尔说几句话。她说起以前我的皮鞋表面总是灰头土脸的，从来不知道找块布擦一擦，另外就是一年到头好像总是穿同样的一身衣服。"你还记不记得我和你提起我们领导请我吃饭的事？"她语气平淡地问我，我想的时候，她继续说了下去，"我去了，然后回来我问你，他如果给我钱，我是要还不要，你就阴沉着脸，给我分析。其实我怎么可能要呢？他喜欢我。我也需要有人喜欢。最后你就跟我说，你在谈恋爱。"说到这里她就笑了笑。我有点窘迫地注视着手指间燃着的香烟。也就是这个时候，门上传来了钥匙转动的响声，我师傅回来了。

他的脸上落了薄薄的一层灰。路上车很堵，他喘了口气说，我已经骑得够快的了。他现在骑摩托车了。我们不声不响地吃晚饭。她恢复了沉默不语的状态。他问我要不要喝点啤酒什么，我说不用，这样很好了。他说他现在也不喝酒了。都是为了身体。客厅里的电视机的声音听起来越发的响亮了，是个电视剧里的喝酒场景，这让我忽然想起了另外的一个场景和一些声音，他们说话，没有什么连贯的内容，他们喝酒，说酒是粮食精华之类的废话，我们体内的精华是越来越少了，这是不用说的，这一点我很清楚，每一天都在减少。那时我不会喝酒，从头到尾就在那里默默地忍受着体会着一种不入流同时也是有些恼火的尴尬。他们舒服地啃食那些漂亮的肉骨。他们总是令你不舒服地喜欢时不时地把"漂亮"这个词用在这里或者那里，他们从骨头里熟练地吸食油腻而又鲜美的骨髓。它们掉了以后，老师傅继续说下去，下面的东西，也就慢慢萎缩了。我师傅想了想，就问他，你的意思是，再镶上也不行了？老师傅摇摇头，表情里有些怜悯，又有些得意，又故作严肃，仿佛面前的这位晚辈已经在他说完这话的那个瞬间里真的就丧失了那种能力似的。你的牙不是好好的么？我师傅漫不经心地说道。老师傅有些不自在，这不一样的，我是老了。

他女儿有一双看上去让人不舒服的猫眼睛。她经常会问些古怪的问题，比如，你在阳台上站着的时候，她会跑到你旁边，突然问道：一棵树，然后呢？两只鸟，你想了想说。她就摇摇头，不对。然后就沮丧而失望地走开了。你怎么可能知道她在想什么呢？她瘦弱，白，额头上有很细的静脉血管。你不能去分析才十岁的她。你从她面前走过。她若无其事地看着你，然后忽然就问另外一个问题，你说个数啊？你就说 9。9 是一只小蝌蚪，马上就没有。就像儿歌一样。晚上，坐在阳台上，你看到院墙上静静地蹲着一只猫，它的眼里闪烁着绿幽幽的小火焰。你甚至忽然间忍不住也想对它说个数字什么的，可是没等你开口说出来，它就转身走开了，举手投足的样子很是神秘而又优雅，有些漫不经心的懒散。一点声息都没有。

空气里弥漫着夹竹桃的浓郁香气，浮泛着暗白的繁复花簇的影子。他的女人像个影子似的，待在屋子里的某个地方，有时候也像阳光透过窗帘落在地板上的光斑，温暖而安静地把光亮反射到天花板上，走动起来无声无息的。师傅又出去了，给邻居修理什么电器，让我再多待一会儿，等他回来再说说话。其实我早已经没什么话可以跟他说了。跟过去一样，他很开心地把工具装到皮包里，然后骑上摩托车走了。我跟她说起自己在外面的一些事，想的时候觉得还有些意思，说出来时又觉得实在无趣。后来，忍不住就说起我的胡思乱想了，但也只说了个开头，我说我曾经想过师傅死后她会过一种什么样的生活。我尽量不去看她。有些事是很奇怪的，她并没有表现出多少惊讶的意思，只是想了想说，我也不知道他的身体是怎么好起来的，就那样好了，比任何时候都好……倒是我自己，几乎是死了一回，实际上也就是死了，感觉上的，可能也没我说的这么不好，差不多吧，反正我觉得我跟他现在倒是更般配了。

"有时候我觉得你们就是这个世界的另外一半，师傅，你们的家庭里的每个细节我都能轻易地回想起来，甚至比回忆自己的家还要准确清晰，你的表情，你的女儿的歌声，还有师母的笑容，所有的这一切，都在不远处温暖着我的内心。有时候我怀疑这个世界上是否还有像你的女儿那么可爱的小姑娘以及像师母那样纯洁的女人……"她以一种平淡而微妙的声音复述了某封信的主要段落的时候，我正在浮想的场景却是一个身材性感的年轻女人在暮色初降的时候徘徊于通往热闹大街的小区路口，我的眼光迷恋于她的身体在远处的每一个动作变化，想象那些曲线的分布与转换，以及被衣服略微掩饰了的肉体本身的热度与欲放的状态，后来她突然出现在走廊里，并且轻易地就进入了我的房间，来到我的客厅内，坐在沙发上，拿起茶几上的香烟漫不经心地抽出一支点燃了并且慢悠悠地吸着，然后她来到我的床前，注视着我，对我说，你想要什么，可以告诉我……师母的声音打断了我的浮想，她毫不掩饰地认为我美化了她们一家，而且是过度地美化了，看上去跟她们一家几乎没有什么关系了，这不好。这三字出来以后，我感觉我整个身体就凝固了，随后整个世界都动摇了一下子，这动摇来得如此剧烈，以至于你立即就从梦中醒了过来。

你抬起头，向四周看了看，汽车里空空荡荡，你不由自主地庆幸自己仍在公共汽车里，幸好这的确是个梦。你靠着窗口坐着，而乘客只有你一个人了，汽车正发狂似地向终点奔去，而司机则阴沉着脸，一声不响地偶尔透过后视镜看你一眼，因为道路不平坦，也因为车辆本身的老旧松散，几乎每个部位都在发出强烈的动摇响声。

你想起最后一次跟他们去城郊的时候，师傅已经住院了。他的牙仍旧没有镶好。当然这在他已不算是大事了。他们在"大盐境"的屋子里转悠。你一动不动地待在角落里，看着外面的黄昏景象。老板把那些排在墙边的白塑料酒桶挨个灌满。大家坐下来喝酒，就着那盆香腻的肉骨。所有的一切似乎都跟以前没什么区别。有所不同的是你也喝了酒。酒味里夹杂着水味儿，可辛辣的力道并不因此而减弱，你开始头重脚轻了，一种不由自主地向下坠去的感觉缠住了你，就像你躺在休息室里发呆时那样中午的阳光照在脸上而你不得不闭上眼睛感觉到眼皮里的毛细血管里的血液的那种扩散的状态。他们在收拾自行车。太阳靠近地面，水很快地蒸发，湿润的光泽模糊不清。

他们躬身围着自己的车子，就像几个昆虫围着不能吃的硬壳果实。没有人能像师傅那样善于收拾车子。他总是骑着那辆油亮的车子飞奔在最前面，眯缝着眼睛，额头上那些卷曲的头发向后扬起，从钢铁厂里飘出来的红尘时不时地扑落到他的脸上。他喜欢一动不动地坐在那里摆弄那些家用电器，或者从电器里拆下来的各种各样的元件，就像养宠物的人摆弄可爱的宠物似的。有时候我们整天都没什么事。而他却总是有事情可以忙下去。他们谈论男女之事，或者谈论国家大事、国际形势，美国人的航空母舰上有妓院和赌场，而月球上有外星人基地，德国人喝牛奶是免费的，日本人扔的垃圾都比我们商店里的好，有时候能捡到电视或者电话这样的好东西，黑人是我们共同的祖先，伟大领袖先后有过四个女人，外国人让马跟人交配等等，等等，而老师傅继续坚持认为黑人的那东西是会拐弯的，他用手指头模仿着，在大家的笑声里脸庞因为兴奋而涨得通红。他们刚刚在午饭时喝过酒，弄得这间高大宽敞的顶楼休息室里到处都是酒肉和酸菜味。我师傅从不参与这种闲聊。即使偶尔谈及，他也谈不出个所以然来。不过他也会有忽然很深刻的时候，他看着老师傅的手指头弯曲的样子，忍不住地说道，要是你说黑人的脑袋会拐弯我倒是不怀疑。然后又若无其事地继续摆弄手里的东西。大家琢磨了一下，然后就哄堂大笑起来。只剩下老师傅有些尴尬地很不自在地待在那里。他可能也意识到了自己也是个皮肤很黑的人吧。实际上，他可能一直想成为一个让人佩服的人，他很聪明，学什么都比别人快，就像兔子似的几下就跑到了前面，然后回过头来嘲笑别人。只是这种被嘲笑的状态最终总是发生在他自己身上。

他们觉得我师傅离开了那些电器或者电子元件根本就没法跟咱们这个世界发生关系。而且他们始终都不相信的就是他对女人会毫无兴趣，就算是吧，也是因为自己家里有个漂亮老婆罢了。他们打麻将的声音时起时落。面对几张拼在一起的漆皮斑驳的木制办公桌和电器，师傅他时常一动不动地出神。而我则躲在那一列铁制更衣箱后面的铁长条椅子里，捧书神游到一些虚无缥缈的地方。《新华字典》，或者是从仓库里捡到的《满族简史》，不管怎样，我需要眼前有点文字，就像落水者需要有块木头之类的东西，以避免被淹没。后面的空场房里生锈的铁管、钢筋，遍布工业尘埃的寂静中，绝缘皮鞋踩着厚厚的尘土，发出扑扑的沉闷响声。每天最后总是剩下我们两个。他会过来看我一眼。我就笑笑。他也笑笑，也可能没笑，他随口哼起不着调的曲子。我出去打来热水。他会把每个手指头都仔细地洗干净。即使是夏天里，他也十分喜欢那些粗短圆溜的手指头被热水所浸泡的感觉。天黑以后，休息室的屋顶显得很高，东南两面窗户有几百块玻璃，把为数不多的荧光灯光线的数量翻几十倍，很多不同角度的光线里待得时间久了，会觉得我们是如此微不足道。

那天他歪着头翻了翻我在看的书，漫漫……长夜……旅行？我有些不好意思。他把那本厚厚的书拿在了手里掂了掂，这么重，写的什么？我想了想，写的是一个人傻乎乎地被军队带到了外面世界，然后就四处地乱跑，停不下来了，后来到了美国，遇见了一个妓女。美国的妓女很多么？他似乎也并不想听我再多说些什么。我说好像是吧。他说他总是记不住外国人名，我父亲喜欢外国小说，他的书，以前家里有很多，现在还有一整套《马恩全集》，满满一个木箱子，深蓝色的硬皮封面，好看倒是挺好看，就是没什么用，你要不要？我当然想要了。他说那些书是他父亲收拾一个大仓库时弄到的，每一页的空白地方很宽，可用来写些技术要点，或者抄点什么的，很多地方写了一小段一小段的字。那种像小蝌蚪的字。我说其他的书呢？他轻描淡写地说道，他走了有十多年了，他边说话边重新回到了自己的座位上，那些书都卖给收废品的了。

我们来把玻璃擦一擦吧，他说着，就起身就去准备抹布。这是我们两个共同拥有的一项娱乐活动。他把每一块抹布都用温热的水洗干净，放在手里很是舒服。我们在漫漫黑夜里把所有的玻璃都擦得如同没有似的。最后，他从抽屉里翻出几块水果糖。我们在窗前站着，糖在嘴里慢慢溶解。我总是忍不住咬碎了它，就像小时候那样，当一块糖变成很多块小碎粒在柔软的舌头表面铺展开的时候，出现了一种意想不到的瞬间而密集的快感。他门牙的缺口在说话的时候就是偶尔闪现的一小块黑暗。

你怎么不去找个女朋友呢？他把重新洗干净的几块抹布叠成四方形，平整地叠放在门边的窗台上。这倒也是个问题。我不知道怎么说好，说到底也还是不大懂，于是就反过来问他，那你是怎么看女人的？我？他想了想，没什么看法，我觉得她们嫁给别人跟嫁给我并没什么区别。我说有时候我甚至会觉得她们是一种慢性毒药，先是会麻醉你，然后就要腐蚀你内在的纯个人的世界（他听着觉得有趣，就笑了，你是书读多了吧），就算你能偶尔下意识地远离了她，把她变成脑海里的一些抽象的符号，仍旧是不行，她还会重现，鲜活的，就像鸟一样，不知道什么时候就飞到你的眼前，叽叽喳喳叫个不停。其实这些想法直到现在也没有什么变化，不过它们与他的女人毫无关系，她是唯一能让我安静下来的女人，即使在她没有了胸部的时候也仍旧是这样，我觉得就连她那平坦的胸部都能让她变得更单纯，像一个抽象了的符号，随便出现在任何一个段落都能让我为之感动不已，她在前面的时候，留在我后面的就是虚无的世界了，既然这样……

街角咖啡馆里的东西一如继往地温吞而又乏味。几年间，我做的是图书生意。后来生意转手给了别人，什么都没留下。只是有了用之不尽的时间。对这些时间，开始时我谈不上喜欢，也谈不上不喜欢，后来就有点烦了。它们终归还是负担。有个女人，偶尔来看我。她在市中心的一家银行里上班。我去市内时就顺路过去看她。她坐在柜台里面，前面总是排了长长的一队人。她会歪一下头，示意我在一边等她。有时候实在人多，脱不得身，我就摆摆手，跟她示意一下，自己先走了。她也习惯如此。她三十岁了。挺可爱的。尽管有些时候她也会让我厌烦。要是没什么事，我就一直等她下班。

微暗的灯光就在头顶上方不远处，可是我感觉它们仿佛是从很远的地方来的。我要了杯加了冰的水。她点了蓝莓冰激凌。什么是蓝莓？我看了看她。她的大拇指迅速地移动在手机键盘上，发出了短信。就蓝色的草莓吧，她并没有抬起头来看我。我说这两个小时该怎么过呢？她挺认真地想了想，然后低头看着新到短信，声音缓慢而平和，很快的，很快就过去了。我想回到我那里去。我这样想着，并没有马上就说，而是说，再来一份甜点吧。我叫来服务员，指了指硬纸酒水单子上的最后一行字。

我越来越喜欢甜食了。它们令你身心愉悦、浑身松弛，好像空气都变得软绵绵的，而且有时候还会有些发甜的感觉。我觉得他之所以没有像他父亲那样死去，只不过是因为他缺少那种欲望，跟疾病本身倒是没什么关系。是么？她不置可否地歪着脑袋看了我一眼，也是个有意思的人，你师傅。你也是个有意思的人，我点了点头说。我么？她抬头看了看我，我可不这么认为，我这人，实在没什么意思，一点意思都没有，你比我有意思，所以呢，我找到了你。

这时候，从侧门出来几个人，中间的是个微黑略胖的家伙，走路的姿态、表情有些像我师傅。我想到一些关于他的消息，他现在很少上班，整天骑着自己的摩托车在外面跑来跑去采购一些电子元件，或在别人家里修理电器。我得考虑清楚，究竟是不是需要再见他一面。她觉得这病其实跟基因有关。不吃甜食，不搞女人，同样会得那种病。就算没有这些事吧，他父亲即使没得那种病，可能也会在那个年纪上死掉。宿命论，我想，然后笑了一下说，你这样说也有些道理。她还是挺可爱的。我忍不住忽然伸出手去，轻轻摸了一下她的脸蛋。她一动不动地看着短信，提醒我继续说下去。我说到哪里了呢？他的女人去年得了癌。她放下手机，想了想，手术了。先是切除了左边的，然后，又切除了右边的。我不想再说了。

她吃完了那个冰激凌，也发出了最后一个短信，然后把手机关了。我看了看时间，然后向服务员要了两副色子，在那张小桌子上面我们漫不经心地玩了一会儿。那位老师傅昨天死于脑溢血，我对她说道，这估计跟他用脑过度也没什么关系，也是注定的事了。她侧着脑袋看着我，笑了笑说，别学我说事。我接着谈到另外一位同事骑摩托车到郊区去，摔死在路边的稻田里，被尖锐的麦秆插透了脖子和脸部，整容都没办法了。她默不作声地看着我。过了一会，把右手放在了我的左手上。我沉默了一会儿。她要我给她点支烟，然后慢慢吸了一口，又递还给我，说是味道很难闻。

然后，我又谈到了我师傅，他的生活，他的病。他就像个机器人一样，越来越结实了。她若有所思地说，那你师傅的女人呢？她不过就是那样了。最后，我谈到明天我们去参加老师傅葬礼的事。临近午夜，我们才离开那里。我把她送回到她家的楼下，在楼门洞的黑暗里，我们拥抱了一下。沉默了一会儿，她说我们再走一会儿吧。我们就重新回到马路上，重新经过那座大桥，上面空空荡荡的，连个人影都没有，偶尔有汽车轰地驶过，带起一阵风尘，让你不得不侧过身去。

停在路口的出租车响了一下喇叭。司机似乎认出了我们，我，或者她。我们就又钻进了车里。路灯的浅黄色光影从窗口射到我的腿上，右腿的二分之一，左腿的一小部分。你的嘴是甜的，我说。怎么会，那你说是哪一种甜呢？她轻叹了口气，微笑一下，你的嘴里有的是烟味儿呢。苹果，或者，草莓吧。她闭上眼睛，是冰激凌的味儿。我们重新靠在一起。如果不能再向前进了，那就应该考虑退几步，这样就还可以重新向前走。她的话慢悠悠地浮上来，又落下去。你喜欢她，你师傅的女人，以前，现在呢，还喜欢么？估计也不会了吧，她还能像以前那么有魅力么对你？

我不知道该说些什么。随她说去吧。那时候你喜欢她什么呢？有没有想过，去试着碰一下她呢，碰碰她的身体？女人呢，什么都放在身体里了，这跟你们可不一样，你们是什么都放在外面了，身体挨着身体的时候，你们还在外面呆着，找也找不到。我不喜欢这个词，你们你们的。那我就说你吧，你在外面呢，是不是？不是，我说，我在这里。你觉得这世界上最幸福的事是什么？我想都没想就说，可能是困了的时候能安稳地睡着吧。是啊，她想了想，确实是，就把头倚在我的肩上，闭上了眼睛。

我们回到了这里。她准备在一点左右离开。我没有睁眼睛。你是不是很怕死呢？她在我耳边轻声问道，比怕结婚还多一些？不知道，还没来得及想过，我没睁眼睛。能感觉得到她离我很近，我是说她的脸，她的嘴唇，气息。在她的呼吸里，我的眼睫毛轻微摇动。随后我半梦半醒的，听见她赤着脚下了地，没有穿拖鞋，轻轻地穿过门厅，去水池那边洗手洗脸……我看见我们穿过马路，她紧紧地挽着我的胳臂，边走边说着什么，我说其实这条路我们以前从来都没走过，你看旁边的那些树，明明是刚种上去的，下面的草绳都还没有拆掉，以前的那条路两边都是大树，这时候会落了一地叶子……我忽然就醒了。我想起这是我对另外一个人说过的话。一本蓝色的艾什诺兹的书。不是对她说的。她走了。我想起她走时声音轻柔，就像她印在我额头的吻一样。她向后退去了。退回到另一个地方，或者也可能是另一个男人那里。门安静地关上了，唯恐惊扰了我的睡梦。

我睁开眼睛，慢慢地爬起来，坐了一会儿，然后到厨房里去，用冷水洗了洗脸。所有的灯都开了。我打开电视。坐到床上，左右看了看，拾到了几根细长的头发，深褐的，浅褐的，光滑圆润的，也有干枯和分叉的。外面有车飞驶过路口，转弯时发出刺耳的尖叫，随后又留下这个寂静无声的世界。对面的楼上只剩下几簇光亮，而且相距彼此遥远。相对于黑暗来说，天空的颜色看上去还要亮一些。我打了个电话，这是习惯性的，对方已关机。我脑子里浮现的是那条漫长起伏的临河大道，那座不能通车只能过人的老桥，然后是那座狭窄的人车都过的铁桥，偶尔有车辆驶过，其余的就只有零散的灯光了。

　　他的女人打来电话的时候，我正一个人待在房间里，对着黑暗的窗户出神。他没回家，也没说去了哪里。这是她第一次把电话打到我这里，"我觉得这两天他有些烦躁。"早晨我经过他的电器修理店时见他坐在桌前，漫不经心地摆弄一个深蓝色的电容。它被烧穿了，他说。他的粗短指头轻轻拈着两个足中的一个，慢慢地转动着方位，观察这个侧面有些发黑的小东西。他的嘴唇有些干枯而且灰白，眼睛眯着，吹着近似于口哨的声音。他指了指旁边的那台电视机，就这么个小东西，找了一个晚上，才找到它。开始还以为是旁边的那个坏了呢，可是换上一个，击穿一个。原来是它出了问题，电流不稳，击穿了旁边的这一个。

他沉默了一会儿。然后说起自己前些天的一个梦，他父亲送给他一袋进口的水果糖，他吃了很多。最后一块舍不得吃了，可还是很快就放进了嘴里，就含在嘴里，感觉它慢慢化着，那种甜蜜的感觉一点点地散布在嘴里，舌头上。可是他感觉有块硬东西出现在了舌头中间，起初以为是蘑菇呢，最后才知道是自己的一颗牙齿，不是假的，而是原来掉的那两颗，与此同时，一种危险的甜蜜气息从那里浮泛出来，向身体，也向四周蔓延开去。以前曾经有天晚上他一个人骑自行车走了很远，偶尔停下来，看路边的人下棋，或者看广场上的人们在怪异的灯光里扭秧歌，在一个小区里的广场上，几乎没有什么灯光，一群老年人三五成群地围着广场中央已经荒芜的草坪不停地走着。这样想来，他发现自己其实跟他们是差不多的。那时他已经住院治疗了。他的精神状态看上去不错。过来查房的医生提醒他，你别太乐观了。早晨上厕所起身时，他发现坐便的沿儿上滴了一滴浅黄的水珠，细一看，是粘的。医生说，那就是身体化解不了的糖分了，治这种病会伤到心脏，治心脏病的药，又会加重这病。他笑了，觉得那滴东西很像糖浆。

他妈妈带着饭菜出现在我们面前。他就不再说什么了。他妈妈是个高大的女人。她有些忧虑而又拘谨地看了看我，然后又看着自己的儿子，昨晚睡着了么？有没有按时吃药？那些药，放在哪里？找到那些药之后，她拿起护士留下的单子，逐个核实了一下。她始终都没有再看我一眼。后来，他的女人也来了。她不声不响地看着他，眼神里闪动着几丝不易察觉的暗淡的光。真让人难过。也正是她的这种奇怪的眼神，把我体内的那种躁动的能量消解得无影无踪了。

在走廊里的暗淡发白的灯光下，我坐在旁边的长椅上，看着对面墙上的一幅宣传海报，它的下面显然隐藏了类似于开关之类的东西，把海报的右侧中间的地方顶出了一个方形的突出块，它刚在就在海报画面中的那位性感女人的腹部，整个画面都笼罩在一种艳俗的色调里，她用一种暧昧的眼神示意人们防治什么什么病要从自己做起。可笑的女人，不过我倒并不讨厌这种女人。过了半个多小时，她从里面出来了，看到了我，犹豫了一下，也坐了下来，在我身旁。看上去她很疲倦。过了一会儿，她随口问我上次她提到过的那个梦究竟应该怎么解。她梦见自己走在郊外，像在秋天里，很多水洼，大大小小的分布在前面的野地里，水是蓝的，很是干净，能看见水底的沙子和石头，只是没有鱼，她特别想下去游泳，可是隐约看到水里有蛇在缓慢游动着。我的眼前浮现了这个场景，这能说明什么呢？不过说她想保持自己的干净罢了。

　　这可能是说你有些忧虑吧，我说道，你可能在潜意识里暗示自己要保持一种干净的状态。也可能是你不大相信别人。她想了想，习惯性地屈起右手食指关节，探到鼻端，碰了碰鼻尖，觉得这更像是她自己不大相信自己，而不是别人。我现在谁也不想见了，她说，一个人待着挺好的。她是单位里的档案管理员，每天面对的就是那些平时很少有人会想起来的技术和人事档案。待在那些墨绿色的金属档案柜排成的行列之间，她最习惯的事就是发呆和睡觉，还有就是做梦。她觉得那些梦真的比现实生活中的事有意思得多，如果有时间的话，应该讲给我听听，可能我会用它们写点什么故事之类的东西，有些场景，你不知道，实在是太美好了。让她不解的是，那条蛇究竟意味着什么？我觉得可能是暗示着什么，一种不安全的感觉，这种梦可能只有弗洛伊德才更会解释吧。弗洛伊德是谁？她有些恍惚地问道。一个奥地利人。他写过一本很厚的书……

　　老板娘在旁边默默地听着。她没戴眼镜，这就显得眼睛更大了，也更朦胧了，神情严肃而茫然。我从她身后经过，不经意间看到了她那裹着牛仔裤的饱满绷紧的屁股。她正在漫不经心摆弄一只袖珍收音机，时不时地换个台，咿咿呀呀的一首老歌刚唱出了个开头，转眼就变成了一个老头子做作地讲童话故事，他刚深情地说道小朋友们……还没讲完开头部分，就被没有台的沙沙声淹没了，然后又是体育消息，国际动态，某国反对党斥责执政党在大选中舞弊作假，而获胜的一方声称失败者总是要寻找借口云云……

　　"他的手艺其实是不如他父亲的，"老师傅想了想继续说道，"他父亲很有意思。比他有意思。喜欢开玩笑。好像从来就不知道什么是愁。就算是住院了，也还是那样。他母亲比他父亲大几岁。他父亲总是像个

317

弟弟似的，跟她开玩笑。有一回，他们一起出去，坐公共汽车，她从后门上去，他却跑到了前门，然后钻过人堆，突然出现在正急着四处找他的女人面前，都四十几岁的人了，一点正经都没有。不过，这一点倒是很能招女人们喜欢的。"老师傅有些感慨和惆怅，觉得很多事就是这样，是老天早有安排的，车步，马走不了，马步，车也走不得。其实他象棋下得很臭的。他向来喜欢以他并不擅长的东西作比喻。老师傅酒喝的有些多了，说话次序也有些乱了。他们年轻时候，晚上值班的时候一起跑到外面喝酒。他们爬到宿舍旁的水塔上，偷看新分来的女大学生换衣服洗澡。回来的时候，不得不从后面阳台爬上去，结果摔了下来，师傅的父亲扭伤了脚，而老师傅则是摔坏了尾骨。那时有个女大学生，刚分配到他们车间里，他们都喜欢她。"可是她喜欢的人在别的地方。那个人后来在别的地方先结了婚。她呢，自己在这个地方随便就嫁了个很不像话的男人。我们去参加她的婚礼。我问他感觉怎么样，他说，这样挺好。我也说，是挺好。"

外面那片荒地仿佛永远都覆盖着一层盐。远处那几棵枯老的大树上，乌鸦巢跟刺猬似的挂在枝杈间。酒坊的老板从里间屋子里钻了出来，站在"大眼镜"的身后，习惯性地把一只手随意地搭在了她的屁股上面，很自然地慢慢抚摸着。她回头看了看他，没什么表情地说，该结账了先生，去吧。老板不自然地笑了笑，从台子下面拿出个算盘，一边照着账单拨打算盘，一边看了我一眼。那只运动着的手看上去很瘦弱，跟他的身体一样，甚至能想象得到它有些潮湿，冷冰冰的，动作也不够灵活，时不时地有些僵硬。她看了我一眼，表情有些奇怪地笑了一下。那女人写得一手好字，老师傅继续说道，在当时，也算是个有几分姿色的女人了，虽然戴着眼镜。他讲的不是那个老板娘，而是当年跟师傅的父亲同住一间病房的女人，也就是那个他们向往过的大学生。她的男人是个闲人，也不怎么管她。他们没孩子。据说是她不想要。反正他跟她就住在了同一个病房。那时我们那个医院里只有那么一个特殊病房。有他这么个人做伴，本来挺郁闷的她，没几天就变得开朗了。可是他的病始终都不怎么见起色。但也不见得有多严重。最后呢，是心脏出了问题。其实，主要还是因为那个女人。他们那种病用的药都挺贵。没有别人的时候，他们就住在了一起。他死的时候是后半夜，病房里只剩下他一个人，别人都回家了，那个女人也不在。他看上去挺安静的。估计也没遭什么罪。这也算是挺难得的了。不能要求太多。听说是他在后来把自己的好药都给了那个女人了，不过这也没有什么具体的证据，也就是一说而已。

　　哀乐响起的时候，你觉得一股温吞而又酸涩的液体聚集在心里然后迅速涌到了身体的其他地方，那音乐是如此的夸张着人的情绪与感触，但此时你不得不宽容地聆听它严肃而装模作样地回荡在周围，把那些参加追悼死者的人们的脸也雕琢成几乎同样严肃而沉重的样子。你觉得在这个世界上离死亡最远的地方并不是这里，而是别的什么地方，因为说到底，死也并不是什么大家参与的事，而是一个人自己的私事，它不断地发生，随时随地地，在没人注意到的地方，落在某个人那里。而这种仪式的意义，只不过是在于证明死跟别人原本就没什么关系。这又是另外的一种悲哀了。我们从老师傅被整容后的遗体旁边依次走过去，他的表情虽然早已凝固在一种微黄的色调下面，但仔细看去仍旧有些不稳定的意味，似乎跟以前没什么区别，有些惶惶然的感觉。与他的子女们沉痛握手，同情地看了看因为悲伤过度或者哭累了的他老婆被亲属们拥扶到椅子里。你很快地走了两步，经过那些雷同的花圈，上面条幅的歪歪扭扭的字说明都是花圈店的人写的，真是丑陋得要命。一切结束之后，人们纷纷钻到外面的大巴里，表情松弛地说着话，然后还要更为轻松地到饭店里吃完这顿丧宴，当然在进入饭店之前还要例行公事地吃块水果糖、喝一小杯白酒，以期去除从丧事中带上的晦气或者说死气吧。我师傅在酒店的外面等着我。我们又有些日子没见面了。走到远处，我感叹了一下人的脆弱。他觉得这也很正常，人么，就是这么聚来散去的。因为经常在外面跑动，他的脸晒得黑里透着红。

　　我们离开了人群，坐上了一辆灰头土面的公共汽车，一路摇晃颠簸地回到了城里。我们谈起了死者。他这个人，其实并不坏的，我师傅对我说，就是太喜欢小聪明了，喜欢拿别人说事。喜欢说谎。就像打牌时那样，总想赢所有的人。我父亲死后第二天，他说，他就告诉我母亲，我父亲跟那个女人其实从来就没有断过来往。我母亲没理他，只是回了他一句，这是你想的吧。他就说如果我父亲不把药给那个女人，就不可能这么快就死了。他生了六个子女，今天没有一个为他掉眼泪，他谁都不信。他退休以后就在省城打工，跟一个带个小孩的女人住在一起，那个小孩才五岁，他就死在那里，那个女人领着孩子跑掉了，他身边还很有些钱呢。这么久没见面了，我很想听师傅说说话。这么几年过去了，我觉得自己多少也有点老了。他觉得这样想不大好，你这么年轻。我说不年轻了。

他笑了笑，拿出烟来，我们各拿了一支，点燃了。我们就在路边的一家小酒店里坐了下来，要了白酒和几样冷菜。

"你刚才看见那个女人了吧？"他问我。我点了点头。"她也掉眼泪了，"他说，"喜欢过她的男人都死了，据说，这是最后一个，不喜欢她的男人还活着呢，活得还挺不错。大家都是这么回事，跟自己不了解的人，在一起过日子。她怎么可能喜欢老师傅这种人呢？可能人老了也就什么都不再计较了吧。她肯定不知道他在外面都做了些什么。"说实话我近乎出于本能地怀疑他的话，但我很想听他说下去，以他特有的那种断断续续的简短方式。身体不好的时候，他觉得其他的都不是什么问题，而身体好起来以后，或者说不再扰乱他的生活以后，发现其他的都成了问题，而且大多数是说不清的问题。他父亲给他留下的最大的财富，就是让他明白一点，一个人，也可以过得安稳，只是要有事可做，做一辈子的事，不会烦的，值得迷恋的事。"什么都不可怕，"他沉默了一会儿，接着说道，"就怕会突然烦了，你知道吧，那种突然就来的烦了……我父亲说过，要是你没办法解决它，你就背过身去，不去想它，你不想，就没什么可怕了。"

他的声音在我的周围弥漫开了：我父亲临终前，

说是从没见过自己的母亲，连个照片都没见过……做梦时见到的也只是个影子，声音都没有……他觉得自己始终都是个孩子状态，只是别人不大知道会有这么回事。我不太懂他的这种感觉，我去看他，那是后来了，他有点变化，气色很不好，精神状态却很好。他跟大家聊天，那个女人在窗前坐着，没错，就是我刚说的那个女人，我对她没什么好感，其实也没什么不好的感觉。母亲那些天不怎么来医院了，做好的饭菜都是我来送，后来他变得安静起来，说话也不像以前那么喜欢夹杂着玩笑了，更像个父亲，就像从孩子一下子就变成了老人。那个女人安静地坐在对面的床上，没有表情地看着我，像似知道有什么事要发生，我不知道，或者说我们不知道，他们知道，后来我就想这个场景，原来她那时就知道我父亲要死了，他自己也知道，想想看，没有半点悔意，那个女人，父亲死的那天，她回家了……回到她的那个男人身边去了。其实你也知道，我对女人真是提不起任何兴趣，从来都是这样的。"没有她们可能事情会变得更为简单一些，有了她们，就是这样那样的麻烦。有时候我甚至觉得那些电子元件更可爱一些，你只要了解它们的性能，它们的质量，品牌，出厂日期，你只要有明确的电子线路图纸，为它找到一个正确的位置，一切事情就变得简单起来，不需要有什么担心了。我的生活可能就是这么回事。"后面引号中的这些话显然是我对他口气了解后的一种臆想与猜测，我经常乐于如此模仿熟悉的或者陌生的人。

我们到了外面。再也没有说话。很多乌鸦从马路上空飞过去。太阳已经落下去了。这一路上我都有些类似于幻觉的状态，他的声音仍旧笼罩着我，而他很快就上了另一辆车，驶向了与我相反的方向，我听任那些声音继续弥漫在四周，以至于后来在我坐在公共汽车里昏昏欲睡的时候开始怀疑这些声音并不是来自他那里，而是我自己的内心深处，它们是我想象出来的，是我的声音，而不是别人的，刚才的场景完全是我自己想象出来的，是虚构的，这种感觉随着我的这种感觉越发地强烈起来，以至于在汽车快要到达终点站的时候我几乎要确信了，刚才的那一切不过是我坐车时半梦半醒状态下浮想的结果。这时候我的手机响了起来，屏幕在夜色中亮起彩色的光，我以为他已经到家了，声音出现在耳边的时候，却是她，他的女人。我的语调有些不自然。她的声音与以前相比差别也是越来越明显了，更近似于一种中性而清冷的状态。她不知道他在哪里。我尽可能压抑住自己的声音，耐心地听她说完，然后告诉她，师傅肯定是在路上呢，他应该就要到家了，不要着急，不会有事的。说这话的时候，我的脑海里并没有像以前那样习惯地出现一个意外的场景，比如师傅被货车撞倒之类的。我还想等她说些什么。她可能也在想，也可能只是等着我再说些什么。几秒钟过去了，我们几乎什么都没说出来。后来还是她说了话，问我什么时候有空了再到她家里坐坐。我说我就要走了，后天，或者是过几天，还是去以前的那个地方，什么时候回来，现在也说不准。她停顿了一会儿，觉得出去也挺好，不过话又说回来了，其实哪里不是一样的呢？然后我问起她最近的身体状况怎么样，她说还不错，胖了一些，我有些夸张地说这真是好事。她有些冷淡地笑了笑，只能说总比有病好得多吧。"对了，"她停顿了一会儿，接着说道，"你以前曾经说起过的，那个很像我的小姑娘，现在怎么样了？你说她的眼睛像我，神态也像，甚至走的姿态也像的那一个，她是做什么的？人在哪里呢，还与你有联系么？有时候想起这件事，我很奇怪这世界上竟然有人会像我。我一直以为是你编的故事。"

吕底亚日志

1

"……是因为我相信，人间的幸福是绝不会长久停留在一个地方的。……他们父子相承，从阿格隆到密尔索斯的儿子坎道列斯共统治了二十二代，计五百零五年。"

这一切都是他自找的。我们无需为这种事找什么动听的理由。匕首出鞘，它就需要有个结果，需要血液的喷涌与凝固。总得有个人把账结了。很多事情都是无需语言的，说出来道理也无济于事。说到底，他是为了个女人，我呢，我不为任何人。这把我送他的匕首从侧面刺透了我的牛皮胸甲，把亚麻内衣也挑开了，我清楚地感到了它的寒气……以前我提醒过他，这种招式是致命的，不是让对手结束，就是让自己完蛋，不会有什么折中的结果。可是神知道，人总难以摆脱习惯，尤其是不好的习惯。他只有这么一个坏习惯，这一次我没扭掉他手中的匕首，而是拧断了他的手腕，扭转了匕首的走向。我的力量唤醒了它的灵魂，它重新听从了我，轻快地从他胸甲的缝隙里刺了进去，穿透肋骨，瞬间就热烈如火了。同时它也切断了连接甲叶的牛皮带子，我唯一的兄弟般的朋友，他在我耳边嗯了一声，像忽然醒悟了似的，慢慢瘫倒在地上……我知道，从此他再也不会因为激动而紧张了。我的预感终于兑现，我的力量解放了这个敏感而多情的人。

说起来有些好笑，虽然希罗多德写得很清楚，他用的是匕首，可我在刚写这段的时候，还是写成了剑。我清楚那时是不是有这种武器，又没有相关资料，只好退而求其次，把剑改成了匕首，但因为改得比较匆忙，有的地方没改过来，这一点被她发现了。当时这个故事已差不多写完，她只读了这一段，就发现了这个笔误。她坐在窗台上，用那把新买的瑞士军刀削一只苹果的皮。苹果是青的，有点类似于我小时候吃过的印度苹果，但从去了皮的果肉的质感可以看得出，并不是我想的那个品种，果肉的密度小了一些，她的手法很是细致，以至于那条果皮始终都在延长的过程

330

中，而没有断掉，因为逆光，看上去是黑色的，像条刚刚死去的蛇，身子软软地垂着。这种苹果的汁液很多，口感也清脆，她张嘴咬了一口，马上就得吮吸将要流出唇边外的果汁。她缺乏一种良好的阅读习惯，这是环境使然，她没法耐着性子读完任何东西，当然也包括我写的那些东西……她只愿读个开头，"只要闻闻就可以了，"她说，"不要整个吞下去。我胃口不好，这你是知道的了。"她可能是我认识的女人里最没文化的一个了，脸蛋也不够漂亮，身材也挺一般的，有时候我说她是那种丢到人堆里马上就找不到的女人。我忘了后来我们为什么会那么轻易地就一起上街了。在来到这个城市之前我是那么的厌恶逛街，厌恶人头攒动的商场，那些重重叠叠的雷同的脸，可是我就这样跟着她，或者说带着她，表情松弛地走上了街头，跟他们一样，晃来晃去了。我们上街的时候，她会紧紧地抓住我的胳膊，就像关在套上布罩的鸟笼子里的金丝雀，那是什么样的一种表情呢？你只能猜测了。出于怜悯，可能是怜悯她，也可能是怜悯自己（这种情感是有毒的），我一次又一次地把她带回到住处，而不是把她丢在街上。说到底，这都不是什么问题。问题是我得想办法在心理上摆脱需要一个女人陪着我的这种糟糕的状态。这种状态持续得太久了，一个好奇的念头正在变成一项几乎要背负的"事业"。我得向后退了。不是退回到原地，那是不可能的，那个地方已经没有了，我会退向一个新的地方，恢复无知……

2

"但是，这个坎道列斯宠爱上了自己的妻子，他把她宠爱到这样的地步，以至于认为她比世界上任何女人都要美丽许多。在他的侍卫当中有他特别宠信的一个人，这就是达斯库洛斯的儿子巨吉斯。"

天黑前，我为他洗净了身子。然后将这具近乎完美的躯体连同那把匕首一起，葬在了郊外。从那里，可以看见海边的神庙。死去的肉体，人是多么简单而脆弱的东西。跟我一样，他也没有父母，没有其他亲人。这种结果，对我们，是一样的，就是让孤身一人的状况变得彻底。她把橄榄枝放在他的墓前，手不知道怎么弄破了两个指头。她是自由的。我不想干涉她的所作所为。危险的女人。她生来就有那种有魔力，即使是诸神来到她面前，也拿她没有办法，她是不洁净的，但神也是那样的，所以神才会令她成为这种职业里的代表人物。我不在乎她。或许回到从前，我可能会跟他一样迷恋她，现在不会了。我的情思已然简化成卵石样的东西，河水冲流而过，它仍旧故我，不为所动。她抬头看着我，迷茫的眼神里并没有任何憎恨的意思。想对我说点什么。我不想跟她说话。不想看到她。不是担心，而是看不看并无区别。我知道她出身高贵，而且从来没有谁轻视过她。她出卖肉体，但不出卖血统。对我死去的朋友，她从来不索取，但她要的是他的生命。想不到是我把它拿走了，交给了诸神。很多有身份有名望的人都曾经把结交她当做是身份的象征。但她似乎只喜欢他一个人。她抓住了他的命。本来他是梦想着有一天死在战场上的，没想到结果却死在了我的手里。一向沉默的王后建议把这个女人送到海边的神庙里去，让诸神的凝视之光恢复她的洁净吧，她叹息道。国王觉得这是可以的，但要听听她自己的意见。这不是我关心的事了。我只知道：从此她再也不能主宰他了。他获得了自由。

我很长时间都不写信了，以前太过喜欢，后来又太过厌烦，可是你非要我帮你写上一封，并以我的地址寄给几乎会永远生活在狱中的男朋友。他这个杀人犯能欣赏到我的文笔也算是他的造化了，而我的那些安慰的文字在给他带去一点点希望的同时也埋好了炸弹。她觉得我写得有些花哨，能不能再朴实一些呢？我重新写了一遍，把长句子转换成了短句子，压抑住虚拟的感情，略微带些乐观的味道……其实我是个喜欢不务正业的家伙，可是我又不得不去务些正业。这一点，通过这么些日子的接触，估计你比别人清楚得多，只是你有些不以为然，声称自己就非常喜欢这种状态。"你这个纨绔子弟挺有意思的，"你有点一本正经，"看上去你每天想怎么样就怎么样了。"

　　……我偶尔会把别的女人带回住处。有时候你会正好碰上这种尴尬的场景，我们亲密无间的时候，你就不动声色地坐在窗台上，你好像特别喜欢那个地方，似乎是觉得视野开阔吧，你能看外面那些飞来飞去的灰色的鸽子，或者给别人发些短信什么的。你会等她离开之后再跟我说话，就像什么事都没发生过。人家问我，这是谁啊？我就笑着说，我的私人小保姆。她们都觉得我们关系暧昧。你要我解释一下这个词，什么叫暧昧呢？这很简单，就是每天都在琢磨是爱上了还是没爱上。我顺手把它们写在她的手心里，边写她的手边不由自主地往后缩着。我用的是黑色油笔，她不得不反复洗手，第二天早晨还有点印迹。她们觉得我们两个人之间肯定有一个出了点问题。不是你，就是我。你觉得是我。有时候我也是这么认为的。我每天都要写很多被你称之为垃圾的东西。你觉得唯一不能算作垃圾的，还真就是那封代你写的信。你觉得我应该去做生意，因为你发现我在忙碌的间隙里还不忘把朋友的进口音乐设备转租给别人，淘点外快补贴生活。……最近一段时间以来，你总是跟着我，形影不离。以前这几乎是不可能的。我们有过协议，你只会在周五、周六来到我这里，陪我过上两天有点家庭气息的生活，平时不会来，只是后来不知道为什么都变掉了，你随时都可能来到我的面前，无论我在做什么。……在电梯里，只有我们两个人，看着光滑明亮的金属四壁里自己的模糊不清的样子，可以看出来我的表情是那么的疲倦。试着过一下一个人的生活吧。谁？我，还有你，都试一下一个人的生活。这样的话，将来再凑到一起，说不定就会有另外的一种新的生活，而不是现在这样，两个人正负抵消，就什么都没有。你说你不大明白这些深刻的道理。而且，你提醒我，是我把你花钱雇来的，不是你自己找上门来的。你告诉我可以随时解除协议的，"你该认真想想这个问题。"你有个很不好的习惯，每次我有些这样那样的意见与建议的时候，你就很反感，然后就习惯性地站起身来，把一些小东西随手装入包里，跑到路边的那家理发店里去，为自己的头发染上新的颜色，弄出新的样子，然后再重新回到我身边，面带笑容，"好看么？"似乎这样就会使一切恢复常态了。不过，有时候你是对的。我确实是个非常表面化的家伙，喜欢被那种经常变换头发颜色和样式女人所迷惑，因为那种突然变化的视觉效果有时候确实改变了我的心情，让我把你当成一个新人，就像一种游戏重新启动了……

3

"……由于吕多斯这个人的缘故，当地以前被称为美伊昂人的全部民族便获得了吕底亚人的名称。以海拉克列斯与雅尔达诺斯的一名女奴隶为祖先的海拉克列达伊族秉承神意从他们那里取得主权并保持了它。"

这是男人的选择，他将那把匕首插入鞘中，看都不看我一眼地说道。他主宰着吕底亚。我的国王。他好奇的是我的那个动作，你怎么能那么轻易地改变匕首的方向，刺入他的心脏呢？嗯，这并不容易。只不过它听从了我的力量而已，我了解它，就像我了解自己，我也了解他。说实话，我不大喜欢过于好奇的人，哪怕他是神，或者是王。不过我并不讨厌他，我的国王，甚至对他心存感激，因为他一向都很爱护我们这些忠诚地保护着他的近卫。再者说，他年轻的时候甚至比我更加的勇猛，我知道他曾经在战场上亲手杀死自己的两个兄弟和一个叔父。对于杀谁，其实他并不感兴趣，而对于用什么样的方式杀死一个人，他却总是有些过度地着迷，当然，他很久没亲手杀人了，但这并不影响他对此事有浓厚的兴趣。你给我再重复一下那个动作，他沉思着说道。不，这怎么可能重复呢？我拒绝了。他满意地看了看我，然后挺高兴地笑着走开了。他是个不错的国王。

她在走廊里乱涂乱画，并称自己正在学习绘画艺术，有一天甚至针对我抄写的那个关于吕底亚的故事画出一些奇怪的插图。有一幅画画在了我的门上，是用刀子划的，刀子划掉了门面的乳白色的漆，留下的是毛茸茸的线条，这幅画的内容与那个古希腊妓女有关，把她的身子画得丰腴而性感，也很夸张。你会觉得她的屁股非常漂亮，同时又是那样的扭曲着。鬼才知道你哪里来的这种天赋。不过我喜欢你这样。小妖精都是这样的，有股别人搞不清楚的味道。从那些线条里，我感觉到了你的得意与短暂的出神。晚上我回到屋子里，刚开了灯，就发现你从床上跳了下来，穿着我的那件花格子的肥大衬衫，站到了地板上，光着脚，很严肃地注视着有点发愣的我。你突然打开衣服，"我是照着自己的身材画的，那个妓女！"然后你就迅速跳回到床上的被子里。你给了她一双明显有些忧郁的大眼睛。你把她的眼圈重重地描了几遍，估计是每天都要描一遍，最后一天你用炭笔重新修饰了一下画面线条。……这是个问题。有时候我觉得女人都是一样的，有的时候又觉得这只是我的一种错觉。后来我才意识到，这其实跟女人没什么关系，主要还是自己的感觉出了问题。带着这种问题，我连续几天泡在桑拿浴室里，在温暖碧绿的放了某种化学药剂的热水中，一边看着电视里的体育比赛，一边想着是继续找女人还是不再找的问题，偶尔我也会在大厅里给小姐们看看手相或者面相。她们喜欢我的说法。她们总是喜欢胡说八道的家伙。……最近一段时间里，你想着法儿刺激我，就像今天早晨，你忽然说你要去做妓女。没人能改变你的决定。我觉得你是认真的，但还是要劝你：你太瘦了，胸又这么小，胃也不好……"我去试试嘛，"你想了想说，"这样就有点事做了。"我们现在很少有亲热的举动。睡觉的时候，我们尽管也会时不时地拥抱着睡，可是基本上都会安稳地待着，身体隔着衬衣衬裤，安静得不能再安静。可是这一天整个晚上我都在不断地做噩梦，乱七八糟的，戏剧性的，醒

了很多次。早晨的时候，隐隐约约感觉到你的皮肤忽
然变得粗糙起来了。

4

他们认为，我杀了最亲密的朋友，至少有一个原
因是不证自明的，就是我不喜欢女人。有些人甚至表
示有足够的证据表明我们之间有着暧昧的关系。这真
可笑。他们，还有她们，似乎永远都不会理解两个真
正男人之间的选择是非常简单而直接的。他们更不会
了解我的过去。对于这种说法，我不想做任何反应。
我偶尔会想念我的这个朋友，过去，我跟他在王宫附
近的温泉里一起洗澡，经常睡在同一个房间里，有时
候还并肩走在城内最繁华的街道上，他去找妓女的时
候，我就在外面抱着另一个女人喝酒唱歌等他出来。
我从来不反对他喜欢女人。有些人生来就是为了女人
活着的。他就是。如果不是那个女人不怀好意地对他
说"我爱你的朋友更甚过爱你，我不能选择，除非你
们来场决斗，我属于胜利者"这样的蠢话，如果他不
是那么幼稚地相信了她的话，那么我们仍旧会是这个
世界上最亲密的朋友。可是王后说，那个女人并没有

错，她喜欢的不是他，是你，这我看得出来。可是我毫无感觉。她那熟透了的身体在我看来迟早会因为熟透了而烂掉的。不，这不是诅咒，我可以向无坚不摧的伟大天神起誓，我从没有诅咒她，我也从不诅咒任何人。

"因此他不常常向这个巨吉斯拼命赞美自己的妻子的美丽。在这以后不久的时候，终于有一天，命中注定要遭遇不幸的坎道列斯向巨吉斯这样说：巨吉斯，我看我单是向你说我的妻子美丽，那你是不会相信的（人们总是不会像相信眼睛那样相信耳朵的），你想个什么办法来看看她裸体的样了罢。"

她喜欢在自己的身体上穿孔，然后挂上各种各样的饰物。那时我们还不是经常见面，仍旧是坚持协议规定的时间安排。每分开一段时间，就发现她身上挂的东西就会多一些，耳朵、鼻子、肚脐、舌头上打的孔也就多一些。这让我很不舒服。我每次见到她以后，都要忍不住数一数她的猫一般柔软的身子上又多了几个孔和饰物。她建议我在舌头上也弄一个耳环挂着。因为你是个欲望之狗，她漫不经心地说道。我们亲热的时候她甚至会轻咬我的舌头尖，说就打在这里好了。我感觉浑身不自在。而我的手在下意识地抚摸她的身体的时候（那时候她已经允许我抚摸她的身体了），尤其是在黑暗中，总觉得是在抽屉里找什么东西，手指头不经意间不是碰到这个就是碰到那个，手感上的她几乎就是七零八落的女人了，已经完全体会不到她皮肤的光滑与柔软。她不喜欢我称她为女人，"还是叫我小女子好了。"她的胸很小，摸着它们，有时候会忍不住冒出一些伤感情绪，因为我忽然觉得此时此刻的这个世界除了这么点的地方以外，其余的都是空旷无物的黑暗。她不以为然，而且还习惯成自然地说我这个老家伙确实很变态。……今天她要我陪她去找工作。我不知道她什么时候失掉的工作。她声称正是因为跟我遇上了，她才变得特别地不走运，跟我接触得越多就越走霉运，一周在陪我两天的时候，是偶尔有点倒霉，现在几乎天天在一起了，就天天倒霉了。是啊，从什么时候开始的，我们天天在一起了？我们都想不起来了。"可是，"她故作严肃地提醒我，"我可是从来没有要求提高报酬哦。"即使她要求提高，我也实在是付不起。我陪她去找工作了，跟以前一样，带了本书，是那部厚的不得了的拉伯雷的《巨人传》。她有点不理解，"这是干嘛？"我只是觉得手里沉甸甸的心里自然就会变得安稳。她从楼上的窗口探出头来，

341

喊了一声，"你回去吧。我凌晨一点下班。你接不接我？"我摇摇头，就晃晃悠悠地回到了住处。整个晚上我都睡不着觉。刚刚有些睡意的时候，她就发来了短信……那你喜欢我么？我把"喜欢"这两个字打在手机的橙色小屏幕上。她说那我回来怎么样？没问题的，回来吧。她到的时候，是早晨四点半，几只大嘴鸟在黑暗的树冠里叫起来。她进来的时候，我有点感动的意思，但并不是很强烈，我钻回到余温尚存的被子里，看着外面仍然黑暗的夜色，觉得跟以前一样，我只是想拥抱着她入睡，而不是别的事。她看出我有些高兴了。"你要是想了怎么办呢？"她若有所思地在我身后随口问道。我闭眼睛，正处在即将入睡的过程中，漫不经意地回答道：去找别人……"哦，对。"这两个字我不知道是她当时就说的，还是我后来在梦里梦到的。我睡得很安稳。

5

有时候，我觉得世界上只剩下我一个人了。今天在城外，又碰到了那个女人。她明显发胖。她站在大路边上，阳光照耀在她饱满光洁的脸上，令她有些睁不开眼睛。我们跟随国王去打猎。她并没有注意到我，而是全神贯注地盯着国王身边的王后。跟她不同，王后是个喜欢沉默的女人，高贵的额头上似乎有着某种只有神族才有的印迹。王后的眼光扫过她的时候，她恭敬地低下了头。她旁边站着一个愚蠢的家伙，正在拨弄一把音色糟糕的竖琴，同时声音沙哑地唱道：奥林匹亚的诸神，时刻都在注视……你应该停下来，她声音沙哑地说道。

　　"巨吉斯这样说，是打算拒绝国王的建议，因为他心里怕自己会因此而招来什么可怕的后果。然而国王却回答他说：别怕，巨吉斯，不要疑心我说这话是打算试探你的忠诚，也不要怕你的女主人会把什么危害加到你的身上。"

　　我的手放在她的屁股上，在她的背后我的左胳膊伸过她的细软的脖子，有时候我的手会放在她的胸前，像拿樱桃那样轻松地拿捏着她的浅褐色乳头。其实她始终都没能睡着，而我除了会胳膊麻木得失去感觉之外，并没有别的什么异样的感觉。跟以前一样，我们并没有做什么。只是她今天似乎有些不习惯了。我需要一种温暖的睡眠状态。因而我需要有一种界限，以便不让自己感觉到一种过度的虚无。……她进来的时候，手里拎了一袋罐装的可口可乐，一共六罐。我们把它们摆在桌子上。我跟她拉了拉手，然后我们坐在床边，各自打开了一罐可乐，然后慢慢地喝着。我现在很喜欢这种味道微甜的液体。我觉得我是固体的，同时体内又充满了液体，我需要一切液体的东西，或者说我需要有一种近似于液态的现实生活。她的手心里都是凉丝丝的汗。男人跟女人手拉着手，是一种很高的境界了，你不觉得么？我是说我们啊。当你知道得太多的时候，就需要开始往后退了。不是倒退，是另一种重新开始的方式。这是怎么样的一种倒退呢？举个例子吧，比如说，一丝不挂的肉体，太具体了，没有任何遮掩，反而没什么可看的了。穿上了衣服以后，不管是露多露少的，反而都有得看了。我觉得所有人都应该从床上退回到地上，从急着做爱退回到拉手阶段。听着听着她就觉得有些无聊，伸了懒腰，"随你怎么样了，穿不穿衣服，还不是自己的事儿么？"空可乐罐排在了窗台上面，灯光在上面制造着一些漂亮的反光亮块，看上去很舒服，我就这么呆呆地看了一会儿，然后去关了灯。躺在黑暗里我说起《圣经》里记录的大卫王晚年的事情，因为年纪大了，能量不够了，身体会发冷，他就用少女为自己暖身。后来我想了想，这段故事不是在《圣经》里看到的，而是在一个美国人写的小说里看到的，小说的名字印象深刻：《上帝知道》。"我可不是什么少女，"她有些不屑地说道，"是女人了。"然后又忽然诡秘地低声道，"要是你当初碰到我的时候，就讲这个故事，没准我还会降低点要价呢……"你顿了顿，"这已经是挺长时间的事了，就是他了。"有点温暖就够了。我感觉到你不声不响地笑了笑，在黑暗里。

6

很久没有战争了。从人的身体，到房子，空中的野鸽子，再到整个世界，似乎都在悠闲地膨胀着。我没有。我喜欢石头。河底的白色卵石，还有各种各样的花纹的大理石，或者是花岗岩石。这是好事。我的床就是石头做的。当然，好事持续下去，就是再也无法摆脱的寂寞时刻。有时候我觉得要是能因为看到什么神迹而变成石头也未必是坏事。国王赞美王后。称其为神派到吕底亚的使者。实际上他指的只是她的美貌。他不能容忍任何面对美貌却不加以赞美的人。

"巨吉斯这时即无法逃脱，就只好同意这样做了。……我会把这件事安排得要她根本不知道你曾经看到过她。"

她睡了一会儿，醒来以后，她闻了闻屋子里的味道。然后眼睛有些发直地想了想，下次如果再让我闻到这种奇怪的味道，别的女人气味，我就再也不来这里了。实际上，她说这话的时候什么都没看到。我在她的身体上只闻到了一股微甜的汗味儿，这是她走路走得太多的缘故。想想那时我把写好的帖子贴在论坛上，然后等待她的出现，我感觉自己可以单纯得到了无以复加的程度。缓慢的弦乐，心脏在跳动中舒展着，被雨水浸透的叶子，在枝头上摇晃。那时她把雨伞放在门边的鞋架上，然后告诉我，她是来应聘的。我有些不自然地把她让进了屋子里。第一次会面。她手里拿着打印下来的招聘广告。谈条件的时候，她忽然忍不住笑了起来，"你怎么想到这个业务的呢？"她的牙齿非常漂亮。"你是倒卖旧书的？"她在屋子里转了一圈，然后重新坐回到床上，语气平静地问道。不是。我笑了笑。我出去买了包烟。回来后，她问我要协议书。这个是我没有想到的，只好现拟了一份，因为很久没用笔写字了，字体有些怪怪的。她看过之后，觉得可以了，我们就在上面签了名字，各留一份。她的名字看上去像个绳结。"你真是个挺奇怪的家伙。不过也只有你这种人才能想到这种事情来。"当天晚上就是周五，你开始了这份临时的工作。我们一起清理了房间。你笨手笨脚的样子。我显得有点过于勤快了。后来，我爬在电脑前面制造垃圾。而她呢，则是把那袋苹果放在窗台上，不声不响地洗净一个苹果，并且削了皮，吃了，然后钻到了被子里，"麻烦把灯关一下。"她只是脱了外衣和长裤。等我躺在她身边之后，她就忽然想起似地问我，你会不会做饭。我会做红烧猪手。我仔细地讲解了整个过程，甚至有种饥饿的感觉。最后，她觉得"我还是脱掉这些衬衣睡吧，受不了它们"。她就这样三下两下去除了自己的果皮。

7

　　阿基琉斯的盾。在那座神殿的密室里，我看到了它。这件有神的气息的东西，保存得非常的完好，因为那里通气良好，空气干爽，尽管在靠近海边的这个地方，仍旧没有改变其坚固的性质。上面刻有一些难懂的文字。我去找过一位学者，请他尽快翻译出里面的内容。他说需要一个月的时间。没问题。临走之前，我摸了摸那些凹陷的文字，手感不错。

我会因为一只手的温暖柔软或者修长好看而喜欢整个人，有时候我也觉得这是一种盲目得有些搞笑的判断方式……手感会代替思维。写到那只盾的时候，其实我想到是某个街道转弯处的一只黑铁的下水井盖子，在想象的过程中我把它从平面变成有些弧度的，我甚至想，如果阿基琉斯举着它从下水井里钻到地面上来呢？白天的话这就有些过分了，晚上，或者说夜深的时候，可能才会看起来有些意思。他举着那个磨得光滑的铁器漫不经心地从街道拐角走到另一条路上，那些椅子上亲热的情人们表情惊讶地看着这个奇怪场景，然后会有个倒霉的家伙在后面失足坠入下水井里。我希望会有位姑娘在他过去之后，对男人的观点发生明显变化，愿意跟随我这个讲故事的人回到住处，或者钻进街口的那个咖啡很差劲的酒吧里，陪我过个周末，然后彼此觉得多少还是有些无聊，就是说，两个无聊的人相加，也不能减少无聊，这既不是加法，也不是减法，因为你我都知道，一加一或者一减一都不可能等于一的，所以思考或者浮想的结果是：我还是自己回去吧，买些蔬菜、五花猪肉和免淘洗的米。今天是周五，她会一如以往地过来陪我的。来的时候，她看上去已经是疲惫不堪了。"又该写信了，"她把那封信拆开来，慢慢看了一遍，"他准备开始学财会了。"我说这是爱情的力量吧。她仰着头想了想，"好啊，就这么开头吧，'这是爱情的力量么？'……你知道么，我跟他在一起的时候，还没读完初三呢，我跟着他，住在很高的一幢大楼里，也不怎么上学。后来他开始带别的女人回来了，被我发现以后，我们经常打架。他喜欢那种有经验的比他年纪大的女人。他缺少母爱。我一直有个疑问，你们男人是不是都缺少母爱呢？他人还是不错的。我来这里，是想给他点希望。哪怕根本就没什么希望。"她讲故事的时候，我觉得心里很踏实。我倒并不在意她讲些什么。我想看看她的身体，但这个要求眼下是不可能实现的。这只是个冲动。我得让它一点点地沉没下去。

"在入口附近的地方有一把椅子，她脱下来的每一件衣服都放在这里。这样你就可以逍遥自在地看她了。……在那个时候，她一语不发装作若无其事的样子。"

8

　　王后到神庙去了，据说是为了寻求神示。她无法解释一个梦。在回来的路上，她沉默良久，后来才随意问了些我的情况。她奇怪的是，我为什么不喜欢跟女人来往。因为我不是神，只有神能做到靠近女人、深入女人却不受任何损害，可以安全地离开，保持自由，而且还可以随时回来重复一切。看来你终究还是敌视女人的，她若有所思地说道。我只不过是不想被人掌控而已。我的回答她不能满意。国王难道不是主宰你的命运的人么？这是男人间的事。不一样。女人会臣服于你的。那又怎么样呢？我看着远处正在饮水的一群公牛（那个时候公牛经常被用来祭神，不过我不太清楚它们成群的时候是什么样子的，估计跟《动物世界》里播放的美洲的或者非洲的公牛是完全两样的，那时候的公牛不可能是那种黑乎乎的湿漉漉的坚硬如铁的状态，它们的皮应该是比较干爽。外面的冷杉树的叶子在稀薄的日光里摇摆，浅亮的褐色，枯绿色，或者是土黄……那些淡红的瓦顶构成了一阵阵寂静的波浪。你像个巫师似的低头盯着灰瓷烟缸里的那些烟头，认为通过它们的样态就可以判断我目前的心理状态，有个烟头还没有熄灭，淡蓝的烟摇摇晃晃地升上来，越过古铜色的台灯顶端，散入衣柜玻璃反映的一格格的窗外景物里，消失在明暗之间细微的变化过程中）。那么，你有过女人么？当然。不过她们并不能给我的生活增加什么，估计永远都不可能。固执的家伙。

"可是，由于害羞的缘故，她并没有叫出来，甚至装作什么都没有看到的样子，心里却在盘算着对她的坎道列斯进行报复了。原来在吕底亚人中，也就是在几乎所有的异邦人中间，在自己的裸体被人看到的时候，甚至对于男子来说都是一种奇耻大辱。"

9

我睡觉的姿势是虾形的，弓着身子，把脸掩藏在被子下面，只有三分之一的部分露在外面，这样我才能睡得安稳。睡不着的时候，或者早晨醒来的时候，她喜欢坐在我旁边，慢慢地抚摸我的额头，似乎要抚平上面的两道横纹。在她的鼓励下，我终于用了半个多月的时间，把那些信重新写了出来。

方向意味着无可阻挡。那位学者把盾还给了我。

他把翻译出来的内容写在了一张薄薄的小牛皮上。一共是两句话，除了开始那句，还有一句：在沉浸中获得无边力量。这是什么意思呢？他觉得可能是从神殿里抄来的神示吧。阿基琉斯是神还是人呢？这是我一直在想的问题。不被人主宰的，都是神。他的脚踵，就是通向神的道路。那条使他刀枪不入的河再也找不到了。地图上根本就没有它的位置。我根据当地老人的指点，找到了据说是它的河谷的地方，只是看到了些巨大的深灰色的卵石，每个都很重，几十个人都搬不动。我不喜欢它们的色调。后来我在上面睡了一觉，在中午的时候，太阳晒得我的脸皮发痒，回去之后，还褪了薄薄一层皮。

"……而我们必须老老实实地学习古人的这些教诲。这里面有一句老话说，每个人都只应当管他自己的事情。"

10

五百零五年。国王说，这就是吕底亚的时间。如果回头望去，就会发现这时间本身就是一个深渊。我觉得是大海。他摇摇头，显然不同意我的观点，海么，是自足的，可时间不是。我们都是时间的填充物。我们可以漂浮在海上，可是不能漂浮在时间上，这你懂么？我们在遇上时间那个瞬间，就开始坠落了。他有时候喜欢这样自言自语。我也喜欢这样。我也喜欢他的这种自言自语。有时候我甚至觉得他是个多少通些灵的人。五跟五之间是什么呢？是零。不，是环，圆满的环，是用一种世界上还没有被发现的最纯粹的金属制成的，神力也不能破开它。我想了想，确实如此。智慧属于国王，我躬身说道。他神秘地笑了笑，这不过是说说而已。

"她进来之后，就把衣服脱掉放到椅子上面，而巨吉斯就在门后面望着她。而当她到床上去，她的背朝着巨吉斯的时候，他就从房中偷偷地溜出去了。"

对着镜子，我发现自己的肚子有些增大的趋势，像个怀孕不久的少妇。这也是个奇怪的念头。在浴室里我躺在水池边上，顶棚的蒸汽不断地有节奏地变成水珠滴落到我的身上，那种水滴破碎在皮肤表面的感觉真是美妙得不可言说。以前我写过很多信，长的，短的，要是打印出来可以弄成一本书。那些信都找不到了。不过我想从现在开始凭记忆把它们重新写下来。你觉得怎么样呢？你觉得挺有意思的，因为你那时正在学习打字，不是用拼音，而是用五笔字型。你的想法是，我口述，你用笔记，然后再上电脑打出来。这是个好主意。我们的效率并不高，一个星期下来，只打出了三封信，校对之后，你给我读了一遍，问我感觉怎么样？我觉得不大对头，感觉上出了问题，语调里怎么会没有热情呢？你有些不解地看着我，说，你还要什么样的感觉呢？这些信里的文字，我觉得已经够煽情的了。她的声音平和，也有些冰冷。"什么时候你觉得没有意思了，"她说，"我们就不再写了。"我说好吧。

11

我梦见王后在神殿里反复抄写一句神示。用来写字的，是她的纤细的指尖。字是鲜艳的朱红色调。这可能跟我傍晚时在海边看到的晚霞有关。一只海鸟落在盾上，嘴在啄着一只张开的贝。

"你们两个人中间一定要死一个：或者是他死，因为他怂恿你干这样的事；或者是你死，因为你看到了我裸体……"

我们的身体可能比我们的心还要接近。这是事实。我每个月付给她五百元钱，每个周五和周六的晚上，她会从城市的东边坐一个多小时的公共汽车，赶到我这里，陪我睡觉，并且遵守协议上明确写着的，不要求她做爱，也不能有明显的挑逗引诱行为。其实，我只不过是用个假名字在论坛上随便发个征陪睡者的帖子，结果她就来了。她说她今年二十三岁，可我感觉她连二十岁都不到。不只是晚上来陪着我，周六周日的白天她也基本上会在我这里度过，就像在自己家里那样，睡懒觉，或者是用洗衣机洗堆了一个星期的衣服。我比较喜欢她的两条修长的腿，还有纤柔细长的手指。她禁止我在灯光下面看她的身体。她穿着我的肥大的衬衫睡觉，觉得这样很舒服。睡着以后，她的样子就跟一只仙鹤似的。关上灯，我把下身露到被子外面，在黑暗里自慰。她呼吸均匀。眼下的这个世界，听起来是如此的安宁、平稳、有理。我钻进被子里面的时候，室内温度已经降到十几度了，冷得身体不由自主地发抖。她转过身来，在黑暗中抱住了我，低声咕哝着，好好睡吧，睡吧。我动也不动地躺在那里，她的手臂在我的背下硌得我发慌，我的那个东西在那里软绵绵的，湿湿地靠在右侧大腿根部位。

12

你知道，王后有多美啊。国王在我身边站下来，叹了口气，意犹未尽地说道。我恭敬地认为，这是毫无疑问的，因为我每天都能看到她神一般的样态。他摇了摇头，你看到的只不过是很少的一部分，是表面的，就像，落在海面上的黄昏之光，而不知道太阳在何处。他说的不无道理。王后对于我，就如同另外一个世界。我怎么可能了解另外一个世界呢？但这并不影响我真诚地赞同他的赞美。

"吕底亚地方的人，阿律阿铁斯的儿子克洛伊索斯是哈律司河以西所有各个民族的僭主，这条把叙利亚和帕普拉可尼亚分隔开来的哈律司河是从南向北流而最后流入所谓埃乌克谢诺斯（黑海）的。"

日子过得越来越安静了。我不知不觉地就不再去找别的女人了。她仍旧是在固定的时间来到我这里。

356

她总是那种睡不够的样子，在我旁边睡下的时候睡得很沉。即使是开着灯，也不能影响她的沉睡。光线是暗金色的，投在她暗淡的脸上，那双安静疲倦地闭着的眼睛就像是两抹阴影。我不知道她叫什么名字。这也是我们之间的约定之一。同样，也不能询问她是哪里人，是做什么的。她也从不问我。在街上，为了说话的方便，我们彼此各自有了一个字母，她是Z，我是A。这是她的想法，Z是在哪里的在，是这里的这，是终止的止，是真假的真，是自己的自，是最好或者最不好的最，是烤焦时发出的声音……A是最简单的呼唤，是叹息，是下意识地反问，是不情愿的同意，没有热情的应答，是有些开玩笑的赞同。你是我的最初的字母，我是你的最后字母。因为这个想法，她又有些得意了。我发现我喜欢她得意的样子。Z是个宿命论者。而A则仍旧是个理想主义者。从A到Z，就是一个完整的生命过程了。"我看你是书读得太多了吧，"她表情有些怪异地反驳道，"个人有个人的活法儿。Z就是Z，A就是A。要是弄出一个过程来，那就是编故事了。我可不喜欢什么故事。"

13

"巨吉斯做梦也没有想到王后已经知道了昨夜发生的事情，所以就遵命来见王后了。因为在这之前，每逢王后派人召唤巨吉斯来的时候，他都会前来见她。"

那个女人想要见我。她要生子了。她请求我为这个孩子取个名字。我估算了一下时间，觉得她说这孩子是他的也不是没有道理，那就让他们父子拥有同一个名字吧。但是我有另外一个要求，那就是她不能抚养这个孩子，这个男孩，他应由王宫抚养。听着他有力的哭声，我想他会是个比他父亲了不起的英雄。我对着空荡荡的房间复述了一遍这个名字，他父亲用过的名字，我无比熟悉的名字，实际上我发现还是不一样了，这个名字更锋利，也更加的沉实，我念出来的那一瞬间，感觉有股寒气进入了我的心里。我把我的手腕上系着的一枚兽牙放在他柔软的小手里，慢慢地帮他握紧它。这是神对你的恩赐，你从此会恢复洁净之身的。我看了她一眼，她的眼里焕发着最后的光彩。我从没跟她睡过觉，只是听他说过，她的身体如何地美妙得跟蛇似的缠绕着他，令他死而复生，然后再死去，缠绕着他的命，当然，她也会以同样的方式缠绕别人。现在，她自由了。接生婆跟着我出来，说她在发热。她一直在用冰水为她擦洗身体，可是没有作用。

她买了一套杯子送给我。都是玻璃的，简洁的漂亮，一共六只。我不在的时候，她把它们放在了窗台上。我们在一起已经六个星期了。Z。即使是用字母作签名，也仍旧是那个样子，像个简单些的绳结，黑蓝色的。我有些后悔，昨天晚上，其实是应该做爱的。可是我没有。只是因为她头发里的那股青涩的柠檬香味儿。我抚摸她的身体，并没有遇到任何拒绝的意思，它是那样自然地舒展着，引导着暗示着我的手从这里滑向那里，无所不至的温暖快慰。她会离开一个月左右。这一个月过去，可能整个世界都会发生根本的变化。想到这里，真有些失望。

14

"实际上，这个预言应验之前，不拘是吕底亚人还是他们历代国王，根本就没有把它记在心上。"

我把那个盾重新送回了找到它的那个密室。

我们一起洗澡。这是她的提议，在我那间狭窄的淋浴间里，她把凉丝丝的翠绿色沐浴露均匀地涂在我的身上，然后用淋浴头缓慢冲洗干净。然后她自己沐浴。我穿好衣裳，在屋子里等她。她头上抱着手巾，站在那儿打电话，给她的母亲，询问一个梦应该怎么解释，"我抱着一个很大的孩子，下半身没穿衣服，这是好，还是不好呢？"她默不作声地听着对面的声音。她说的是方言。有些是我听不懂的。

15

　　"当阴谋的一切全都准备停妥，而夜幕又降临下来的时候（巨吉斯看到自己既无法脱身又根本不能逃跑，而是非要把坎道列斯杀死或是他自己被杀死不可），巨吉斯便随着王后进入了寝室。她把一把匕首交给巨吉斯并把他藏在同一个门的后面。"

　　可能女人的身体跟神庙的结构真有某种相近的地方（我在她的背后，可是很长时间都没有睡着，我抚摸一会她的双乳，把手就放在她的有花纹的腰腹上，觉得她的身体到处都有花纹，只是有的可以看见碰到，有的不能，只能感觉到。她睡在我的那件肥大的纯棉衬衣里，觉得我再也不能做什么危险的事了，所以睡得很安稳，我想起大卫王的晚年，找个少女为其暖身，这是不是说明我也有些衰老了呢？其实我还是能受得了自己的老去的，虽然我受不了女人的衰老。一个废墟样的女人真是让你无法忍心再多看一眼。而一个真正的废墟是可以反复凝视的。人就是这么可怜。非常渺小的东西。）神总是在幽暗的通道尽头发布暗示。那个虚无所在总会有某物生长出来，让一切继续下去。人们是看不到神是如何进入到那个地方去的。他们只是带着耳朵来到这里，却没有带着眼里的光亮。他们赞美神的伟力与深不可测。就像国王赞美王后的美丽。他只是对我一个人表达了这种赞美。他眼里的光亮有些微暗的趋势了。他真的老了。像棵正在干枯的大树，离寂静越来越近了。

16

那些老头子为神示的指向而辩论不休。他们在广场上声嘶力竭。很多鸽子时不时地飞起落下，它们的粪便落得到处都是，在阳光的照射下发出难闻的气味。

国王的宴会。我们把很多的葡萄酒倒进了喷泉池里。直到太阳的粉红手指抚摸我的眼睑，我才发现自己睡在了喷泉池旁边的大理石台阶上。我的白色亚麻长衫被葡萄酒染成了紫色。一个身材丰满的少女睡在我的旁边，衣服也是这种色调。我们去温泉沐浴。国王把她赏赐给我了，在昨天晚上，可我根本没想起有这回事。她每天照顾我的起居。晚上睡在我的旁边。我想要是到了冬天里，我会喜欢这种温暖的感觉的。她羞涩地告诉我，她还是处女。这很好。你只要在我身边服侍就够了。我不需要你奉献其他的。我需要这种来自你的肌肤里的春天的气息。她欢快地笑着，然后就安心睡着了。

"不过佩提亚（传达神旨的女巫）又说，巨吉斯的第五代子孙将要受到海拉克列达伊家的报复。"

她说从一开始她就知道我想要的是什么，每步都是设计好了的。不过她不讨厌这样。这样说我是不公平的。事实上我的想法其实始终都在变着，这是她不知道的。今天她的包丢了。她觉得自己今年一直都不太走运。

17

你不需要女人。你的世界是残缺不全的。你对于女人的美，尤其是身体的美，竟然无动于衷。这跟你从没见过真正美丽的女人的身体有关。不过，你确实是个有点独特的家伙。我认为你是用最坚韧的质地最优良的金属制成的。嗯，我认为需要改变你的这种糟糕的现状了。

"在巨吉斯掌握国家大权后，他立刻向米利都和土麦那进犯，攻陷了科洛彭城。此后，他虽然统治了三十八年，却再也没有做出什么大事情，因此关于他的事情我就说到这里了。"

那一块形状不规则的天空还有些灰白的感觉，可是四周的树木和墙壁都已是黑暗的了。我又一次习惯性地感觉到了空气的冷清，皮肤开始不由自主地绷紧起来。她的离开显然是个很大的问题。这个星期六，我整天都在阳台上晒太阳。南方的初冬天气偶尔也会有北方小阳春的感觉。昨天中午，她邮来一封信，里面装着的，是我以前写给别人的信，也就是那个凭借记忆重新写出来的版本。她在一张白纸上很潦草地写道，以后每隔一周，就会发一封信给我，希望这些文字会令你有点意料不到的乐趣。信封下端没有留下邮信人的地址。我可能会结婚，她最后写道，也可能还会离开家里。再见了 A。Z。这回的签名，仿佛随意放在桌子上的短线。……带着这封信，还有我的那一封，我走到灯火缤纷的街道上，躲闪着往来的各种车辆，在人群里时隐时现地走着，一直走到常去的一家小饭店里。叫了点东西，边吃边看那两封信，像看别人写的小说。我想起以前我们之间的一些对白。想了又想之后，我觉得我并没有真正喜欢上她。

18

王后似乎喜欢那个孩子。"他将来会打败你的，"她难得微笑地说道。当然，我恭敬地答道，仅仅用时间这把匕首就可以了。"但我会让他成为你的最忠实的卫士。"她每天早晨都会用冷水为这个孩子沐浴。我不知道她为什么自己不生育。她还很年轻，不到二十三四岁的样子。而我相信我们的国王在那方面也仍旧是勇猛的。她在一面盾里面铺了几层亚麻布，让孩子睡在那里。有时候她喜欢抓住孩子的小脚让他倒立一会儿。她的袍子总是那么洁白，似乎是一尘不染了。时间是把匕首？我并不是很相信这句话。因为我正在做一把匕首。它非常锋利。它很快就要真正拥有自己的生命了。所以我说时间并不是一把匕首。不可能是。

"巨吉斯做了国王之后，便向戴尔波神殿献了不少东西，可以说神殿里的大部分献品都是他送来的；在这些银制品以外，他还献了大量的黄金，在这当中特别值得一提的是那六只黄金的混酒钵。"

女人的身体是压缩了的时间。那天晚上我这样想着也就这样说了出来。她听了之后，不置可否。她在床上慢条斯理地吃着一个苹果，嘴唇被果汁湿润得富有光泽，柔软而清凉地蠕动着。你想想看，我继续自顾自地说道，每个女人的身体里似乎都有一个时钟，并且有一个节点，那个时间点一旦到了之后，她就会很快地老掉了，身体的各个部位都会无法阻止地向下坠去，然后就是一种可以预计的废墟状态。有时候我看到正在变老的女人，就会想到这是一个正成形的废墟。哦，她把苹果核从窗口丢了出去，叹了口气说，说到底，你还是有些变态的。她的脸挨近了我的脸，挨得很近，能闻到嘴里的果香味。那些小巧玲珑的牙齿，看上去就像似远处飞着的白色海鸟忽然排成了一线，既是静止的也是轻盈的。那你们男人呢？她从烟盒里抽出一支烟来，找到打火机，点燃了。男人么，他总归是在反复地体会着死去活来然后再慢慢死去的状态。嗯，她点点头，你还是有点悲观的。不过，实话实说，我还是喜欢漂亮的女人，尤其是身材好的女人。就你从地摊上买到的那本日本人拍的影集里的？是啊。是啊。我喜欢鲜艳的东西。哪怕是有毒的。那你觉得我有毒么？

19

他的儿子们都不喜欢她，我是说国王的儿子们，他们不喜欢王后。她又不是他们的母亲，当然没道理喜欢她了，而且她那么年轻，可能将来还会生出一群注定要跟他们抢夺财富和权力的儿子们的。虽然她现在没生，说不定她想把他们先赶走，然后再不着急不着慌地生呢。他们一点都不像他们的父亲。都很小家子气。他们经常在外面喋喋不休地说这说那。后来国王终于烦了，把他们都赶到了外地。他问我，感觉这样是不是好一些？我说您的决策当然是正确的，但这样对王后是很不利的。他沉默了片刻，一群对于美丽的人毫无感觉的家伙，跟畜生有什么区别呢？可是，我平静地提醒他，您是知道的，这不是他们的错，我也毫无感觉。他说这怎么可比呢，你是战士。他们是什么？他们整天跟那些妓女混在一起，连打架都要找帮手，我不知道他们在床上是不是也需要帮手。说实话，你难道从来没有感觉到王后的美丽么？我说我敬重这种罕有的美丽，并且觉得这是神的造化。都是没什么意思的话么，他晃了晃脑袋，忽然想起了别的什么事。你告诉我，她美不美？我恭敬地做出了肯定的答复，已经是近乎完美了。嘿嘿，他笑道，你怎么可能知道她近乎完美呢？要知道，你还只是看到了她的表面……这时候，我发现天色已经彻底地黑暗了。

那，你倒是说说，什么是不可能的呢？她故意做出一副傻乎乎的样子侧着头，摆弄着手里的纸牌。这种话里有话的话，往往是最为危险的。她买了把瑞士军刀，用来削苹果皮。我不喜欢吃她削过皮的苹果，觉得里面隐隐有股铁腥味。这种过敏在她看来多少有些变态。你有点变态你知道么？可能是吧。这个家伙是谁啊？她指着街道边上的一帮人里的一个小伙子问道。他是新近搬进来的。她远远地用自己的手机给他拍了张照片，实际上根本看不清楚拍的是什么。随她去了。我听说，她躺在旁边，慢条斯理地说道，用手指尖慢慢地滑过一个人的身体表面，能够知道这个人在想些什么。嗯，这我倒相信，手指头说的话，只有皮肤能听得懂。因为睡眠不好，这几天我一直都受困于偏头痛。她这话一说出来，就引起了我的期待，对她的手指头的，可是她并没有任何要行动的意思。

"尽管这些记载有着非常丰富的实际内容，尽管它们有很大的诗歌的价值，它们的历史价值还是非常可疑的，因为它们是经过改编的，甚至是为了……而伪造的。"

20

我已经训练这支国内最强悍的卫队半年了。其中有几位百夫长因为实力超群，被推荐到了地方率领战斗力最强的军团。他们对我的忠诚和友谊是我永远无法忘记的。反过来这也更加令我感激国王对我的信任与隆恩。他的几个儿子带着一伙暴徒混进了城内四处放火想引发动乱，但被我们成功镇压了。我派人把他们遣送到埃及，因为运气不好，他们死于某种热病，死在了海上，随后就葬在海里，不然会引发船上流行热病的。国王觉得这样处理也算是比较妥善了。你看，这一回你奖赏你什么呢？

我的手指向下面滑过去的时候，她转过头来，看着我，摇了摇头，不可以这样的。要是你想这样的话，那我们就另外签一个协议。你愿意么？每个月是一千。每周末我会过来一次。但我不会留在这里过夜。我把手重新放回了她的乳房上，在肥大的衬衣里面安静地待着。你在做那个职业么？她摇了摇头，没有。

"在必要的时候，是可以说谎话的。不管是说谎，还是讲真话，我们大家都是为达到同一个目的。说谎的人这样做是为了取得信任并由于他的欺骗而得到好处，说真话的人则希望真话会使他得到益处和更大的信任。因此我们只不过是用不同的办法达到相同的目的罢了。"

21

一个梦：她说，他知道了。我已经告诉了他，我现在所有的一切都是你的，是你给的，没有你，就没有我。除非你死了，否则，他永远也不要考虑我会改变主意。他要去找你。我拦不住他了。这是一条短信。在办公室里，我正在琢磨这些话里包含着怎么样的危险的时候，外面发出了尖利的叫声，杀人了。我出去晚了，警车和救护车都来过了，犯人跟被杀的人被弄上不同的车，分头离开了这里。后来，医院传来消息，伤者已死。死者是那天我们看到的那个长得很帅的小伙子。他是被瑞士军刀刺断了大腿动脉。杀人者就是她以前的男朋友。……她又出现了。我也醒了过来。

如果你看到了她的裸体，我相信你再也不会觉得美是一种可以无动于衷的存在了。我怀疑他疯了。我的王。他的眼神是那样的兴奋。不然的话，我说，我们重新发动一场战争吧。去进攻哪个对我们有丝毫不敬的城邦。他摇摇头，不，在美面前，战争难道不是愚蠢的么？

"……不过，当然，这是一部只为少数人使用的，不是为着普遍推广的作品。"

22

　　"人们总是不会像相信眼睛那样相信耳朵的……你想个什么法子，找机会看看她的裸体时的样子吧。"他这样说了之后，我第一次对他大声说话，甚至是叫喊了，您说这话是多么荒唐，我父亲曾经告诉我一句老话，叫做每个人只应当管好他自己的事情，我承认您的妻子是世上最美丽的女人，但我恳求您不要让我做这种会遭神谴责的越轨的事，难道您怀疑我的忠诚？！（我觉得我们两个人都有些不太正常。）他让我别害怕。我从来都不会怀疑你的忠诚，他说，你也不要害怕女主人会把罪责加到你身上，要知道，你这是在帮我，我会把这件事安排得天衣无缝的，相信我，因为你要知道你这是在帮我，而不是为了你自己，以你的忠诚，我要你待在我们卧室门的后面，晚上我进来睡觉，她会跟着进来的，在门里面不远的地方，会有把椅子，她的衣服就会一件件地放在那里，这样你就可以很容易地看到她的无与伦比的美丽了，没有任何遮掩。等她从椅子走向床边的时候，你就可以从门口悄悄地溜出去了，谁都不会知道。我无法再拒绝了，他的神情，让我觉得再拒绝会让他真正疯掉。诸神保佑我。我永远也无法理解他为什么会这样。

23

我看到了。

"在旅行的时候，希罗多德并不满足于在路上偶然听到的东西，而是故意离开正式的旅途，去多看一些地方以便得到若干详细的情况。"

她的样子看上去确实非常疲惫。要我为你按摩么？她默默地点点头。我开了空调，然后把毯子盖在她的背上，从肩头开始，为她松了松肌肉和骨骼。早晨的时候，我是跟着她一起出门的，只是她没有发现而已。我跟着她坐上了电车。然后又转的地铁。在我们之间，始终保持着十来米的距离。在尾随到一个过街天桥那边之后，她消失了。人流过于密集了，遮挡了视线。我觉得这种跟踪是可笑的，但有点刺激的感觉。我轻轻地按摩她的小巧的屁股。她慢慢地叹了口气，我想睡一会儿。睡吧，我说。有时候，我很希望她能给我打个电话，但是她从来不打。在她看来，两个人之间如果话多了，就会出问题，不是这样的问题，就是那样的。

24

　　早晨，天刚亮的时候，她的贴身仆人把我带到了她的面前。她平静地告诉我，你只有两条路可以选择。我觉得她的眼睛就是黑暗本身，可是它们却又是异常明亮的。按照她们的族规，世界上只能有一个男人看到她的身体。既然你做了加法，那就接着做减法吧。可我怎么可能杀了我的国王或者我自己呢？这里没有别的选择了，她看了旁边的帏幔一眼。……她让我在同一个地方隐藏起来。她给了我一把匕首。这是国王送给她玩的东西。从白天到晚上，我觉得我的脑子肯定是出了问题。我被她掌握了。我按时隐藏在她指定的地方，也就是昨天看到她裸体的地方。他来了。他抱着她，可是兴奋不起来。他赤裸着身体，站在房间中央，忽然看到了我，愣了一下，然后似乎想笑，但同时又看到了我手中的匕首。

　　"大约与巨吉斯同时代的人，帕洛斯的阿尔齐洛科斯在一首换抑扬三步格的诗里，便曾经提到过这个人。"

　　我终于明白了，她买那把瑞士军刀是干什么用的了。我不是有意的，她表情严肃地看着我，如果我有意这样做，就让我招报应吧。她的眼神跟小姑娘一样无辜。我总是拒绝不了无辜的人。我也很无辜。你帮我给他写封信吧，她恳求道，不然的话他会在里面关上一百年的。我找不到笔和纸。这仍旧是个梦。我梦见她的前任男朋友用她买的那把刀杀了另外一个我认识的人。她为我画了副他的大致样子，在床边的墙上。他有一双凶狠的眼睛。那时候她还不大，他们在酒吧里认识的，她不知道自己为了什么而相信这个人，认识不到一周就跟着他回去同居了。后来他开始往家里带女人。比他的年纪还要大一点的女人。没多久，我就一个人出来工作了。

25

　　这也是一种庆祝的方式。她在下面扭动如蛇的时候，我心里反而是安静的。

　　"除了先前戈尔地亚斯的儿子、普里吉亚的国王米达斯以外，巨吉斯是在我们所知道的异邦人当中第一个向戴尔波伊神庙献礼物的。"

我终于还是厌烦了自己的工作。那天是周一，我睡得很晚才起床。我看了看她昨天发来的一封信。先是洗了个澡，然后往家里打了个电话，告诉我的妻子，这三个月的钱已经汇到她的账户里了。她说知道了。我打了辆出租车，到单位外面，先吃了早饭，随后就郑重其事地向我的上司递交了辞职信。他拿着下个月的杂志校样正在浮想联翩。那些建筑师你有没有取得联系呢？他不动声色地问道。联系了，我说，他们都出国了。晚上，我把租的房子也退掉了。

26

人们聚集在神庙外面，他们高声叫嚷，要求抓住我这个叛逆，然后用最严酷的刑罚处死。这时候，主祭拿出了那个盾，他把它举过头顶，用神圣不可侵犯的声音沉稳地说道，神示早已刻在这里了。他应该是新的国王。他拥有比阿基琉斯更强大的力量。他将受到诸神的恩宠。我数着他说的话，感觉他没有念完。不过这倒无所谓了，人们已经开始转变了态度，从诅咒转为欢呼了。我终于稳稳当当地坐在了那里。

我的积蓄足够我活上一年了。在这一年的时间里，我准备研究一下希罗多德的《历史》。我希望能够退回到过去的一种状态中去。前些时候，我对你说过，所有的领悟，发现，其实说到底都是一种倒退的状态，用一种简明的方式，把我们的生活重新变得复杂起来。这就是全部的秘密了。假如我们赤裸着身体拥抱在一起解决不了什么问题，那我们就需要重新穿起衣服，手拉着手，回到大街上，看看会怎么样。就是说，我得退回到一种比现在更加无知的状态中。"这边开始下雪了。"她信里写道，"亲爱的老家伙，你的房间里冷么？我没有结婚，也没有离开……"搬运工很快就把屋子搬空了。我看了看那张空空荡荡的木板床，还有扔在地上的杂物，纸片，然后把那个镜子从墙上摘了下来。

"第二种放缓速度的手法是三重的重复，这在一切民族的故事中是常见的现象。"

27

她没法为我生下很多儿子，一个都不能。她多少还是有些恐慌了。……她比以前喜欢说话。……你再也找不到我了。

空隙

"你去过重庆么？"他躺在那里，眼睛仍旧对着天棚，不过并不是那种很专注的样子，而是有些走神。我去过么？"我去过。"我告诉他，我是从成都转道去的那里。不是坐船，是坐长途汽车……重庆是个很有意思的地方，在那里你总是在转啊转的，没头没尾，没完没了，人很多，但不知道都待在哪里，好像总是突然地就都出现了，又突然地没了，那里空气湿润，皮肤感觉很润泽光滑，此外也没有别的什么太深的感觉，那几天都有阳光。走之前，去看了看重庆的码头。那天有大雾，等到雾散了一些，光线透射到码头上，四周的景物缓慢地明暗变化的时候，人已经很多了，那些人，那些女人，还有泛着土黄色的江面，锈迹斑斑的客轮，使人身在其中却又像似活在另一个世界上，有种隔离的感觉，隔着一层青白的大玻璃。……有个明亮的女人，她站在路口，阳光里她的细高身材显得很柔软轻盈。她在路口公用电话亭里打电话，有半个多小时。她很明亮。只能这么形容她了。那时候我想，重庆真是好地方。可等她出来，对别人说了话，才知道她是北方人。重庆跟我想象的不一样。在重庆住几天，就会发现你来的实际是另一个叫重庆的地方。这有点像那个香港电影，《重庆森林》，实际上说的是香港一条名叫重庆的老街，或者是一幢巨大陈旧的住宅楼，没有森林，只有密密的楼房和人群。他身子动了动，眼光略有些发亮，有话要说。不要动，我示意他不要动，也不要说话，你累了……

她拉上了窗帘。阳光从云层移动中露出的裂缝里强烈地透射出来，照亮了办公楼后面那个封闭的院子，它没有直接通往外面的门，它的门在楼里，要经过曲折的走廊方能到外面去。她拉上窗帘的姿势很有意思。她跪在床尾（也可能是床头），仰起头，绷紧身子，伸直了右臂，分三次把那幅浅蓝色调的棉布窗帘拉合到尽头。在此之前，南面的窗帘已经遮住了光线，使她背后的室内看上去是有些幽暗，有些微暖的意味。像个十七八岁的姑娘，动作简练明快。只有在吃东西的时候，她才慢条斯理。她每次吃晚饭都要很长时间。几分钟前，她站在没有遮雨檐的阳台上吃玉米时的样子，让你隐约闻到刚煮熟的新玉米特有的清甜香味。她似乎很喜欢吃玉米，甜丝丝的新玉米。她懒散，但又很爱干净。这就有些奇怪了。在这幢小教堂似的楼房里，多的是那种老破的房子里常有的混合了煤烟、旧家具、潮湿的厨房、汗味儿、樟脑和尘土味道所组成的浓郁气息。只有在她的房间里才闻不到那味道。这幢日本人建造的楼房，既没有从外面看上去那么坚固，也没有从里走动时感觉的那么脆弱，可能也正是因此才让这里的人留恋不已。她住的屋子在走廊的尽头。这里只有她的门前装了一盏灯，有两个开关，分别在走廊的门口和她自己的门内的左边。她什么时候待在屋子里，什么时候离开，是不固定的，没有任何规律可遵循。有时一整天屋子里都没人，你只能看到那个幽静的窗口，看到里面被一道阳光（从南窗透射进来）照亮一角的有些狭窄的双人木床，被晒热的枣红漆的地板，还有对面墙上的椭圆形镜子。有时她会出人意料地出现在窗口注视着眼下这个办公楼后面的封闭的院子，看上去她好像从未离开过那间屋子。你从没看到过她在屋子里抽烟。她有一台黑白的电视，放在屋子东北角，你可以通过那面镜子看到它。她似乎不太喜欢看电视。她爱听收音机。那只红色的十波段的收音机平时就放在窗台上面。她是个薄嘴唇的女人。那幢楼的东侧墙壁呈深青黑褐的色调，表面是制造出一种粗糙的麻面效果的厚厚的一层水泥，这个背景衬托着的是那浅蓝色的窗户。这个场景总是在不经意间就浮出脑海中寂静的水面……

海城街跟海没有关系，跟那个叫海城的城市也没什么关系。有种微妙的感觉，就在我把海城街这几个字写下来写在这段文字里的时候，缓慢地散开在我身体的周围。这就像你经常跟我提到某个你熟悉但我不认识的人，他的名字我很熟了，可我从来没见过他，他跟我也没有任何关系，那个名字就像个街牌似的悬挂在我的某个记忆细胞构筑的回廊转弯处。这是昨天的一个话题。她为什么要问这个？她是南方人。她的普通话说得非常好。我一直以为她是南京人，或者是南京附近什么地方的人。她说实际上她是地道的四川人。她从不说四川话。无论你怎么鼓动引诱，她都不说。不过在她看来，名字跟事实的关系还是有的，哪怕只是一点点，也不能说没有，"比如说，海城街的东面是河，河边是低洼的泥沙地，跟海边差不多嘛。"那条河是从矿里洗煤场里流出的水形成的。以前河床里多的是煤泥，所以叫煤泥河，不过我还是觉得洗煤河这个名字听起来更舒服一些。以前，小时候，我去那里洗过澡，从水里出来时，皮肤上满是闪着亮光的细小的煤屑。……我喜欢她说话的声音。略带些鼻音，我很迷信也很白痴地认为：说话带有鼻音的女人说话往往是发自内心的。真可笑。我说："你要是会唱歌就好了……"可她告诉我她根本不会唱歌。她的嗓子坏了，而且是很久以前的事。现在，我走在海城街上。我在最后那个路口向东侧拐去，走上一条柏油路面已经破碎不堪的小马路。这是我第三次穿过这条小道了，我要去采访一个人，我要录下他的声音，我要重新塑造出一个人的声音，或者说一个声音的人，我从两侧那些稀稀落落的老柳树不规则的对应中走过去。

"我听那个女人讲过重庆的事。"他看着我启动采访专用的小录音机。"她回去后，准备开个时装店，自己设计样式，做个品牌。……她说，她来的时候，不是走的码头，而是走的一条细长的一直向下去的小道，可能是雨水冲出来的，在江边有条船，里面有另外一些女孩，她们一道过了江。在北京分了手。到沈阳时，只剩下了她一个人。这让她觉得轻松了一些。她没有留在沈阳。她继续往东，到了我们这里。她看过地图，在两地间有一个飞机场，距离差不多，因为她早在下火车买那份地图之前就已经下定决心：三年后坐飞机回去。她小时候去过一次重庆机场。站得很远，看那里头，什么也看不到，太远了，只能听到一种幻觉似的声音，听得她不由自主地感动，想哭，又无从哭起，想不哭，眼泪还是掉了下来。那是飞机起飞破空时发出的声音。有半年多的时间，我们就靠谈论重庆过来的。否则的话，我们只能什么都不说了。就是这个重庆，使我们之间产生了某种亲缘关系。她总是这样开头，'你还记着么，重庆的……'那意思是说，我们都属于重庆。我很想去重庆。我想出卖我能出卖的一切东西，跟她一起去重庆。我曾托朋友买到过一张重庆地图送给她。……有一天，她几乎同意了我的想法，可接下来又反悔了。她告诉我，她不能带走这个地方的任何东西，更不用说像我这样一个大活人了，她一边说一边发出有些怪怪的短促的笑声。"

　　在楼梯的转弯处，借着从铁栅栏后的窗口（没有玻璃，也可以叫通气口）透射进来的那些微亮的光线，能看到堆放在里侧角落的那幅色彩斑驳的木制桌面。它的表面随意散落了一些油漆的斑点，看上去有点像画家的油画板，只是面积有些过大了，或者你也可以认为是一幅抽象画，在很长一段时间里，它一直在那。有时候它的前面的水泥地上会出现一些清洗楼道时留下的积水。在光线恰当的时候，那片积水的表面就会平滑如镜，折射出那幅桌面的图案，使这个图案在一个瞬间里脱离了现实世界，成为一幅真正的作品，只不过是没有作者而已。其实不用分析你也能知道，它是一次粉刷居室的产物，有人曾站在它的上面，把油漆涂到阳台的铁制窗框上面，蓝色的，这就是画面中蓝色成分比较多的原因。然后是清白色，翠绿色，那些大一些的斑点是放置油漆桶和刷子的结果。有很多天，那些阳台上的窗子一直是敞开着的，在不同的时间里，彼此对应着折射着阳光或者是阴暗的景物。接下来在一切准备就绪之后，阳台外面的晾衣服用的铁丝上开始出现各种洗净的衣服、窗帘、被单，最后是一些女人的内衣之类的东西。随后的那些日子里那道铁线上又空无一物了。想象力发挥到了极致可能也就是到了空无一物的地步。与之相反的是，邻近的那个阳台上的鸽子越来越多了。灰鸽子。白鸽子。在黑乎乎的笼子里咕咕叫的鸽子们，此前它们盘旋在空中之时，尤其是傍晚余晖尚存的那一刻，柔软而又绷紧的腹部被照亮得微红，它们布成阵式，仿佛精致的金属碎片组合成的一个飞行物，在转弯消失于楼群中的空隙里那一瞬间，显得神秘而纯净。黑暗降临，它们纷纷落到阳台上，有的落到窗台上面，眼睛闪着光亮，逐渐模糊不清，成为黑暗的一部分。

他是突然间就脱离正轨的，或者说是"堕落了"。他以前没什么不良嗜好。不打麻将、不喝酒，不搞女人。他喜欢自己待在家里看小说、看电视。可能是受他父母性格的影响（当然这只是猜测），他不善言谈。他是个好听众。无论你说什么，他一般都不会反对，而是以有些拘束的微笑表示善意的认同。认识他的人都说他是"难得的好人"：他从不算计别人，不对别人的事说三道四……就是这么个人，用了不到一年的时间，自己把自己毁了。这么个结果，谁都没想到。……你有没有注意到你路边的那些树？那些奇形怪状的又黑又秃的老柳树？有一天，他来找我，让我帮他照几张相，我的相机好，他们都知道，那时候他还没出那事呢。我去了。到了外面，才知道，他是要跟那些树合影。跟所有的树。我觉得这很好笑。说你有什么毛病了？照什么不好？他说你就照吧，我就是喜欢它们。一共二十几棵树，我耐着性子，一棵没落下，为他都留了影。完事之后，他请我喝酒，我没去，我说你赶紧回家休息去吧。我真是服他了。说实话，当时我有种很怪的感觉，说不清楚，他笑着说话，可那笑的样子也是少有的，特别的松弛。后来在电话里我忍不住问他，是不是出了什么事儿？他说没什么事，什么事都没有。真的，我还很少有猜不透他的想法的时候。

不过话又说回来了，人也真是没法儿看。二十岁的时候，他在区里的某个部门谋了份安稳工作。平静的生活。过了很长时间，都没什么事。后来，他就变了。去年冬天，他得了脑溢血，命保住了，人废了，每天吃喝拉撒睡都要靠别人侍候，他只能老老实实地躺着，唯一的好处就是再也不让人担心了。亲戚朋友偶尔来看他，说到没什么话的时候，最后忍不住总要问他，是不是多少有那么点儿后悔了？他呢，从来都是不置可否，眼光迷离在天花板上，像活在另一个世界。大家总是忍不住为他的女人鸣不平。……我们平时都叫他老三，他在家里是最小的一个，有两个姐姐。从小到大，他一直是个挺沉闷的家伙，什么东西都能闷到肚子里，你别指望能从他嘴里掏出来点儿什么。他木讷，反应慢，其实呢，他敏感极了。你的一个眼神，就能让他觉察你心里对他的真实看法，他不会相信你说的话，他只信自己的直觉，很不一般的直觉。没有人比我更了解他了。他是算命先生的料。大约在他八九岁的时候吧，那时咱们都住在城西边的旧街……那天下午，来了一个算命的睁眼瞎子。也不知道是从哪里来的。那人从远处走过来。他早就看见了，可没动，就一直站在那里瞅着。我们都围着瞎子胡乱笑闹。那人走过他身边，站住了，抬起手里的竹竿，往旁边轻轻一摆，碰到了他的身子。那瞎子就跟早就看到他似的，侧着脸，像在望着远处的什么。

"你什么时候看见我的？"

"现在啊，"他声音很低地说。

"看看我这个睁着眼睛的瞎子，你怎么不笑啊？"

他摇摇头。

"怎么啊？"

"你能看见别的东西。"

"你怎么知道？"

"我觉得是。"

"说的好，你跟我走吧。"

他下意识地往后退了半步。

那算命的笑了，"我去跟你父母说？"

"不。"

"为什么？"

"你去哪儿？"

"回家啊。"

"我在自己家里啊？"

那人叹了口气，沉吟了半晌，靠到近前，伸手摸了一下他的脸，还有从肩膀胳膊一直到小腿的骨骼，"你想不想知道，你将来是什么样的？"他想了想，摇摇头。那人拍了拍他的头顶，"真是块材料……小子，听我说，你将来什么都可以碰，就不能碰女人。"围观的孩子们哄然大笑。他的脸涨红了，脑门左侧的青筋都在发红。那人忽然眯着眼睛环顾四周，就跟个明眼人似的。大家的笑声突然就止住了。瞎子冷笑了一声。某种不安的气息使我们有点儿心虚。他拉起他的手，把嘴附在他的耳边，低声嘀咕了一会儿。然后又叹了口气，好像是说："我就知道你不肯跟我走。"那人就在砖场后面的平房里租了间房子，一直住到死，姓白，我们这里没人不知道他的大名的，你们那边应该也有不少人知道他，他算命确实非常准。不过我没找过他，我不想知道自己的命，知道了就没意思了。前些天，我们去看他，还特意提到了这事儿。我们问他："那算命的最后跟你嘀咕了些什么啊？你猜他怎么说？"什么都没说过？"对，他说'什么也没说过'。"

站在那个明黄色的脏污的站牌下面，能看见电台那幢灰色建筑。那么的厚实，在这里看它，没那么复杂，要是拍成照片的话，还会有别的味道，但最好还要拍下里面的人和外面的车辆，你把它们并列放在一起的时候，就会发现那幢建筑与那些人、车辆完全是两码事，谁都不认得谁了，要是再把自己的照片放在一边呢？那样就更有意思了，因为你会发现无论把自己的照片放在哪一边都不合适。为了打消这些纠缠不

391

休的念头，你略一转念就想起了另一幢丝毫没有庄重意味的建筑物。它的简陋结构以及表面的粗俗装饰使你可以对它毫不在意、内心松弛，而浓郁的香气里幽柔的光线以及不易觉察的温暖又足以让你放弃那些理性的概念，那个女人谈论佛经时的语调，那种自我克制中的某种自得，那随之而来的空虚……你想了想，觉得自己今晚还是应该去看一看她，只是看一看么，没什么大不了的。这是不可避免的，什么都是不可避免的。什么是什么？什么不是什么呢？什么什么。什么东西。为了避免继续这样无聊地跟自己的胡思乱想纠缠下去，你有意地想一些别的事，你想起摄影的事。你现在还没有照相机，可你觉得自己能成为一个好摄影家。你有感觉。那种很微妙的感觉。你拿着机器到处走，到处拍摄，从那些窗户开始你的摄影生涯，那各种各样的窗户，那些旧楼旧房子才有的陈旧的窗户，然后把这些照片放大到几米宽窄，陈列在展厅里，那样的效果应该是非常刺激的。

我们也不能说是很了解他。弄到今天这个地步，跟他不懂女人却又迷恋女人有很大的关系。女人么，就那么回事，到头来都一样。到了我们这个年纪，最怕的就是把事情弄复杂了。这在你们是想象不到的。

他好像不怕复杂，不怕就不怕了，结果却是这样的。……你下围棋么？有多久没碰它了？三年，不算久的，我曾经六年没碰一下棋子儿，可如今还是捡起来了。时间不是问题，关键是有没有这份心思。你看我这棋盘、棋子，还可以吧？很贵了。把它们弄到手费了我不少心思。其实我最喜欢的不是这棋盘，而是这棋子，云石的，手指捏着它，特别的舒服，那分量恰到好处，它表面打磨的细度不滑不涩，捏在手指间就是舒服踏实，让你不能不对它有感情。说实话，它们在我手里头的感觉，就跟女人似的，我把它们当做自己的女人。……我跟他不一样，他活了这么些年，一直都是老老实实的，突然间就那样了，他可能觉得这叫醒悟，其实什么都不是。我呢，忽然间我就明白了，就那么点事儿。买了这副围棋，没事儿摆弄摆弄，我觉得有意思多了，什么负担都没有。若论了解女人，他跟我也不能比。这就像他的酒量跟我没法比一样。他沾酒就醉，醉倒就睡觉，唯一的好处是不闹。……女人把给他毁了。他根本就不懂女人。你说呢？咱们都是男人。男人是种挺脆弱的动物，一不小心也就完蛋了，很容易不明不白地死掉，成了别人的笑料。他找的那个女人，说话声好听，长得挺白净，其实也没什么特别的地方，去过她们那里的人对她印象都很一般，可没想到在他眼里却成了神仙般的人物了。那女人现在也不在那了，听说是年初回重庆了。……你要走了？什么时候需要我，打个电话就可以，在我这里，或者另找个地方也行，咱们再细细地聊一聊，我会把我知道的都告诉你。怎么样？没问题。

那双层的铝合金窗户上密布着水珠，楼外是个空场。原来的平房、煤棚被拆掉了，空出来的地方铺上了彩色地砖，修了些花池，留出了铺草坪的地方。看不到人影，站在六层楼的高度看那里有种奇怪的感觉，这个小广场像个很大的灰色空隙。人们每天来到这里，以后，春天时，这里将会有充足的阳光照射，花池草坪里会种上花草，人们站在这里四处望一望，不会去想太多的事。……现在，一只很小的七星瓢虫正爬过窗玻璃的左下角，在那里，积尘形成的灰线上面留下了它的一点痕迹。在那封信的结尾处，就这样写道，我可以把我的意念变成一只七星瓢虫，通过它特有的方式，不经意地找到了你，爬在你的衣服上，或者只是爬过窗户玻璃的一角，在你的眼光碰到它的那刻，它恢复了原来的样子，在那一瞬间里，它是神奇的，然后被遗忘。我施加在它的身上的，只不过是一个念头，而不是什么魔法，能施魔法的是你，只有你，如果你允许它重新飞回到我这里，那么，在我看来它就是精灵一样的东西了。它能飞回来么？我知道它已经忘了自己是从哪里来的了。

上午或者下午的某个时刻，你从电台大楼里出来，用了十五分钟左右的时间，走到43路公共汽车的始发站。天色晦暗，可是并没觉得冷。显然，预报中的寒流还在途中。空气里弥漫着温和的煤烟味。有时你挺烦这种味道，有时也不是那么烦，甚至闻着闻着，一向不是很踏实的心里竟会出现几分钟安稳舒适的感觉。当然随后你立即就会用力咳一下，咳掉些浊气，抽动一下鼻子。你摸出那包并不常抽的烟，点上一支之后，表情冷漠地继续走在有冰的路面上。你的身体绷得很紧。进入体内的那口烟让你觉得身体里头空落落的，似乎五脏六腑都放错了位置，随着脚步的节奏它们也在黑暗中没有把握地移来挪去，相互触动，也不时牵动着那些封闭于黑暗中的神经。这种时候，你很想随便找个路人，随便说点什么。……路面上残留的冰被过往车辆磨得很薄很光滑，像被磨损殆尽的黑色金属饰物，走到近前看时，却又像是被压入地面的散落的黑色塑料，乌突突的，没有想象的那么光滑，要是你忍不住去摸一下就会发现它们实际上很脏，水分蒸发之后手指头上会留下一斑泥迹。那个破站牌缓慢滑过窗前。它的上面喷有黑色的"证件"二字，后面缀着呼机号码，字迹随意而流畅。那辆等待已久的无人售票车里只有几个人，余下的都是空着的塑料椅子。最后上来的那个人把一枚硬币投到币箱里，发出一声短促的闷响，随后车门就哄的一声关上了。长方形的后视镜子里，司机麻木中略显焦躁的眼睛与镜子里的其他物体都是冷灰色调的。他紧闭的唇间现在多了支香烟，嘴角恢复了下垂状态，一缕浓烟突然涌出唇间的缝隙，升腾起来掠过浮肿的眼袋，从左侧窗户缝里飞走了。你想起主任抽烟时的姿态，主任那张脸保养得好，而眼下这张脸却没有得到任何保护，看上去似乎随时都可能分解成别的什么东西。出门前，主任把那件事儿又重复了一遍："那个男人，几乎毁了自己的家庭，最后得了脑出血，瘫在床上，生活不能自理，但政府没有弃之不顾，通过妇联、街道居委会及各方面人士的调解，他的妻子回到他的身边，承担起家庭重任……破镜重圆。"他已经讲过两遍了。你笑了笑。不过这一次主任似乎并没在意你的笑，他面无表情地说了句："这里头，文章很多。"……在行驶的车里看这座城市要比静止时看多少要有意思一些。那种缺少变化的沉闷滞重的感觉被景物单调的流动逐渐冲淡了；车速很快，转弯时，猛烈晃动的车厢仿佛要散了架子。司机固定在换挡把手上的手臂时不时地前后摆动着，他的脸上开始浮现某种松弛的表情，那神情仿佛不是在开车，而是在努力与一个想象中的女人做爱。那些晃动的椅子发出没什么规律的响声。本次车全程行驶二十五公里，要经过二十四站，大约需要一个小时左右的时间。汽车每次停靠站之后自动报站器都要重复着这样的内容。汽车从东向西横穿整个城市。空椅子被陆续坐满。司机神色疲倦，表情中烦躁与麻木交替浮现，他时不时地喝斥上下车时行动迟钝的人，对突然超车的车辆咒骂不已，没错，他重新恢复了厌倦状态。那些后上来的人习惯于首选单座的空位，其次是双座的空位，而尽量避免去坐已经有一个人的双座位置，最后，所有的双人座位都只剩下一个空位了，这时人们才会退而求其次。在位置都满了的时候，站着的人们也没什么不满意的，因为他们除了希望自己的附近有人半道下车之外，就只想着早些到站了。他们对距离如此敏感，却又总是把握不好彼此的距离，总是在过度精明跟莫名盲目之间摇摆，真是怪事。……你旁边的位置是最后一个被坐上的。这又是因为什么呢？因为你早晨起来没刮胡子？头发虽经粘水的手指头反复梳拢可还是一团乱草？还是因为这副古怪的惯于冷笑与不动声色的职业脸孔让人没有安全感呢？……坐在你身边的，是个二十六七岁左右的女人，皮肤很是细腻，略有些不明显的雀斑散落在眼睛与饱满的颧骨之间。你不经意地打量着她。她略一侧脸，看了看你。四目相对的那一刻，她略微愣了一下，然后笑了笑，朱唇间光润的牙齿露了出来。认识？不会。在哪里见过，嗯？你从她那耐人寻味的笑意里搜索出某些职业的味道，甚至还有某些瞬间特有的光线，它们照亮了午夜里的一个木板构成的狭窄空间，你孤零零地躺在覆有白布单的分不清头尾的木床上，躺在这个似乎与世隔绝的狭小空间的中央，就像躺在高级停尸房里，而那四边拖地的白布单就是块干净的裹尸布。真有意思，那些微弱的光线不很均匀地洒落，落在你的身体上，是冬天，你睁着眼睛，觉得这个寂静的角落把整个世界都抽空了，同时变化成一个琥珀状的东西，你以某种姿势睡在里头。你听到一个女人低柔的声音对另一个女人说着简短的话，后来她又从帘外经过一次。你觉得自己这是躺在一个空隙里了。她的笑意。你下意识地将自己的目光移到她的彼此相握着的手上，它们很柔软，你对她说过，"你的手很软"，每天几十次地用香皂洗手，皮肤洗坏了。你们见过几回面？想不起来了。她的眼神恢复了常态，不再看你。裹在黑裘皮大衣里的身子仍旧挨着你，没靠近，也没离开，你的身体多少有些紧张，而她却是松弛的。

塞满乘客的汽车经过这个城市的最为繁华的地段之后，空了一半，那条到了晚间五颜六色地闪动的大街此时是灰色的，塞满了各种各样的车辆。她下了车。车门里透过来一丝寒意。你看了看身边的空位置。她从两座镶满玻璃的暗青色大厦之间穿过，始终没有回过头来，没有用那种似曾相识的眼神再回顾一下这里。"如是我闻，一时佛在舍卫国，祇树给孤独园……"她喜欢谈论佛学，她喜欢黑色和灰色的衣服，她喜欢……你好像又弄错了，她们怎么会是一个人呢？她是另一个女人。"不能再谈佛论经了，不然的话，后面就没法继续了，呵呵。"这时候有人大声说道："喂，下去吧？"你回过神来，车已停在了终点站，司机点了根烟，正在座位上等你下车，他的眼神从后视镜里射过来，并没那么恶毒。大约在半个小时之后，你来到那个人的同事的家里，开始了你的采访，这个想法你事先并没告诉任何人。

镜子是长方形的。白铁压的边，镜子大小与人脸差不多，下面是铁筋的柄，有手臂长短，最下面是个便于把握的木把。她想得真是周到。这样，把自己的手臂与这铁柄相连接，伸到半空中，就可以通过镜子的折射看到外面的世界了。那镜子反着光亮。它有时很像一只方形的眼睛。没有眸子，没有瞳孔。睁得很大的一只眼睛。里面什么都没有。你有时能看到很多它反映的东西，可它里面还是什么都没有，什么都留不下来。那个有限的世界，在它看来实在太小了，一个又一个局部，瞬间的局部，局部的瞬间，略一摆动，情景就完全不同了。你毫无办法。你只能顺其自然。在手臂因长时间举着镜子而酸麻无力的时候，那种空虚伤感的感觉就一阵阵地漫了上来，从手指的末端，从伸到被子外面的脚底所面对的凉丝丝的空气里。有时候你觉得它就是一面投降的旗帜。不过那些感觉是短暂的，瞬间即逝的，随后很快就会被它反映出的片断场景的随机组合产生的戏剧性效果淹没，一出又一出的小戏，就在这只冷漠的眼睛里不断上演着。没有台词。只有步态，表情，眼神，站立的姿势，身体的松弛或绷紧，敏感或麻木，手势，也有声音，某个人的名字，尖叫，笑，争吵……

　　想来想去的，好东西还是太少了，好时候总是那么短暂。他躺在床上注视着天花板。长期潮湿的空气使得正方形褐色纤维板拼钉而成的天棚多处翘起，有几块边角上的板子已脱落，把几个形状近似却又明显不同的黑洞留在原来的地方，触目惊心。屋顶中部那盏曲柱型节能灯的磨砂玻璃罩垂在一边，冷白的光源源不断地从那个圆形缺口里散落下来，霜似的落在因气温低而绷紧着的皮肤上，看上去皮肤显得有些粗糙，他忽然觉得她的冷白的身体很像某个古迹遗址公园里后加上去的雕像，放错了位置，却又毫无办法，打磨光滑的白石表面留了许多游人的手印……他伸手把有些脏的粉白色绸面的被子往上拉了拉，遮掩住了她裸露着的肩头和背部。那盏灯实际上挺亮的，要是直视它甚至觉得那光线有些刺眼，可是这间小屋子里还是不亮堂，那些光都跑哪里去了呢？或许是从那些黑洞溜掉的。门楣上面的石英钟不声不响地走动，没有秒针，但是他知道它是走着，从没停止过。四点十分。他有些恍惚了，一时没有想明白究竟是下午还是早晨，因为这里没有窗户，看不到外面。他的手从被子的一侧缝隙里伸入，轻轻放在她的温暖丰腴的屁股上面。他感觉到她的身子抽搐了一下，随即又恢复了松弛状态。"到点了，"他俯下身子，在她耳边低声告诉她。"嗯？"她略微抬了抬头，看了一眼门上的钟，"没事儿，再陪我待一会儿吧……要是有事儿，就走你的。"他不可能有别的什么事了。如今他没有任何事情要做。她说，"陪我再待一会儿。"这话一到耳中，他心里就是一阵细微的不舒服，介于厌烦跟无聊之间的那种不舒服，"我们就这么待着？"你想怎样？……你给我算算命吧。"这种半通不通的算法……"我信。"信我？"算吧，现在就开始。"你说个字。"什么字？"随便说一个，不要多想，随口就说。"白。"白色的白。"姓白的白。"这是孤独的命相……"继续。"你满怀期待，可又居无定所，找不到自己的地方，找不到属于自己的那个人，你不停地换方向，可只能漂在水面上，自我封闭，以求自保，悄悄地用那种蔑视的眼光看这个世界。"他略低下头，仔细观察着她的脸庞，她闭着眼睛，把一只手搁在脑门上，手心朝上，里面蓄了些白色灯光，恍然间似乎略有些暖意。他的指尖轻微地挨到她的脸颊上，碰了碰左边那颗浅褐色的小痣，然后滑向她的下颌。她忍不住笑了笑，问他："你这是做什么？是算命还是摸我的脸？"他侧着身子躺了下去，在她的对面，注视着她的眼睛，"很少有人能察觉到你的真实想法，那个被隐藏起来的地方，就是你最脆弱的一面，你很聪明，敏感，而你又不喜欢自己的敏感，就极力克制自己，经常做出相反的举动，给人一种什么都不在乎的样子，麻痹自己，更主要是麻痹别人，以保住自己的安全。实际上，你的性格，决定了你很容易轻信别人，尽管你从来都是用怀疑的眼光去看周

402

围的人，我发现，在你身心平静的时候看你才清楚一些，而在你大声笑的时候我却总是想着你在哭。有时候从你的眼睛里我能看到你小时候的样子，挺乖巧的一个小女孩儿，眼神静悄悄的，看什么都很专注。还想听么？""知道么，你有点像神父。继续说吧，"她漫不经心地看了看他，伸手拢了拢散开在枕头上面的头发，"你闻我脑袋上是不是有股怪味儿？……我闻着有，一会儿得洗洗头了。你说你的，我听着呢。"不说了。"为什么呢？"我说得不准，你也没什么兴趣。"不是。你想听我夸什么？"想。"你说实话，真是只从这么一个字里看出来这些的？"不只这个字。"你挺职业，像算命先生……我经常算命。不停地算。有人确实算得很准。能算出我会遇到什么人。出什么样的事。大的事。我要是闭上眼睛听，真不能相信是你说的这些话。什么时候研究的？"没研究过，就是直觉。"吓我？"没有。"哎，你觉得我将来会怎样？"这我就不知道了。"是不知道，还是不想告诉我？"是不知道。"你不说就算了。"我就不想知道自己将来会怎么个结果，知道了，也就没什么意思了。"知道了能怎么样，不知道了又能怎么样？还不是一回事么？信佛的人怎么说了？什么这个说法那个做法的，都跟个梦似的，都是个幻觉，和露水闪电没什么区别，都是一回事，转眼间就什么都没了。"他笑了笑，说，你这说的是《金刚经》里的话。不过是哪个经书里的，并不重要，只要说得对就行了。她读过《楞伽经》中的一部分，一直没再往下读，没时间，也没精力，再说，那些道理都差不多，大同小异。……很自然的，他就想起了那个算命先生。他用了一分钟的时间想象一下自己跟了那个先生走之后的情形，然后，一个转念，就将它们从脑海里完全抹去了。他伸手像洗脸似的从上往下抚摸了一下自己的脸庞，手是凉的，脸其实也是凉的，但还是比手略微热一些。他重新侧过脸去，看着她，对她说："说真的，我很喜欢你。""你不会是要娶我吧？"她咯咯地笑了，摇了摇头，说，"跟你开玩笑呢。我也会看相，你的眼睛告诉我的是，你喜欢的是……"实际上她甚至觉得他都赶不上那位知识分子模样的客人，那人来了只要她按摩，不要别的服务，然后就跟她随便聊聊天，出手却很大方，从他的眼睛里，她才感觉到那种类似于喜欢的意味。起初她以为他可能是不行，才这样只是聊天，后来别的姐妹告诉她，他很正常，后来他忽然地就不来了。"我倒是真挺喜欢你的。这是心里话。不过你也不必太认真。我这人一向都是哪说哪了，要不就成负担了。有时候你太孩子气了，不好，那样你很难明白一些事，大事。"他伏在她的身上，伸手捧着她的脸，眼睛离她眼睛很近了，像是要从中看出来什么秘密，看着看着眼光就软了，不那么冷了，随后眼泪就落了下来，他一扬头眼泪落到她的头发里，"这里黑乎乎的时候，就觉得心里很安稳……我又想要你了。"她叹了口气，合上眼睛，"别这样，没事儿。"她咧嘴一笑，伸手把灯关了。她困了，她尽可能让自己神经与睡眠保持距离。她搂着他，一只手在他绷紧的背上轻轻拍了拍，抚摸了一会儿，睁开眼睛看了看天花板，然后又闭上，这种男人最容易让人在怜悯同时觉得疲惫不堪。黑暗中，寂静很快降临了，隐约地，她听他低声自语道，"还是黑了好，待着安稳多了，有点像小时候躲在柜子里头，很舒服，就像个空隙，一下子掉进去了，开始时有点担心害怕，后来就安心了，因为空隙里头才是最安稳的，那里头没有别的人。"

　　无所事事。除此之外还是无所事事。我能感觉到的是，他有些喜欢我了。只是我不能确定他是如何喜欢我的。他们的想法总是简单得让你摸不着头脑。可能他再多喜欢我一点我就能弄清楚他的意图了。他把自己藏得很深。他跟他们不太一样。也有可能完全一样。这不重要。重要的是他的眼睛里有别的东西。他们没有。他们只是些公狗，而他可能是一头尚未长成

405

熟的狮子。重要的是你不知道他在想些什么。你不知道他下一步想要些什么，会给你些什么。重要的是你面对他的时候觉得他让你捉摸不透，可又总是吸引着你去琢磨这个人。他是喜欢我的。这一点从他的手抚摸我的手的时候就能感觉得到。他很喜欢我的手。你的手很美，他告诉我，你的手让我有种抚摸它的冲动，女人的手就是她的缩影，就是她的心，她的灵魂的密码，因为露在外面，它们被忽视了。他说的是我么？我可不确信。不过这倒不影响我从中体味一些快乐。我很虚荣的，我喜欢他这样的男人称赞我，尽管我并不具备那种理想的美貌和智慧，可他们要的从来都是现实中所没有的。他们是一种动物。你得蒙上他的眼睛，他才能跟你走下去。我能确信的是，可能是我的手触动了他心底的什么开关，让他想到了别的什么人，或者感觉，使他完全盲目起来，把脸对着我的脸，手握着我的手，恋恋不舍地握着。他跟我谈论死。我不想谈。他很想。他告诉我他有一种就要看到死是什么样的感觉。我告诉他，我不明白。可我明白我们都在死的路上。死是随时随地的事。没有什么仪式。可能一个路灯灭了，都能预示着你的死期。那又能说明什么呢？我不想理它。我要是的是快感。哪怕是背靠着死，我也要把快感尝个够。我什么都没有。我什么都带不走。他也一样。可他的眼神告诉我的是，他似乎拥有什么东西，了不起的东西，实际上只不过是个梦想的狗屁。我喜欢他的热情。因为我还有热情。只有热情跟热情在一起，才会有快乐。要命的快乐。他说话的时候，就跟一个小男人没什么区别，可他在沉默的时候却是个非常让人恐慌的人。他让我恐慌的时候，我才感觉到我多么需要他在我身边。他从不诱惑我。可他总是凭直觉就能找到打开我的锁头的钥匙，无论我怎么藏都没用，他一下子就找了它，然后毫不客气地抓住我的心，就那么不紧不松地握在手中，握着它，让你不断地隐约有些痛，同时又有种接近失控的快感。他曾告诉过我，他要找的女人，别人是看不到的。这我就不清楚了，不过我感觉他百分之八九十是找不到那个人的。他多年轻啊，才二十九岁。他十九岁时是什么样的？他三十九岁时会是什么样的？我觉得再过十年我还是能喜欢他的。不过那时的我已经老得自己都不认识了。

你试图想象一下这个女主人的相貌，糟糕的是你总是在脑子里把几个女人的样子混淆。你是吃过午饭之后来到被采访人家里的。开门的是个十八九岁的姑娘。你知道她应该就是他们的那个女儿了。从她的眼神中，你并没有看出那种刚烈性格，也想象不出她是怎么把她母亲领回家的男人赶走的。女主人要过一会才能从市场上回家。女孩很有礼貌地把你让到正厅门前的那个南屋里，沏了杯茶，放在你面前的深蓝色玻璃茶几上。你注意到她眼神里很快地掠过某种不安。她的眼眸很黑。从这间屋子可以看得出，一切都干干净净井然有序，女主人是个持家好手。据说她很有几分姿色。出乎你的意料，你没能在墙上或者写字桌面上找到任何照片。这间屋子里的墙面很光洁，没有任何装饰之物，连那种常见的石英钟都没有。那个女孩在门厅里站了一会儿。从她的脚步声你猜测她到了阳台上，随后又回屋门前站住，后来，她到厨房里重新点燃液化气灶，灌满一壶凉水坐上。她平静地走到屋子里，谨慎地微然一笑，表情有些生硬了，她提着刚烧开的水壶看着你，"你怎么不喝水呢？茶叶不好吧？"你拿起杯子喝了一口。她为你的杯子把水注满。这套三室的房子有两间南屋、一间北屋，北面的屋子门紧闭着，暗淡的光亮从对面的屋门里透过来，在浅黄发灰的门上映出一个不规则的方形印迹。……"我也想当记者。"她忽然说道。这句话打断了你的思路。你多少有些意外地看着她。她冷笑了笑，"因为我讨厌记者。"你莫名其妙。"你们嚼舌头，没完没了地关心别人的私事。"你笑了，告诉她，你说的没错，但是没办法，因为很多人需要我们这么做，我们为了活着也需要这么做，我们中的很多人也喜欢这么做。"我唯一可以向你保证的是，我不会在采访中加入任何人为的东西，我只想说出一个事实……""这是你们的想法，"她站在门边，侧着脸看窗户的方向。"你们可以拒绝我采访。"她怀疑地看着你，"你们能明白什么？你们活得太舒服了。""我只知道，你的父母，他们彼此不太了解。就像你跟我这样，有距离。"你开始有些讨厌自己神父般的腔调了。你他妈的可不是神父，你咧了一下嘴，有些怪异地自嘲地笑了笑。你试着诱导她说些别的事。你询问她在读高中几年级……学习很紧张……为什么……没有什么希望……没那么严重……机会不多……你有什么……你觉得我漂亮么？……为什么这么说？……你喜欢北京么？……喜欢……我想去，那里的大饭店里很多……那很冒险……什么不冒险呢？勉强活着，这不冒险？……是，到处走，或一动不动，都是冒险……我有个同学在那里……将来把他们接到南方，找个靠近海边的好房子……你多大了……十九……换个角度再……想过了……你还没有……我在恋爱。你面无表情看着她。你能理解她的动机。但她并不接受你的理解，她告诉你，她不需要，任何人的理解都不需要。这时候，她的母亲终于回来了。由于是事先约定的采访，她没有怎么惊讶于你的到来。出乎你的意料的是，她是个又白又胖的女人。额头上的皱纹，眼角的鱼尾纹，还有面部皮肤的松柔，眼光的混浊，足以让你知道她的确已过了不惑之年。无论如何你都无法从她的脸上找到所谓"很有几分姿色"的影子。显然在出门之前，她就已经梳洗打扮完毕了，嘴唇涂得鲜红，笑的时候一口玉齿惊人的漂亮。身体上的曲线已不复存在了，过度的丰肥看上去却并不结实，甚至还有些虚弱的感觉。最后，你终于还是注意到了，她的头发很美，是一些乌黑柔润富有光泽的波浪。要是单从头发的质量上看，她年轻时还真有可能是有几分姿色的。从打招呼到彼此重新坐下来，她充分显示着自己的乐观与开朗。你简单介绍了一下台里做这个节目的基本想法，并且不经意地对她的大度表示了赞赏。这时候，她已经安静了下来。她示意女儿到另一间屋里去。你打开了采访专用的小录音机。一个男人走过马路。他背着一个挺大的牛津布挎包。他步履轻快，这说明他还年轻。他抬头朝半空中望了望。然后，他注意到街边的那些树中的一棵。他的眼镜片随着他的头的缓慢转动偶尔闪出灰亮的天光。他消失了。天空在悄然明亮起来，可仍旧是灰色的背景。

　　我们现在挺好。我很满足。他再也不会离开我了，我也不会再离开他，这辈子我们不会担心什么事了。……我很爱他。你可能不信，发生了很多这样那样的事，他做过那么多伤我心的事，可我实际上非常爱他，以前不知道是这样，以前只知道恨他，恨得太多了，不应该有那么多。代价很大。不过都过来了，也没什么，也算是值得了。他和我，都换了个活法。如今在我眼里，他就是我的一个孩子，听话的孩子，我要做的就是好好地照顾他，一直到我们都老了的时候，只要我还能动，就会好好地照顾他。我知道他需要我。他需要我，比以前任何时候都需要我。我从来没有像现在这样清楚地感觉到我们是在一起的。我们的女儿也懂事了……我们对不住她。以后我唯一的指望就是尽全力把她送到北京念书……我最心疼的就是她了。她聪明，可爱，是我们的寄托。……我们是自己认识的。是自由恋爱走到了一起。很多人都问我看中了他什么？我说我看中的就是他的老实，没别的……我不是那种要求很多的女人。只要日子过得安稳，他爱我，我爱他，白头到老，就行了。那时候，我还不知道事情可没我想的这么简单。可能是家庭原因吧，我们实际上都属于对人情世故懂得比较晚的那一类型的人。回想起来有时候觉得那我们就像两个孩子在一起过家家，唯一不同的是我们生了孩子。无论是结婚前，还是结婚后，我一直很喜欢他。以为他也一直都喜欢我。结果是我弄错了。他跟我不一样。这么多年我弄错了很多事，最严重的就是这事。我不是那种很细心的女人，对于男人想要什么我总是一无所知。其实就是对我自己想要什么也常常是这样无知。说起来确实很好笑，很可笑。不怕你笑话我，那时我比较喜欢做梦，这就像你们记者写东西，我把平时不能做的事都拿到梦里头处理一下……他跟我不一样，他说他脑子里太清醒，空白太多，念头太少，做不了梦。事实上是他的梦比我的多多了，区别是我总是说出来，他却从来都不吐露半个字。他很固执。这是性格的事。也不能怪他。他父母就很固执。可能是我这人确实太过迟钝了，出事之前，挺长一段时间里，他总是提起自己的身体可能出了什么毛病，提到关于死的一些事。他那时总是通过很多事看到了死。我那时只是觉得他挺怪，有点毛病就自己吓唬自己，所以就没想太多的，只是劝他去医院看看，有病治病，没病就放心活着。可他说什么也不去。后来时间一长，我也就随他去了。他就那样，我反正都弄不懂他，只要他不是自己去寻短见，我就不去管他做什么。谁知道会是那样一个结果呢？说起来还是我不了解他。他想要什么，我不知道，我没有。我跟他吵，闹，他都不在意，等我累了，他就一走了之。用离婚威胁他都没用。他爱女儿，可跟自己女儿说的唯一心里话翻来覆去的也不过就是那句："爸爸很爱你"。后来女儿最怕听到的也就是这句话了。后来我也这样说，面对女儿的眼睛，对她说："妈妈很爱你"。听起来确实可笑，也难怪女儿总是冷笑着对我们。其实我知道他在心里头是怎么想的，不过是有那么一天丢开我们母女去过他想过的日子，跟另一个女人，很年轻很有野性的女人。别的我不怪他，真正让我感到耻辱的是，他迷恋的竟是桑拿浴里的按摩小姐。这不能怪人家。只能怪他自己。也怪我自己。我去找过那女人。一个重庆姑娘，普通话说得很好听，人也白白净净的，很乖巧很会说话的那种小女人。她告诉我，她不会蠢到在这种场合谈论什么感情，这是她的职业，他跟她只有买卖关系，公平交易，唯一真实的是那些纸币，别的都是假的。她答应我以后可以不做他的生意。我当时心都冷透了，她不做了，别人还会接着做。问题的根子在他那里。我说我谢谢你了。说实话，从那一刻起，我放弃了。……他现在的情况比较稳定。身体的右半边不能动，没有多少知觉，左边还能活动。饮食睡眠都还不错。情绪也比较稳定。我跟他聊过两次，他告诉我，他没想过死的事。人就这么奇怪。明明是夫妻，却非得死去活来折腾那么个来回，才能坦诚地说几句心里话。有时我也想，要是他当时发病一下子死了过去呢？那不是连句心里话也听不到了么？这样一想，心里也就知足了。还要什么呢？他现在肯听我的了，我说什么，他都不反对了，让他吃什么，他就吃什么，也不挑食了，所以身体也就反而好了起来，等会儿他醒了你过去看看，大家都说他比以前胖多了，气色也好了许多。我做的只不过是我应该做的。没什么值得一说的事。可能是我上辈子欠了他的吧，现在还上。他说我跟他上辈子是同一个监狱里的犯人，我是得了伤寒死的，没人敢靠前，是他给我洗的身子，把我背到坟地里一个人挖坑埋的我，这辈子就做夫妻了。他现在的想象力是越来越丰富了。没事时听他讲讲也挺有意思。……日子安稳了，我也胖了，都成这样子了，没办法，太能吃东西了，我什么都吃，胃口好极了。我心脏……可我还是毫无顾虑地吃东西，想吃什么就吃什么，我不怕的，他跟我在一起我怕什么呢？秘密并不是你怎么开始。是怎么结束。弄懂了怎么结束，也就知道什么是开始了。道理就是这么简单。你明白了什么是结束，只不过没想到另一种结束突然从天而降。这是意外。你不

能怪任何人。你不能怪自己。没人会知道，现在的你
有多么的纯净。过去的日子都是浑浊的。现在每一天
都很透明。那个世界从没有像现在这样完整过。因为
你在它的外面了。你已经离开它了。这样你才能在想
象中复制这个无限的世界。现在它完美无缺。它再也
不会限制你的意念了。你已经是一块石头。你的意念
就像那个猴子似的从石头的缝隙里蹦出来，一个跟头
十万八千里，逍遥自在，无生无死，神游天外。那个
空壳是个永久性的抵押之物。

　　如今，他每天大约有三分之二的时间用来睡觉。
几时睡，几时醒，都很有规律。现在他醒了。正如他
的妻子所说的那样，他的气色很不错，而且至少从面
部来看是胖乎乎的。他的胡须刮得干干净净。除了瘫
痪了的那一半身子，其余的部分都是健康的。他出了
一头汗。对于你这个陌生人的到来，对于你的电台记
者身份，他并没有什么异样的表情，似乎在他眼中你
跟别的那些平常来看他的人没有什么本质区别。这间
屋子是三间中最小的，应该不会超过八平米，单人床
靠着窗口，窗台上摆了一小盆墨绿的冬青，饱满紧凑
的小叶子上有薄薄一层浮灰。他左手边放着一只有天
线的灰色袖珍收音机，此时里面正传出阿拉伯风格的

音乐，夹杂着手鼓声，咿咿啊啊地在远处唱着，让你不由得想起清真寺里的唱经声。在床尾的墙上，挂了只石英钟，没有秒针，看不出它在走动，但是时间是正确的。除此之外墙上再没有其他东西了，很白也很光滑的墙壁。"你怎么出了这么多汗？"她坐到他的身边，伸手握住他的左手，轻声问他。"做梦了。""又梦到什么了？""梦到我掉到一个井里了。没有水的井。天是黑的。但里面是灰色的，隐约能看清井壁的土质。我想这里倒不错，先睡一觉再说，坐下盘腿就睡了。后来从上面传来铁桶的响动。一根绳子拴着一个破的铁桶顺了下来，有人告诉我说，你抓住它，然后顺你上来。我就抓住了。那绳子拉着我跟桶一直到了上面。结果上面并不是井边的空场，而是宇宙，是蓝色的太空——我飘在那里，像个碎片似的，折射着那些星星不是很明亮的光线。没有空气，我想，就喘不上气来了，就醒了。"

你只是平静地看着他的眼睛。你忽然间觉得没有什么可问的了。他和你已经是两个世界上的人。你所能做的，他都不再需要，他需要的，你也无法给他。你简单地问了问他的身体状况，明知多余可还是问了。他的回答更简单："你这不是看到了么？我一切都好。"说话的工夫，你略一侧头，就碰到了半开的门外那个

416

姑娘的怀疑而冰冷的眼光。你知道你应该离开了。于是你关掉了手里的采访录音机。"你们为什么不合个影呢？我觉得你们现在的状态很不错，应该合个影，挂在墙上，留个纪念。再说你们家的墙上也太空落了，需要用什么东西装饰一下。这是我朋友的名片，他是开影楼的，你拿着它去找他，就说是我请他帮你们夫妻拍个艺术照。"

"那样不太好吧，"女人说，看了看那张烫金的名片。"我们就不用了。要照的话，给我们女儿照一张倒是件好事。将来她走了，我们留着看。"

"没关系，把她也算上，我明天就打电话给他。你跟他约个时间就行了。"

"真是很麻烦你，让你……"你准备告辞了。你看了一眼他，想知道他是如何看待你这个主意的。不过，他的睡觉时间又开始了。他什么都没听到。他什么都不会说。他表情平静，不出意外的话应该已经到了另一个梦境里了，说不定那里真就有什么幸福之类的东西等着他呢。

午夜的时候，公安局的人突击检查一些从事色情服务场所。最后到的那一家桑拿浴中心事先得到了消息，早已人去楼空。执法人员穿过寂静幽暗的走廊，检查着一个又一个用木板分隔出来的狭窄的包间。在那间靠近走廊尽处的包间里，你看到了一只没来得及关掉的红色袖珍收音机，天线还伸在那里，没有收回去。你顺手把它拿了起来，轻易就找到了你们电台的位置。那个一向很做作的女人的声音进入了你的耳中："家庭是社会的细胞。没有家庭社会就会失去根本的秩序和繁荣的基础。牺牲自我，为家庭的稳定存在而无私奉献的人，是最值得尊敬的人。尤其是这样的女人。下面请听我台记者××采访的录音通讯《为了爱……》。"一阵干扰使收音机发出让人心乱的噪音。录音质量没有预想的好，杂音很明显。随后那个女主人的声音浮现了："……没有人能把我们分开了。我会好好照顾他，尽我的一切力量。我觉得，这个世界是现实的，也是公平的。我没有怨言……"就在这时候，有人在楼下大声喊道，"走了，走了——"

图书在版编目（CIP）数据

空隙 / 赵松著 . — 广州 : 广东人民出版社，2019.10
ISBN 978-7-218-13659-2

Ⅰ . ①空… Ⅱ . ①赵… Ⅲ . ①短篇小说—小说集—中国—
当代 Ⅳ . ① I247.7

中国版本图书馆 CIP 数据核字 (2019) 第 120242 号

KONGXI
空隙 赵松 著

出 版 人：肖风华

责任编辑：钱飞遥　梁　茵
策　　划：副本制作 instance
特约编辑：冯俊华
封面设计：郑元柏
责任技编：周　杰　吴彦斌

出版发行　广东人民出版社
地　　址：广州市新港西路 204 号 2 号楼（邮政编码：510300）
电　　话：（020）85716809（总编室）
传　　真：（020）85716872
网　　址：http://www.gdpph.com
印　　刷：恒美印务（广州）有限公司
开　　本：787 毫米 ×1092 毫米　1/32
印　　张：13.125　　字　　数：213 千
版　　次：2019 年 10 月第 1 版　2019 年 10 月第 1 次印刷
定　　价：68.00 元

如发现印装质量问题，影响阅读，请与出版社（020-85716849）
联系调换。售书热线：（020）85716826